À midi l'été commence

Peter Orner

À midi l'été commence

Traduit de l'anglais (États-Unis)
par Marie-Odile Fortier-Masek

Rivages

Retrouvez l'ensemble des parutions
des Éditions Payot & Rivages sur

www.payot-rivages.fr

Dessins de Eric Orner

Titre original : *The Second Coming of Mavala Shikongo*
Little, Brown and Company, New York, 2006

106, boulevard Saint-Germain – 75006 Paris

ISBN : 978-2-7436-1811-7

Pour Dantia Maur

Comment parlerions-nous d'une seule voix, dispersés que nous sommes ?

Hosea Kutako (1870-1970)

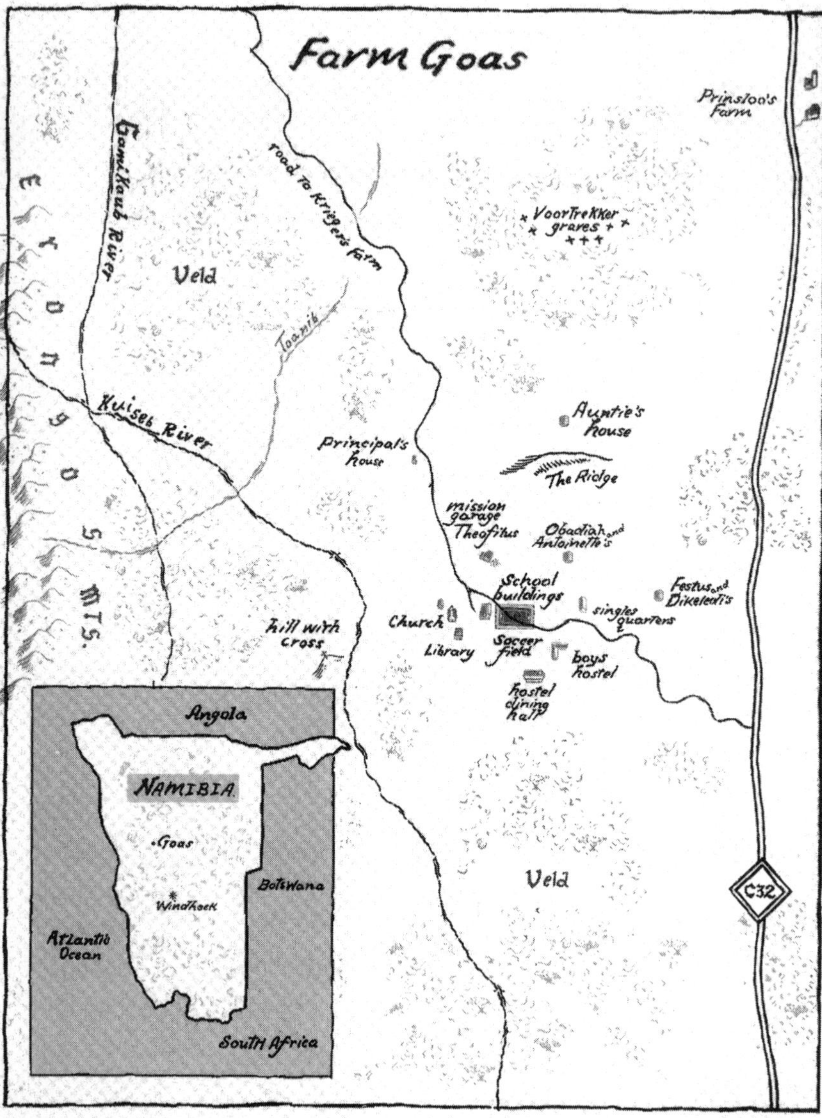

Farm Goas
Prinsloo's Farm
road to Krieger's farm
Voortrekker graves
Gamikaub River
Erongo Mts.
Veld
Tsaanib
Kuiseb River
Auntie's house
Principal's house
The Ridge
mission garage
Theofilus
Obadiah and Antoinette's
School buildings
Festus and Dikeledi's
singles quarters
Church
hill with cross
Library
Soccer field
boys hostel
hostel dining hall
Veld
C32
Angola
NAMIBIA
Goas
Botswana
Windhoek
Atlantic Ocean
South Africa

Première partie

GOAS

1

LA PISTE DE GOUDRON

Les pieds meurtris par la route, une valise en carton à la main, des écoliers attendent. Ils se pressent les uns contre les autres mais ils ne sont pas ensemble. Ils ne papotent pas dans le vent, ils guettent juste les feux des voitures, et Dieu sait qu'elles sont rares. Chaque véhicule, bakkie, combi ou fourgonnette est un nouvel espoir qui, tel un cœur rougeoyant, naît, retombe et se consume sur le goudron, pour ne se ranimer qu'à l'arrivée du suivant. Dans leurs beaux habits, ils essaient de se rendre à l'école, en pleine brousse. Par moments, au début de l'après-midi, la piste semble fondre. L'un d'eux s'agenouille et renifle. Il se trouvera toujours un petit malin pour évaluer le temps qu'il leur faudra encore attendre, rien qu'à renifler la route.

« Stupide, déclare un autre.

– Pas stupide, c'est de la science. Ça a à voir avec les courants d'air à la surface. Ils varient quand…

– Allez, vas-y.

– Où ? Où veux-tu que j'aille ? »

Ils ont faim, mais ils ne vont tout de même pas sortir leurs provisions : qui voudrait être surpris la bouche pleine au cas où, par miracle, une voiture s'arrêterait ? Imaginez-les en train de rouler confortablement assis dans un siège baquet en écoutant la radio ! Ils gardent leur pain au fond de leur poche. Les garçons de leur âge sont les plus mal lotis : ils passent après les vieilles mamas, les mères avec des bébés ou les vieillards. En général, ils n'ont droit qu'aux camions. Et les camions, ça ne s'arrête pas, ça ralentit juste le temps qu'ils y lancent leur barda et sautent dedans, puis le conducteur passe la vitesse et repart. *Klim op !* Monte ! Alors, ils se blottissent les uns contre les autres, fouettés par le vent, et prennent leur mal en patience. La fourgonnette accélère et franchit pont après pont les fleuves taris…

2

POHAMBA

C'était un grand gaillard qui priait haut et fort dans son petit lit. Malgré la cloison et son visage enfoui dans son matelas, on l'entendait.

Des profondeurs, je crie vers Toi, Seigneur,
Devant Ton trône de merci je me prosterne,
Aie pitié de moi... Bordel de merde !...

Pendant la journée, il disait que Dieu, n'était qu'un reste de la propagande colonialiste. « Vous savez quoi ? Eh bien, si Dieu était de l'opium, je Le roulerais et je Le fumerais. » Pohamba. Sacrilège, athée, révolutionnaire, provocateur et professeur de mathématique à demeure dans une école catholique. Et quand la longue nuit de la brousse se refermait sur nous, il implorait même de plus hautes instances... Qui d'autre pourrait le tirer d'un tel endroit ? Une ferme dans le désert ! Et quel dieu irait vous foutre une ferme dans le désert ? Pohamba ne savait plus à quel saint se vouer. Il avait épuisé tous les recours humains possibles et imaginables. Il avait envoyé lettre sur lettre au ministère de l'Éducation, les suppliant de le nommer en ville, n'importe quel trou perdu ferait l'affaire. *Cher Camarade, j'accepterais même un poste au sud de Windhoek, de façon à contribuer à cette démocratie en herbe.*

Jamais il n'avait reçu de réponse. Il les évoquait souvent ces lettres. Il en parlait comme de naufragées, échouées sur le bureau d'un petit fonctionnaire. Et quand il s'enflammait, pour peu qu'il ait bu un peu de Zorba, il vous décrivait le gratte-papier de service, le directeur de cabinet de tel ou tel ministre, Monsieur le Directeur de cabinet, fils d'une des hautes autorités du Mouvement ! Une espèce de salaud qui avait passé les années de guerre en Europe, alors que nous autres on était restés ici *ja baasing* P. W. Botha. Il dotait son gars d'un visage tout lisse, frais rasé, et d'un bureau digne de sa fonction, dans le Sanlam Building. Sans oublier une montre grosse comme une Volkswagen. Et une secrétaire, bien sûr, en minijupe moulante. Une Blanche. Allons-y pour une secrétaire blanche. Il imaginait ses propres lettres, ses bébés, empilées avec soin, sans même avoir été lues. Restées sans réponse. « Ah ! Si je pouvais foutre le feu à ce bureau, disait-il, voir cramer Monsieur le Fils d'une de ces hautes autorités ! Et la secrétaire aussi. Les retrouver tous deux grillés au petit matin. »

La nuit, c'était différent. Et certaines nuits, il suppliait non pas le doux Jésus, mais sa mère. C'était les plus longues. Peu m'importait qu'il m'empêchât de dormir quand il parlait à sa mère, mon seul regret, c'était de ne pouvoir l'entendre. Si mince que fût la cloison, il me fallait y plaquer une tasse de café pour saisir ses *Mama, oh ! Mama*...

Elle était enterrée derrière un garage, dans une ferme au nord d'Otavi, m'avait-il confié.

Les heures n'en finissent pas. Puis l'inévitable. Derrière la cloison, Pohamba se plaint tout bas. Les ressorts du lit gémissent un moment, puis suit le silence de la petite mort.

Mais il y avait aussi, n'est-ce pas, ces après-midi où vous auriez presque pu le qualifier d'heureux. Pohamba, campé sur un rocher devant nos chambres, en train de faire griller du boudin, de ces gros boudins allemands achetés chez Schmidsdorf, le boucher de Karibib. Pohamba en train de siffloter. Son lecteur de cassettes vomissant cet abominable disco afrikaner. Des battements de tambour métalliques, scandés de halètements érotiques.

Langueur des samedis. Vent, sable, ennui, sueur, visions de saucisses. Manger, notre seule joie. Le reste d'entre nous se prélasse dans l'ombre moite de sueur. Pohamba, lui, plante sa fourchette dans les saucisses. Nous nous léchons les doigts. Pohamba s'agite en mesure. Un grand gaillard, néanmoins gracieux. Il piétine la poussière. Sous nos têtes, les pierres sont brûlantes, le sommeil nous fuit. Pohamba se trémousse. Il glisse. Il pirouette, il avance, il plastronne. Il se tortille. Et dans la poêle, dans leur bienheureuse graisse, nos petites chéries enflent, crépitent.

3

LE BÉNÉVOLE

Un frère du diocèse me prit en voiture à Windhoek. Il s'appelait frère Hermanahildis. C'était un homme silencieux, déplumé et bronzé. « Je ne suis pas boer, je suis flamand. Je suis né à La Hague », fut tout ce qu'il trouva à me dire en quatre heures. Il conduisait comme un fou. Je voyais défiler à tire-d'aile la brousse et des villes fort éloignées les unes des autres. Brakwatem, Okahandjak, Wilhelmsta. Le frère Hermanahildis semblait en proie à une rage de dents. Par moments, il lâchait le volant et tiraillait des deux mains son visage. Je fus soulagé quand, l'après-midi, il prit une piste caillouteuse en direction du sud pour rejoindre Karibib. Il finit par me déposer devant un panneau métallique maltraité par les vents – FERME GOAS. Il me dit de suivre la route, la mission était juste après la deuxième colline. Une fois là-bas, ajouta-t-il, va directement trouver le père.

Ta-ta.

Une valise à chaque main, sac au dos et balluchon par-devant, je suivis la piste à deux voies à travers les broussailles. Des collines, à perte de vue : laquelle pouvait bien être la deuxième ? Basses et rocailleuses, elles empêchaient de voir ce qui m'attendait sur la route, mais je voyais se dessiner un massif de modestes montagnes. Ici et là, des arbres tordus, squelettiques. De l'herbe sèche comme de l'éteule pointait entre les cailloux. Sans trop savoir pourquoi, je me disais que le désert pur et dur eût été plus rassurant. Où étaient les dunes et leurs harmonieuses ondulations ? Où était leur beauté saisissante et aride ? À croire que ces plantes eussent préféré être mortes. Le sol craquait sous mes pieds, je peinais en gravissant ces buttes. Non, il n'y avait pas de deuxième colline. Il n'y en aurait jamais.

Environ une heure plus tard, trempé de sueur, épuisé, chancelant sous mon harnachement, j'aperçus en contrebas une sorte de vallée, une plaine de sable et de pierraille où se lovaient des bâtiments peu élevés, d'un jaune criard. Une colline était surmontée d'une grande croix blanche. *Alléluia !* Je cheminai cahin-caha jusqu'à une barrière destinée au bétail, un assemblage de ressorts de lit arrimés à un pieu, retenu par un tortillon de fil de fer. Je m'acharnais à le défaire quand je vis un homme rondelet et de kaki vêtu s'avancer lentement, mais inexorablement vers moi, comme s'il était à la remorque de sa panse. Parvenu à la clôture, il s'arrêta et me dévisagea.

« Salut ! lança-t-il, beaucoup plus fort que nécessaire.

– Salut ! répondis-je.

– On dirait que vous avez des ennuis avec notre portail.

– Un peu...

– En fait, vous ne parvenez pas à l'ouvrir ?

– Non, pour être franc, je n'y arrive pas.

– Non, bien sûr que non. C'est vous le bénévole ?

– Oui.

– Bénévole pour quoi ?

– Pardon ? »

Il avait de grosses lunettes et, derrière, des yeux minuscules, lointains ; sa tête paraissait trop petite pour son corps. Là-bas, sur la route, de jeunes garçons en chemise bleu clair s'étaient rassemblés pour nous regarder. Sous un arbre solitaire et difforme, une vache qui se morfondait me fixait de ce regard bizarre, pénétrant, annonciateur de mort, propre à son espèce.

« Et vous vous appelez ?

– Larry Kaplanski. » J'eus droit à une vigoureuse poignée de main depuis l'autre côté de la clôture.

« Ravi de faire votre connaissance, monsieur Kaplansk. C'est vraiment très aimable à vous...

– Kaplanski. » Sa grosse tête s'agita. Il chassa une mouche de son oreille.

« Et vos qualifications, monsieur Kaplansk ?

– Qualifications ? »

Il retira ses lunettes et me réexamina. Sans celles-ci, ses yeux paraissaient encore plus petits, deux boutons sertis dans son crâne par un pouce invisible.

« Je vois. Et que nous apportez-vous de beau ? »

Je le regardai, interloqué. Même avec toute la merde que j'avais trimballée...

« J'aurais dû m'en douter ! tonna-t-il. Vous êtes venu avec l'idée que vous pourriez nous être d'une quelconque utilité ? Si vous saviez comme vous vous trompez ! Oh ! Comme vous vous trompez !

– Mais...

– Soyons clairs, monsieur Kaplansk. Bien sûr qu'il eût été beaucoup plus salutaire à nos projets de développement, oui, à nos projets de *développement*, que vous glissiez de l'argent dans une enveloppe et, pour tout dire, que vous nous l'envoyiez, Goas, Boîte postale 7, Karibib, Namibie 9000 ! Hélas, vous ne l'avez pas fait ! » Il se tourna, leva une grosse main gonflée dont il balaya l'horizon, les enfants en chemisette bleue, la vache, la brousse – tout cela à perte de vue, desséché, consumé.

« Frère Hermanahildis m'a conseillé d'aller trouver le père directeur.

– Frère qui ?

– Un Hollandais, le frère Hermana...

– Écoutez. » Il saisit le portail des deux mains comme s'il s'apprêtait à sauter par-dessus, puis il se tourna vers moi et dit tout bas : « N'avez-vous pas entendu ? Nul ne peut servir deux maîtres, monsieur Kaplansk. »

Il recula, m'évalua à nouveau tout en mâchonnant sa joue. « Comprenez-vous les paramètres du problème tels qu'ils ont été définis de façon succincte en ce 6 mars de l'an de grâce 1971 ? »

Je hochai frénétiquement la tête.

« Parfait ! Puisque vous êtes ici, vous enseignerez l'anglais et l'histoire aux sixièmes. » Il pirouetta sur ses talons, siffla tel un lieutenant suivi de ses hommes (assurément, le directeur était à la tête d'une armée invisible) puis s'éloigna d'un pas énergique sur la route menant aux bâtiments scolaires. Des garçons vinrent m'aider à ouvrir le portail. La vache pissa généreusement, sans me lâcher du regard.

4

SALLE DE CLASSE

Ils se lèvent sitôt que j'entre dans la salle de classe. Chaque matin, en première heure, ils bondissent de leurs chaises. *Bonjour, professeur.* Et chaque matin, mon imposture devenant plus évidente, je les supplie : *Restez assis, les garçons, je vous en conjure.*

Il fait très froid à l'ombre, une chaleur étouffante au soleil. Ou l'un ou l'autre. Je regarde le jour, impétueux dans sa primeur, couler par les carreaux fendus ou brisés. Les garçons sont assis, voilés d'une lumière poussiéreuse, le front en sueur, les pieds encore gelés. Ceux qui portent des chaussures sont les plus calmes. Ceux qui gardent les leurs pour l'église ou le foot ne cessent de frotter l'une contre l'autre leurs plantes de pied desséchées, crevassées, un bruit de fond qui rappelle des scies allant et venant en chœur.

Rubrecht, Nestor, Jeremiah, Sackeus, Albertus, Demus, Mumbwanje, Kalumbo, Magnus, Fanuel (qui toussait, toussait et s'en excusait à longueur de journée), Stevo, Nghidipo, Ichobod... Vers la fin du trimestre, Fanuel passera une quinzaine de jours à la clinique d'Usakos. Ce fichu poumon, dira sœur Ursula. Fanuel sera transféré à l'hôpital de Windhoek, après quoi nous n'entendrons plus parler de lui.

Mais voici qu'un autre garçon, l'un des plus petits de sixième, Magnus Axahoes (assis, ses pieds ne touchent même pas le sol), lève la main et chuchote : « Professeur, j' peux aller aux toilettes ?

– Bien sûr. »

Magnus sort de la salle de classe, traverse la cour à toutes jambes, le sable que soulèvent ses pieds semble à jamais flotter dans cette lumière brutale.

5

LA C-32

Je revois les lascives ondulations d'une route qui semble plate. Je la revois plonger dans des crevasses desséchées dont j'avais oublié l'existence, je sens de nouveau mon estomac se décrocher. Je revois la vieille femme qui vendait des pierres, assise devant sa petite table. Autour d'elle, la brousse semblait une perpétuelle redite, vous ne sentiez ni le paysage, ni le temps passer. Rien ni dans un sens ni dans l'autre, juste la clôture et le veld. Et voilà cette femme, au bord de la route, au sommet d'une côte. Pour la voir, il faut que vous soyez devant elle. Elle est là, elle attend. Elle s'est toute ratatinée au soleil, sauf ses mains. On dirait qu'elles sont devenues plus grosses que son visage. Elle règne sur les vulgaires cailloux qu'elle appelle pierres précieuses. C'est ce que dit la pancarte, PIERRES PRÉCIEUSES. Elle ne vous hèle pas, elle ne gesticule pas, elle ne vous attire pas par force cajoleries : la pancarte est suffisamment explicite. Ses grosses pattes noueuses planent au-dessus de la table comme si elle tentait de la déplacer par lévitation. Sitôt vue, sitôt disparue. Ou sitôt avons-nous disparu. Nous ne nous sommes jamais arrêtés, pas une fois, Dieu sait pourtant que nous en avons fait des allées et venues sur cette route. Jamais nous n'avons ralenti. Retournez-vous, la vieille femme n'est plus qu'un linceul de poussière.

6

CLOISONS

Au début, les autres professeurs m'adressaient à peine la parole. Le bruit courait que j'étais venu à Goas de mon propre chef, aussi se méfiait-on de moi. Les premières semaines, je passai la plupart de mon temps réfugié dans ma chambre, située dans les quartiers réservés aux célibataires, sous prétexte de préparer assidûment mes cours.

On m'avait assigné la chambre réservée aux enseignants de passage. Dans cette partie des bâtiments, où l'on cantonnait les célibataires, les chambres se résumaient à des box carrés dotés d'une fenêtre basse. De mon lit, j'avais l'impression de vivre de plain-pied avec le veld. J'apercevais les latrines et, par-derrière, les Frongo, montagnes qui seraient toujours trop éloignées pour m'y rendre à pied.

Le dernier occupant avait tapissé les murs de calendriers vantant les mérites des bières allemandes, cadeau du *Windhoek Advertiser*. Où que vous regardiez, vous aviez des blondes bien en chair, seins à l'air, shorts moulants. L'une d'elles dans son plus simple appareil, un bandana et un Stetson, me contemplait depuis son coin de plafond au-dessus du lit, ses tétons telles des bombes prêtes à tomber. Un beau jour, je décidai de l'arracher et de déchirer ses consœurs quand on cogna à la cloison. Une voix s'éleva, celle de mon voisin. Celle du Pr Pohamba.

« Que faites-vous ?

– Je me suis dit qu'un peu de ménage ne serait pas une mauvaise idée. »

Je l'entendis s'extirper de son lit. Il ouvrit sa porte, alla jusqu'à ma fenêtre et s'accroupit. Passant la tête à travers la moustiquaire déchirée, il bâilla en me regardant, un bâillement nul doute bienveillant et amical, mais qui, par sa démesure, vira à la grimace. « Filez-moi ces nichons, professeur », ordonna-t-il.

Je lui tendis les lambeaux de calendrier, il les fourra dans sa poche de chemise, mais il resta campé devant ma fenêtre. Le Pr Pohamba me contemplait avec compassion, planté là comme j'étais, dans mes tongs Walgreen, sur le sol de béton. « Vous ne savez pas que c'est l'heure de la sieste ? »

Quand tinta le triangle annonçant la fin de la première heure d'étude, le Pr Pohamba réapparut à ma fenêtre et me pria de le suivre. Nous traversâmes le terrain de foot en direction des bâtiments réservés aux enseignants mariés et parvînmes à des chaises en plastique disposées en cercle devant la chambre du Pr Obadiah. Le vieil homme était entouré de courtisans somnolents qui n'écoutaient que d'une oreille. Il n'était pas aussi âgé qu'il se plaisait à le faire croire, mais il était difficile de lui donner un âge. Il aurait aussi bien pu avoir cinquante-cinq que soixante-quinze ans. Il était fier de ses rides et de ses cheveux blancs. Ce jour-là, un exemplaire du quotidien national, vieux d'une semaine, ouvert sur les genoux, il se lamentait sur une affaire de corruption au ministère des Finances du nouveau gouvernement. Tout ce que les Blancs au pouvoir avaient su apprendre à leurs successeurs noirs, c'était à s'en mettre plein les poches, prétendait-il.

Et Pohamba de se tapoter les joues en concluant : « Les hommes politiques, qu'ils soient noirs, blancs ou contrefaits, c'est du pareil au même. Que dit la météo ? »

Obadiah feuilleta le journal et lut : « Chaleur dans le nord, chaleur sur la côte, très forte chaleur dans l'est. Quant à l'intérieur…

– Pitié ! »

Obadiah finit par se tourner vers moi, un effort pour m'inclure dans la conversation. Il me demanda ce que je pensais du noble Cincinnatus.

« De qui ?

– N'avez-vous pas dit que vous étiez de Cincinnati ?

– Oui. »

Les mains en visière, Obadiah me dévisagea, perplexe. « Voyons, je parle de son homonyme, le célèbre général romain Cincinnatus. Ne me dites tout de même pas…

– Excusez-moi, mais je…

– Et vous êtes venu enseigner l'histoire à nos enfants ?

– Est-il au programme de sixième ?

– Nom de Dieu, s'il ne l'est pas, il devrait l'être ! Gentleman-farmer, guerrier malgré lui, homme d'État intègre. Quand on avait besoin de lui, il prenait les affaires en mains. Sitôt la crise passée, il s'en retournait à une vie paisible, dans sa ferme. Oh ! Pas une ferme comme celle-ci, une ferme digne de ce nom. S'il avait vécu ici, il ne serait pas revenu ! Il aurait tout fait pour éviter un sort pareil, jusqu'à devenir un tyran, oserais-je dire. » Obadiah posa les mains sur ses genoux et se pencha en avant de sa chaise en plastique.

« Pourquoi êtes-vous ici, jeune Cincinnatus ?

– Je n'en ai pas la moindre idée.

– Il a arraché les calendriers de Nakale », dit Pohamba.

Obadiah se leva et, les mains dans le dos, se mit à arpenter le sol poussiéreux. « Les vamps de la bière ? Intéressant. J'avoue qu'il m'est arrivé une fois ou l'autre de passer la tête pour regarder. J'ai, moi aussi, connu le désir autrefois. Depuis, j'ai oublié ce que c'était. » Il se tourna vers moi. « Pourquoi avez-vous fait cela ? Cherchiez-vous à donner des leçons de morale ?

– Je voulais être seul, répondis-je.

– Ah ! » Obadiah rapprocha les mains l'une de l'autre, comme pour m'applaudir, mais il s'arrêta net et murmura, plus pour lui que pour moi : « Ne vous inquiétez pas, vous êtes seul. »

7

CONTE ÉDIFIANT

Bruits du matin. Murmures des garçons sortant de l'église, claquement de leurs pieds nus sous le porche en béton ; chuintements dans la classe du balai indolent des élèves punis la veille.

Lors de la réunion qui précédait les cours de la journée, le directeur nous gratifiait d'un conte moral. Debout au garde-à-vous ou presque, tasse de café à la main, nous l'écoutions d'une oreille distraite tout en regardant le jour mat et gris se couler à travers l'unique fenêtre de la salle des professeurs. Ce n'était pas le soleil : le grand soleil, lui, se ferait encore attendre une éternité…

Les contes édifiants du directeur étaient souvent empruntés à la Bible. Il arrivait aussi qu'il les puisât dans le journal ou qu'il mît à profit telle ou telle rumeur récoltée à l'Hôtel Rossman de Karibib. En général, quelle que fût leur origine, ils reflétaient plus ou moins le sentiment de culpabilité du directeur à l'égard de l'une de ses propres faiblesses. Ainsi, ce matin-là, devait-il être en proie à certains remords pour avoir puisé dans la caisse de l'école.

Sa cravate variait en fonction du jour de la semaine, ce qui nous permettait de savoir quel jour nous étions. Aujourd'hui, sa pomme d'Adam montait et descendait derrière sa cravate jaune du mercredi, comme si, pour citer Obadiah, sa malheureuse conscience essayait de s'échapper de cette boîte à mensonges qu'était son gosier.

« Mes chers collègues, veuillez écouter, avec gravité et recueillement, ordonna-t-il. Cela s'est passé près d'Angra Pequena il y a une centaine d'années, mais cela aurait aussi bien pu se passer hier. » Il se tut, reprit son souffle, le temps que ce fait divers spectaculaire produise son effet. « Disons que cela s'est passé hier. Oui, hier. Trois squelettes ont été découverts dans les sables impitoyables du Namib. Dieu n'a pas créé notre désert. Vous m'entendez ? Le Namib est né d'un oubli de Dieu. Il avait toujours eu l'intention d'y mettre quelque chose mais, hélas, Il a oublié. De même pour ce pays. Mais revenons-en au conte d'aujourd'hui : on a retrouvé deux des squelettes l'un près de l'autre et le troisième sur une dune à environ un kilomètre de là. Tous trois étaient en partie recouverts de sable, tous trois semblaient à peu près du même âge et ils avaient été exposés aux mêmes intempéries. »

Il se tut et regarda chacun d'entre nous, l'un après l'autre. Il s'attarda sur Pohamba, qui luttait pour garder les yeux ouverts et empêcher ses genoux de se dérober sous lui.

« Erastus ? » lança le directeur.

Pohamba avait une nouvelle petite amie à Karibib. Cela faisait deux jours qu'il n'avait pas dormi dans son lit. Il portait encore son pantalon de coutil blanc et sa chemise disco imitation satin. À Goas, seul le directeur l'appelait Erastus.

« Erastus, voulez-vous résumer ? »

Pohamba passa la langue sur ses lèvres crevassées. « Trois squelettes, dit-il. Deux l'un près de l'autre et le troisième pas bien loin, bizarre... Je dirais même que ça pue. »

Le directeur reprit, insatisfait, soucieux de ne pas faire avorter l'histoire à seule fin de pouvoir dire à Pohamba ses quatre vérités. « C'est évident. Les deux premiers squelettes avaient le crâne défoncé, en revanche, le crâne du troisième était intact. Et au creux des os fragiles et tout blancs, jadis protégés par la peau du poignet, le troisième tenait... » Il pointa un doigt pervers en direction de Pohamba... « Devinez quoi ?

– Sa verge ! » acheva Pohamba.

Le directeur lui-même éclata de rire, ses joues se gonflant et s'aplatissant tel un soufflet. L'ennui, c'est que nous continuâmes à rire et, comme toujours dans ces cas-là, il changea de camp. Plongeant sous la table, il réapparut avec sa chaussure et se mit à taper à la façon de Khrouchtchev pour rétablir l'ordre.

« Non, Erastus, il n'en avait plus besoin. Et croyez-moi, *la vôtre aussi racornira*. Non, je parle de quelque chose qui dure beaucoup plus longtemps. Oui, dans la main du troisième squelette… Devinez ! Des diamants ! Après s'être débarrassé de ses deux amis, c'est en roi qu'il voulait quitter le désert. Dans le vent et dans les sables, il serrait bien fort ces pierres d'une extraordinaire pureté. Imaginez comme il devait les serrer, imaginez ses espoirs dans la longue nuit namibienne ! »

À ce point, le directeur s'esclaffa, heureux de se délester de sa honte en la refilant à autrui. « Oh ! Vous sentiez quelque chose, Erastus. » Il renifla ses doigts. « Oh ! Oui. Figurez-vous que moi aussi. Satan rôde par ici ce matin. Je sens la corruption, je sens le mal. La luxure n'est-elle pas tout simplement une forme de cupidité ? Dieu a oublié le Namib, mais Il s'est souvenu de punir le troisième homme ! Eh bien, Dieu Lui-même, dis-je, dans toute Sa gloire, ne ratera pas les professeurs qui courent après de jeunes putes et du même coup négligent leurs devoirs d'enseignant ! Quand aurez-vous passé l'âge, Erastus ? Pour l'amour de Dieu, malheur à vous, malheur à vous ! »

Le directeur respira bien à fond et se signa.

« Et pourtant, je vous pardonne, Erastus. Oui, je vous pardonne votre turpitude, votre pourriture, vos tares. »

Cet après-midi-là, nous gravîmes la colline et allâmes nous asseoir au pied de la croix. Je regardais les Erongos estompées par les brumes de chaleur. Le ciel était laiteux, des chèvres languissantes erraient sur les pistes à travers la brousse. Et nous parlâmes, et nous parlâmes. Pohamba raconta qu'il avait un frère, Josiah, qui travaillait pour CDM, là-bas dans le sud ; on l'avait chopé en train de subtiliser des diamants qu'il s'était fourrés dans le cul. « T'as plus de frères que le directeur a de fautes à expier, dit Obadiah.

– J' te jure, dit Pohamba. On l'a chopé aux rayons x. Il est toujours en taule à Oranjemund. C'était il y a quatre ans et demi.

– Comment est-ce qu'on les a récupérés ?

– À l'aide d'une bonne purge. »

Du coup, Obadiah attaqua le sujet des mines de diamants et la façon dont Adolf Lüderitz avait acquis un dixième de la richesse du monde en échange de trois cents fusils et d'un wagon de fromage. Et bien sûr, Vilho, qui, aux dires de tous, croyait encore en Dieu – *Vilho le Dévot*, pour les intimes – ne put s'empêcher d'ajouter que Lüderitz s'était noyé dans l'Orange après que son bateau s'était retourné. « Il n'a jamais fait fortune, précisa Vilho, il est mort avant même d'avoir vendu une pierre !

– Et ses descendants ? s'écria Obadiah. Et les descendants de ses descendants ? »

Mais Pohamba ne voulait ni parler histoire, ni épiloguer sur les méchants écopant de déserts bien mérités, ni sur la justice telle que Dieu la comprenait. Il voulait parler de son frère Josiah, toujours en prison à Oranjemund pour avoir recelé des diamants dans son cul. « Un carat », dit-il, puis il se retourna, se pencha, et sa tête, grosse comme un melon, entre les cuisses, il reprit : « Ou deux ? »

Vilho se frotta les mains. Il prierait pour que Pohamba retrouve la paix de l'âme, mais il ne le ferait pas en sa présence.

8

AU NORD-OUEST D'OTJIMBINGWE

Vous prétendez regretter que je refuse la protection allemande. Vous semblez croire que c'est une autre de mes fautes... Ma réponse, la voici : jamais de ma vie je n'ai vu l'empereur allemand et je suis sûr que lui-même ne m'a jamais vu.

Hendrik Witbooi, 1885

Au cas où vous décideriez de continuer à vous battre contre moi, je prierais Votre Altesse de me fournir deux autres boîtes de douilles Henri Martini pour me permettre de répondre à votre attaque. Jusqu'ici nous ne nous sommes pas réellement affrontés... Il ne sied pas à une nation aussi noble, aussi honorable et aussi civilisée que la vôtre de mettre l'embargo sur les armes de son ennemi. Au cas où j'aurais assez de munitions, libre à vous de me vaincre.

Hendrik Witbooi, 1893

Ce fut, dit-on, le raid le plus féroce contre les forces coloniales de toute la sanglante histoire de l'Afrique allemande du sud-ouest. Répondant à une injonction divine, Hendrik Witbooi et ses hommes attaquèrent par surprise la base allemande d'Otjimbingwe. Cinq mille hommes appartenant aux troupes impériales, sous le commandement de Herman Goering, père infortuné d'un fils qui se distinguerait en devenant maréchal du Reich, étaient en garnison dans les baraquements. Par cette soirée d'été torride, ils dormaient à poings fermés. Le raid fut un tel succès que Goering dut s'enfuir et, suprême humiliation, il fut contraint de mendier asile auprès de la garnison anglaise de Walfish Bay. Comme on s'y attendait, les Allemands n'allaient pas courber l'échine : une violente riposte suivit trois mois plus tard, après l'arrivée de nouvelles recrues en provenance de la mère patrie. Witbooi se retira dans la solitude désolée des sables et des buttes d'argile, au nord-ouest d'Otjimbingwe.

Un lundi matin, armé d'un grand bâton, Obadiah emmena d'un pas énergique une colonne de trente-huit élèves de sa classe, en blouse bleu ciel. Deux par deux, la main dans la main, ils remontèrent le lit de la rivière asséchée. Après les avoir traînés pendant ce qui leur sembla une éternité, Obadiah s'arrêta net et planta son bâton dans le sable.

« Qui peut me dire ce qui s'est passé à cet endroit ? »

Aucun des garçons n'ouvrit la bouche. Ils retinrent même leur souffle. En cette fin de matinée de mars, tout semblait délavé. Le sable, les arbres, les buissons et même les vaches paraissaient de plâtre. Le ciel se refusait à ses jeux de lumière. Captifs de cet univers semi-désertique, ils avaient faim, Dieu qu'ils avaient faim ! Pour cette expédition, le professeur les avait privés de leur récréation du matin. Depuis les dernières pluies, les sabots des chèvres avaient grêlé le lit parcheminé de la rivière, les petits tas bien nets de leurs excréments rappelaient de minuscules pyramides. À quoi bon cette longue marche ?

« *For-ti-tu-de*, commença Obadiah. Voilà un mot dont il faudra vous souvenir, fripons que vous êtes. Cela signifie avoir le courage de poursuivre quand votre corps crie, *Asseblief makker*. Assez, je Vous en supplie ! Hendrik Witbooi l'avait, lui, cette fortitude. Vous noterez ce mot dans votre cahier quand vous retournerez en classe. Employez-le dans une phrase. Par exemple : "Witbooi avait de la fortitude, lui." Regardez ce bâton, mes enfants, seul, ici dans le sable, aussi muet qu'un pilier. Eh bien, voyez-vous, même la fortitude a parfois besoin d'une pause. Après avoir trompé la vigilance de la garnison qui occupait Otjimbingwe, le valeureux Hendrik Witbooi a chevauché vers le nord-ouest en direction de Goas – eh bien oui, même Goas a sa place dans l'histoire – et il s'est arrêté ici même. »

Les garçons jetèrent un regard las vers le bâton qui penchait vers le sable.

« À cet endroit, vous dis-je ! Si vaillant fût-il, il dut s'arrêter pour emplir ses poumons de l'air pur du désert, cet air de la liberté ! Silence, les garçons, vous les entendez ? Les *Schutztruppe* sont à leurs trousses. Imaginez ça, vous enfants de Goas. Imaginez que l'on vous poursuit et que vous êtes contraints de vous enfuir à cheval pour sauver votre peau ! Pensez aussi à tous ceux qui furent massacrés dans leur lit. Oui, c'était des criminels, des colonisateurs, mais c'était aussi des êtres humains. Tous méritaient la mort, sans aucune hésitation ! Mais de là à les tuer pendant leur sommeil ! Witbooi n'aurait-il pas appris cela des Allemands eux-mêmes ? Arrêtez-vous quelques instants. Un grand homme a fait une pause, ici même. Était-ce là une victoire ? »

Obadiah saisit le bâton, le mit sur son épaule et passa en revue la colonne de garçons. « Hendrik Witbooi était le meilleur tireur qu'ait connu ce pays depuis le père de Junker l'Afrikaner. » Obadiah baissa son fusil. « Il était également chrétien jusqu'au bout de ses vieux ongles. Je vous le répète, réfléchissez-y. Faut-il voir là un acte héroïque d'indépendance ? Certainement. Mais du même coup le début d'une période sanglante. Je vous ai amenés à cet endroit où Witbooi s'est reposé à seule fin que vous vous souveniez que la grandeur d'un homme n'est pas gratuite. »

Là-dessus, Obadiah planta le bâton dans le sable et reprit lentement le chemin de l'école. « À vous de trouver la réponse », leur lança-t-il par-dessus son épaule.

Ils le regardèrent, sans mot dire. Leurs aînés les avaient prévenus, ils leur avaient raconté l'anecdote du bâton que ce poivrot d'Obadiah avait planté en pleine brousse, mais en se retrouvant là tout seuls, ils réagirent comme leurs prédécesseurs. Ils avaient les yeux rivés sur ce bâton. Maintenant qu'ils étaient un peu plus réveillés, ils ne le lâchaient pas du regard. Les trente-huit garçons se tenaient par la main, dans le plus grand silence. L'un d'eux eut envie de flanquer le bâton par terre. Un autre envisagea de s'en servir pour écraser Reginald Eiseb, son ennemi juré. Un troisième songea à le chevaucher, tout comme la sorcière blanche de son livre de contes. L'oreille aux aguets, Jacobus Tivute crut, pour sa part, capter les halètements d'un homme traqué, alors qu'il s'agissait de la respiration pantelante du camarade asthmatique dont il tenait la main ; peu importait : Jacobus percevait ces ondes de détresse. Les Allemands pourchasseront Witbooi jusqu'au bout du monde. Puis ils l'abattront de dix-sept balles, à Vaalgras. Son père lui avait raconté cette histoire. Et Jacobus de se dire, en voyant autour de lui les arbres farouches, les fourrés agressifs, les amples méandres du fleuve tari : la bravoure, c'est pire que la lâcheté. Il espérait devenir un grand gaillard qui ne serait jamais ni trop brave ni trop lâche, et il se jura d'y veiller. Là-dessus, il adressa une petite prière à Dieu, Lui demandant bien poliment de l'aider un jour à sortir de ce fichu désert pour aller vivre en ville, puis, il tourna le dos au bâton et, traînant son camarade, il suivit son professeur.

9

ANTOINETTE

Parfois, à l'orée du jour, elle entend les pleurs étouffés des femmes juives accouchant en secret. Les hommes de Pharaon jettent les garçons dans le Nil. Antoinette se réveille et, debout dans la pénombre, elle prie pour eux et pour celle qu'elle a perdue, sa première-née, une fille, qui lui a été enlevée avant même d'avoir un nom. Les filles ne sont-elles pas censées avoir le droit de vivre ?

Elle incline la tête pour prier, jamais elle ne s'agenouillera. Ni à l'église, ni où que ce soit. Elle l'a appris enfant. Demander quelque chose à Dieu n'est pas humble démarche. C'est une requête. Pourquoi tenter de la travestir en se mettant à genoux ?

Les paupières closes, elle écoute les vagissements de tous ces enfants perdus. Ses doigts arthritiques font de ses mains une corbeille. Jamais, elle ne s'agenouillera. Jamais. Elle attend que s'évanouisse l'écho de ces cris, la voix de son sang et du sang de tant d'autres.

Ils ne lui ont pas donné de nom. On ne donne pas de nom à un enfant avant de l'avoir entendu vagir et celle-là était née muette. Le certificat de décès, seule relique assez sacrée pour qu'elle la conserve dans sa Bible, est écrit dans une espèce d'afrikaans ampoulé. *Par l'acte présent, il est établi que la personne suivante, qui n'a pas reçu de nom…* Ça leur a coûté dix rands ! Dix rands pour une évidence que le premier venu aurait pu constater. Il y a toutefois des jours où elle le sort et le relit. Ses mains ont usé le papier. Les pliures en sont sales. Le certificat est en triste état. Elle se dit qu'il aura survécu à la dépouille de sa fille.

Tu es née dans la paix, n'est-ce pas ?

Elle quitte sa maison et son mari assoupi (il s'est encore une fois endormi dans son fauteuil), et elle se dirige à travers les sables jusqu'au foyer des garçons. Encore une demi-heure avant que le jour s'épande sur les montagnes et inonde la brousse.

10

LE NOYÉ

Parmi les fantômes de la ferme errait l'âme d'un élève de septième. Un matin, dix-neuf ans plus tôt, le jeune garçon s'était noyé alors qu'il nageait dans le lac artificiel, près des ruines de ce que l'on appelait encore Old Goas, à l'emplacement de la ferme d'origine. À vrai dire, nous vivions à New Goas, mais personne ne l'appelait ainsi. À l'époque, le réservoir servait à abreuver les vaches en milieu de journée ; elles étaient alors beaucoup plus nombreuses. Une clôture permettait aux journaliers de voir s'il manquait des vaches dans le corral. Aujourd'hui, il n'y avait plus de clôture, ni d'eau non plus, seuls restaient quelques vestiges que les sabots avaient enfoncés dans le sol au fil des ans.

Pour un fantôme, disons qu'il était plutôt discret. Certains matins, il venait près du feu sur lequel nous préparions le café. Blottis les uns contre les autres, heurtant nos tasses vides dans la pénombre, nous attendions que le café filtre. Nous nous apercevions de sa présence à la fumée qui commençait à glisser dans la mauvaise direction, vers le vent. Selon Obadiah, le garçon se servait de tout le souffle qui lui restait pour chasser la fumée qui lui piquait les yeux : les morts ne peuvent pas se servir de leurs mains, ajoutait-il. Il disait aussi que le jeune garçon était tswana, le seul Tswana à Goas en ce temps-là, et qu'il nous rendait visite afin de trouver parmi nous un peu de chaleur et se rappeler à notre bon souvenir. Un jeune garçon mort si loin des siens. Quel mal y a-t-il à éprouver le besoin que l'on parle de vous de temps en temps ? Tout cela remontait à si longtemps que personne ne se souvenait de lui, on savait juste qu'il était mort et qu'il était tswana. Aussi, dès que l'un de nous prétendait que la fumée ne se comportait pas selon les lois de la météo, nous nous perdions en conjectures. Qu'importe ce que racontait tel ou tel ces matins-là. Nous avions trop froid pour y prêter attention, nous murmurions, emmitouflés dans nos manteaux. Nous prétendions être aussi seuls que ce jeune garçon à l'instant où il avait sombré.

« Né à Gobabis, fils d'un chef qui était riche, dit une voix.

– Exact, lança une autre. Son père possédait quatre cents têtes de bétail, la sécheresse de 79 l'a ruiné. »

Une troisième voix s'éleva, à moins que ce ne soit à nouveau la première. « Et pourtant, il allait et venait les pieds en sang.

– Pourquoi les avait-il en sang ?

– Parce qu'on lui avait volé ses chaussures.

– Ah oui, les enfants des riches ont les pieds fragiles.

– C'est vrai.

– Il avait les pieds fragiles, mais il savait nager.

– C'est exact. Il avait pris des leçons à Windhoek, dans la piscine réservée aux Blancs.

– Alors, qu'est-ce qui s'est passé ? S'il savait nager, comment a-t-il pu se noyer ?

– La tristesse…

– Oui, je vois.

– Et alors, il a sombré.

– Il y avait assez d'eau pour se noyer ?

– Une de ces rares années…

– Et il a fallu attendre que les vaches se comportent de façon bizarre pour qu'on le retrouve.

– Elles refusaient de boire de cette eau.

– Et un beau jour, elles ont embouti la clôture.

– Oui, et un berger – pas Theofilus, c'était avant Theofilus – s'est hissé par-dessus le mur pour regarder.

– La tête du garçon flottait comme un chou. »

Pieds et mains gelés, nous nous pelotonnions près du feu avec nos tasses vides. Nous regardions nos voisins respirer et ne prêtions à la conversation qu'une oreille distraite. Ces matins-là, c'était moins le soleil qui prenait la relève que l'obscurité qui se retirait. Et l'on en revenait toujours à la solitude de ce malheureux garçon. N'était-il pas le seul Tswana sur cette ferme où se côtoyaient Herero, Damara, Nama, métis, Ovambo ? Sans oublier deux Bochimans, deux Bochimans qui, au moins, pouvaient parler entre eux. Nous oubliâmes la panique des vaches, détail auquel nul n'avait jamais cru. À Goas, les vaches étaient trop placides.

Nos voix dans la lumière changeante :

« Abandonné, voilà ce qu'il était ce garçon.

– N'est-ce pas notre sort à tous ?

– Notre Seigneur l'a été, Lui aussi.

– Et Il n'a pas appelé au secours. Il savait que personne ne viendrait. C'est souvent comme ça.

– Et les vaches ? »

Une voix de femme répondit, rares étaient les voix de femme. Une voix que nous ne reconnûmes pas.

« Elles regardaient. »

Personne n'ajouta quoi que ce soit. La fumée s'éleva lente et légère, puis elle s'étiola du côté des rochers, derrière les latrines.

11

GOAS

À Goas, les saisons – pour autant que l'on puisse parler de saison froide, de saison chaude et encore de saison chaude – se bousculent. Les jours aussi. Les matins d'hiver accouchent d'après-midi d'été. Et la mémoire est un tas de scories et de mensonges.

Les cendres d'un serpentin à moustiques. Un livre, le dos brisé, la face contre la table. De minuscules chaussettes qui sèchent sur le rebord d'un seau.

12

HISTOIRE DE L'ÉPOUSE D'UN PROFESSEUR

On est mardi et Mavala Shikongo, cette belle femme élégante, grave, et qui méritait mieux que nous, s'en est allée. La seule enseignante célibataire à honorer de sa présence un pensionnat de garçons, tellement perdu dans le veld que même les babouins nous plaignent ! Ils viennent chier devant notre porte. Oui, Mavala Shikongo s'est évadée de Goas au bout de trois petites semaines. Trois semaines. Dire que la vie commençait à peine à nous sourire ! Le bruit court qu'elle aurait trouvé un poste plus intéressant dans une école primaire de Grootfontien. Toujours est-il que vingt et un jours nous ont suffi à tous, célibataires, divorcés ou en instance de divorce, croulants ou sémillants, dépravés ou vertueux, oui, à tous autant que nous sommes, pour tomber follement, éperdument, désespérément amoureux de Mavala Shikongo.

Elle était arrivée peu après moi, aussi n'étais-je plus le nouveau. Disons que l'attrait de ma nouveauté avait été vite éclipsé : je ne portais pas de jupes. Mavala Shikongo passa les quelques jours où la ferme bénéficia de ses charmes, à trois cents mètres de là, cloîtrée dans une pièce, un ancien garage attenant à la maison du directeur. Elle était la sœur de miss Tuyeni, l'épouse du directeur.

Elle nous ignora. Trois semaines durant, nous fûmes pour ainsi dire invisibles. Pas une seule fois, après ces longs après-midi de cours, elle ne s'arrêta à la clôture de Tatie Wilhelmina pour y récolter les derniers ragots, pressée qu'elle était de regagner sa chambre et de se plonger dans ses livres. Festus, qui surveillait son courrier, nous confia qu'elle suivait par correspondance les cours d'une université anglaise. À en croire la rumeur, ce genre de vie ne la satisfaisait pas : elle ne voulait même pas devenir professeur. Elle voulait devenir comptable. On se pâmait d'admiration. Elle irait loin, Mavala Shikongo. Elle ne resterait pas à Goas à traire les vaches, celle-là ! Maintenant, les femmes, elles en veulent ! Et c'est bien grâce à la guerre. Parce que – minijupes et études mises à part – Mavala Shikongo est une authentique héroïne de ce combat. Elle s'est battue pour le PLAN. À moins de vingt-cinq ans, la demoiselle en a abattu des Boers ! Ces yeux ne cillent devant rien, on les imagine aisément fixés sur un canon de fusil. Combien de fois, pendant ces quelques jours, n'avons-nous pas traînassé près des fenêtres de sa classe, allant aux toilettes à seule fin de l'apercevoir ? Trois semaines durant, nous avons rôdé autour d'elle, à distance, couards vautours que nous sommes. Et maintenant, regardez : la valise de Mavala, sa valise couleur moutarde, s'en repart à l'arrière du bakkie du prêtre. Le matin, comment parviendrons-nous à nous tirer du lit si nous ne l'apercevons pas en train de courir sur le sable dans ses escarpins noirs sexy, dans ses chaussures de ville qui font fantasmer ? Elle seule pouvait nous arracher à nos rêves salaces par les matins les plus froids. Ces jours où nos doigts craquaient telles les brindilles du feu sur lequel chauffait le café, où nos scrotums ne se décrispaient qu'à la troisième récréation. Qu'est-ce qui réchauffera désormais nos hivers dans le désert ?

Dans les quartiers des célibataires, c'est le grand deuil. Personne n'a plus envie d'aller jusqu'à la route dans l'espoir d'être pris en stop jusqu'à Karibib. Obadiah vient faire un tour jusqu'à ma chambre, il me tend une carotte qu'il vient d'éplucher. Il m'invite à prendre un verre dans sa Datsun. Je le suis. Sa Datsun gît ensablée derrière sa maison, à côté du poulailler d'Antoinette et des cordes à linge. Advienne le second, voire le troisième avènement de Notre-Seigneur, jamais ce vieux taxi de Windhoek ne reprendra la route. Et pourtant, Obadiah s'entête à prophétiser. Un jour, le moteur repartira, le carburateur recarburera et les sièges se recouvriront de fourrure. En attendant, nous y faisons salon. Je trempe mes lèvres dans le Zorba et dis, Adieu, Mavala, ah ! si seulement nous avions pu ouvrir cette valise couleur moutarde pour sentir une dernière fois ton odeur !

Obadiah rajuste le rétroviseur. Il porte son chapeau du Trans-Namib, cadeau de son cousin Elias lorsqu'il a pris sa retraite des Chemins de fer namibiens. Dès qu'il remue la tête, le haut de son galurin racle le toit, enneigeant la guimbarde de flocons de mousse jaunâtre.

La main gauche sur le volant, il va droit au but. « C'est une autre histoire, dit-il. Il y a des années, un nouveau professeur a débarqué à Goas. Il n'était pas ici depuis longtemps, peut-être trois semaines, mais trois semaines, c'est bien assez pour tomber amoureux de l'épouse d'un autre. Rappelez-vous l'Empire romain : une nuit d'orgie et une boîte d'allumettes auront suffi à Néron pour réduire tout ça en cendres. La guerre de Cent Ans ? Une exagération, de la publicité pour Jeanne d'Arc. Le déluge ? Vous n'allez tout de même pas croire qu'il a fallu à Dieu quarante jours et quarante nuits pour faire périr bestiaux, bêtes sauvages, tout ce qui grouillait sur terre et tous les hommes par-dessus le marché ? Disons qu'Il en a trop fait ! Il était furieux, ne le seriez-vous pas à Sa place ? Pensez donc, cinq chapitres terminés et il Lui fallait déjà recommencer ! »

Obadiah bouge à peine le volant, comme si nous roulions tout tranquillement sur une route presque droite. Autour de nous, les poulets grattent la poussière.

« Ainsi donc, poursuit Obadiah, trois semaines et le nouveau professeur est follement, absurdement amoureux de l'épouse d'un autre professeur. Le mari de la belle enseignait les maths en quatrième et le nouveau enseignait l'afrikaans aux élèves de cinquième. Un beau jour, le mari, étonné d'entendre un vacarme inhabituel dans la classe du nouveau professeur, passe discrètement la tête par la fenêtre de la salle. *Où est votre professeur ?* demande-t-il aux élèves. Et trente ou quarante voix de répondre : *On sait pas, monsieur.* Mais il pouvait lire dans le regard de ces garçons : ils se moquaient de lui. Cela se passait dans les années 70. Les jeunes étaient alors moins innocents, la guerre les avait déniaisés. L'étude des fractions était bien le cadet de leurs soucis : ils voulaient casser du Blanc. Ils grimpaient sur la colline près de la croix et se mettaient à hurler, *Les Boers au Kakamas !* Et quel rapport y a-t-il entre la guerre et la luxure ? Ah ! Oui, ils se moquèrent de ce professeur. Leurs lèvres étaient scellées, mais leur regard en disait long. *Quand le chat n'est pas là, les souris dansent !* Le professeur se dirigea sans se hâter vers les quartiers réservés aux célibataires. Il ne frappa pas à la porte de son nouveau collègue. Je vous signale que cela se passa dans l'ancienne chambre de Kapapu, celle qui est à côté de la vôtre. Sa femme le suivit jusque chez eux, serrant ses vêtements contre elle, aussi nue et honteuse qu'Ève. Nous regardâmes tous la scène – je suis gêné de l'avouer – depuis les fenêtres de nos salles de classe. Ni le mari, ni l'épouse, ni le nouveau professeur ne sortirent de leur chambre du reste de la journée. Ce soir-là, le mari s'en retourna dans la chambre de son collègue et il le tua avec un rayon de roue de vélo. Le plus étrange, c'est que son épouse l'accompagna. Le lendemain matin, nous les retrouvâmes endormis l'un contre l'autre, devant la porte du nouveau professeur. Si bizarre que cela puisse paraître, ne fût-ce le sang sur leurs vêtements, on les aurait pris pour des anges ! Des amoureux enlacés. Romantique. Le juge d'Usakos les punit tous les deux. À la longue, l'époux fut gracié, son crime étant simplement passionnel, mais l'épouse, elle, dut purger sa peine, car elle était coupable, selon les lois de l'époque, non point d'un seul, mais de deux crimes odieux. »

Obadiah tend le bras pour attraper un coupe-ongles rouillé dans la boîte à gants. Il entreprend de couper ses cuticules. Maintenant qu'il a cessé de conduire, l'arrivée de la nuit d'hiver, ce bleu éteint dont nous nous emmitouflons par-dessus nos gros pulls, me donne l'impression que nous sommes réellement allés quelque part. Je regarde les ombres des chemises d'Obadiah s'agiter sur la corde et gonfler au vent. Près des cendres du feu, les restes d'une chaussure de tennis sans lacet et un sac en cellophane de chips auquel les poulets ont fait un sort.

« La chambre voisine de la mienne ? »

Obadiah hoche la tête. « Tuer un homme avec un rayon de roue de vélo, c'est vraiment moche, dit-il, chassant de la main les rognures d'ongle sur sa chemise, avant de s'en débarrasser par ce qui fut jadis une fenêtre. Le nouveau professeur était tant et si bien éventré que les gendarmes durent ramasser ses boyaux dans un seau. Pour beaucoup la question était la suivante : avait-elle participé ou s'était-elle contentée de regarder ? Quoi qu'il en soit, cette question ne m'a jamais intéressé. À mes yeux, le meurtre lui-même n'a jamais voulu dire grand-chose, mais cette veille sur le seuil de la porte... Les années ont passé, ce qui est resté de tout ça, c'est la façon dont on les a trouvés ainsi anéantis, le lendemain matin. Qu'il y ait eu vengeance, c'était évident, mais il s'y ajoutait un autre élément plus subtil. Ma question est la suivante : quelle qu'en fût la cause, un tel épuisement avait dû lui procurer une certaine satisfaction, non ? Le sentiment que c'en était fini une fois pour toutes. Et si ces deux-là avaient passé leurs plus belles heures à attendre le point du jour ? »

Il se penche, et commence à se curer les ongles de pied.

Antoinette sort de la maison et, sans hésiter, elle choisit un poulet dans le poulailler, l'attrape par le cou et le fait tournoyer. Il décrit des cercles. Vas-y, bats-les tant que tu voudras tes ailes qui ne servent à rien, raidis-les tant que tu pourras tes pattes difformes. « Peut-être Mavala détestera-t-elle Grootfontein, dis-je. Peut-être reviendra-t-elle. »

Obadiah est trop poli pour se moquer de qui que ce soit. Il ne relève pas non plus vos bêtises. Il ne dit rien. Dans la pénombre de ce jour moribond, je regarde Antoinette brandir un couperet rouillé sur ce qui sera le dîner.

13

SUR LA COLLINE AU PIED DE LA CROIX

L'école est blottie au cœur de la ferme, près du confluent de trois fleuves asséchés. On avait estimé que cela suffirait aux besoins en eau des professeurs et des élèves, même durant les années de grande sécheresse.

Du haut de la colline, la vue s'étend de la mission – les bâtiments scolaires, l'église et l'internat – jusqu'au pied des Erongos. Vous apercevez aussi les trois fleuves, canaux de sable aride qui cheminent quelque temps ensemble non loin de Goas, puis se séparent pour de bon. Aussi ridé qu'une piste de goudron, le Gamikaub file tout droit vers le nord à travers la brousse ; le Kuiseb, lui, zigzague vers l'ouest, serpente à travers une gorge étroite des Erongos avant d'entreprendre sa longue traversée du désert jusqu'à l'Atlantique. Le Toanib, cher aux habitants de Goas, semble ne pas savoir où il va. Il se tortille sous les barbelés aux lames de rasoir étincelantes, s'en retourne paresseusement vers Goa, repart en ondulant vers le sud et disparaît dans le veld.

Chaque soir, tous les cinq – Pohamba, Obadiah, Festus, Vilho et moi – nous allongions sur des coussins, subtilisés dans la salle des professeurs et nous faisions circuler entre nous un *Windhoek Advertiser* vieux de quinze jours. Vous ne lisiez pas l'*Advertiser* pour les nouvelles. Pour les nouvelles, vous lisiez

The Namibian. Mais qui s'intéressait aux nouvelles ? Après une semaine dans la salle de classe, nous voulions de la fesse et des paillettes. Un sweepstake de cinquante mille rands en page 3 et d'innombrables paires de seins nus (de toutes les couleurs de l'arc-en-ciel, bien dans l'esprit de la nouvelle nation) dans le supplément. C'était un bon journal. Pohamba, qui en avait la primeur, nous gratifiait d'un résumé des nouvelles du jour.

ADI AMIN ATTEINT DE SYPHILIS À UN STADE AVANCÉ
LES BLANCS DE NAMIBIE PRÉPARENT UN EXODE MASSIF AU PARAGUAY
DAN QUAYLE, VICE-PRÉSIDENT DES ÉTATS-UNIS EN VISITE À TSUMEB
NYMPHOMANE ET CINGLÉE, ELLE PREND UN GRAND-PÈRE POUR AMANT
ÉLECTION DE MISS NAMIBIE : PROBLÈME DE BIKINI PHOTOS EN PAGE 5

« Dites, si on passait aux deux dernières ? » suggérait Festus.

La lecture du journal terminée, je m'endormais ou je contemplais la brousse. Pohamba se plaisait à répéter qu'à Goas, il n'y avait qu'une chose sûre et certaine, c'était que cette même brousse qui vous avait dit gentiment bonsoir, vous assommerait sans scrupule le lendemain matin.

Et Obadiah de rétorquer : « Vous êtes aveugle ou quoi ? La brousse ? Vide ? On n'y voit jamais que le fond de son cœur, professeur Pohamba. » À en croire Obadiah, le veld changeait avec une telle rapidité que l'on avait peine à suivre. Un jour, vous vous promeniez par-derrière les tombes de Voortrekker et, à la place des malheureux buissons aperçus la veille, vous remarquiez un de ces rares massifs d'herbe puante. Un autre jour, au même endroit, vous découvriez des graines de moutarde toxiques ou, plus dangereuse encore, de l'euphorbe. Non que rien ne pousse à Goas, mais plutôt qu'il n'y pousse rien que l'on puisse manger. Et l'herbe ? direz-vous. Les Boers l'appellent *upslang*, l'érectile, parce qu'elle pousse en une nuit. Après la pluie, elle verdoie toute la journée, mais le lendemain elle est aussi sèche que la paille. Observez-la, disait-il. Regardez la façon dont, selon l'heure, elle ondoie au vent ou lui résiste. Plus encore que le mouvement, étudiez la lumière. À la fin de la matinée, à l'ouest, les Erongos ressemblent à des mottes de fromage saupoudrées de poivre. Et pensez aux mirages qui baignent le pied de ces montagnes. Vous marchez, vous marchez et cette nappe d'eau s'étire à perte de vue et va s'élargissant à chaque pas. Une mare devient un lac, puis un océan. Il s'agit juste de la collision de couches d'air de chaleur inégale entraînant une réfraction optique. Mais dites-moi, quelle importance peuvent bien avoir ces explications climatologiques pour un homme qui meurt de soif ?

14

SALLE DE CLASSE

Soyons francs : Kaplansk ne connaît pas la grammaire. Je suis un Américain des années 70. Pendant les cours d'anglais de Miss Eckersley, nous fabriquions des marionnettes tandis qu'elle chantait en s'accompagnant à la guitare.

Aujourd'hui, je débite une fois de plus mon cours, je lis le manuel scolaire à mes élèves. Leçon d'anglais numéro 12 : le futur simple. Je débite le cours, mécaniquement, comme un acte de foi...

« Pour exprimer une promesse, une certaine bonne volonté, autant qu'une idée de futur, nous employons en anglais, *I (we) will* et non pas *I (we) shall.* Rappelez-vous que pour la forme interrogative, nous employons toujours *shall I* et non point *Will I ?* Vous noterez que, *Shall I ?* ou *Shall we ?* a souvent le sens de *Voulez-vous que je... ?* ou *Aimeriez-vous que... ?* Par exemple : *Shall I open the window ?* Voulez-vous que j'ouvre la fenêtre ? *Shall I get you a cup of tea ?* Voulez-vous que je vous serve une tasse de thé ? *Shall we go to the theatre tonight ?* Voulez-vous que nous allions au théâtre ce soir ? *Shall we begin to work now ?* Voulez-vous que nous nous mettions au travail ? *Let's begin, now, shall we ?* Commençons maintenant, si vous voulez bien... *Will,* en revanche, est un tout autre sac de nœuds. *Will* exprime non pas une question, mais une intention. Par exemple : *I will study my grammar during the study hour,* j'ai décidé d'étudier ma grammaire pendant l'heure d'étude. *I will not beat children who are smaller than I,* je refuse de battre des enfants plus petits que moi. Bref, ce genre de choses. Des questions ? Des points qui vous gênent ? Qui vous surprennent ?

– Le futur simple par opposition à quoi ? » demande Rubrecht Kanhala, génie de la classe qui a l'art de donner des sueurs froides aux professeurs.

« Très bonne question, Rubrecht. Par opposition, disons, au futur compliqué, dont nous n'avons pas à nous inquiéter pour l'instant. »

Et c'est reparti…

Au début, la tête des autres garçons reste bien droite, seules leurs paupières s'alourdissent, mais lentement, l'une après l'autre, les têtes commencent à dodeliner, ils les relèvent sans se servir de leurs mains, les redressent et s'efforcent désespérément d'écouter.

« Très bien. Y en a-t-il un parmi vous qui se souvient de ce qu'est un interrogatif ? »

Silence de mort. Même Rubrecht en a assez. Aucun n'a de montre et il n'y a pas d'horloge sur le mur. Jeremiah Puleni, réputé pour avoir une pendule dans le ventre, a commencé à faire crisser les grains de sable sur le sol. Encore une demi-heure et, comme chacun sait, je suis bien décidé à leur fourrer ça dans le crâne. Jeremiah, un gosse de la ferme, ignore ce que sont des chaussures ; il est beaucoup plus grand que les autres garçons, et plus âgé aussi. Il a fait ses débuts scolaires avec des années de retard, car on avait besoin de lui à la ferme. Son frère se battait là-haut dans le nord. Lui, il est toujours resté à la traîne. Il se contente d'assister aux cours avec un grand sourire. Les années passent et Jeremiah Puleni ne se départ pas de son sourire. Pas un mot d'anglais, il ne parle que le damara et l'afrikaans. Il a toujours ce même regard fixe, il est toujours aussi silencieux, il a toujours l'air de se concentrer. Je me demande : sur quoi te concentres-tu, Jeremiah ? Un gros balourd, toujours à l'affût d'une bonne excuse pour rire. Nous savons qu'il n'a aucune chance de s'en tirer dans la vie et nous ne l'en aimons que davantage. Pour certains, Goas est un refuge.

Personne n'ose songer à ce qu'il adviendra de Jeremiah Puleni le jour où il finira par sortir de l'école primaire.

« Très bien. Et maintenant, recopiez ça. »

Je regarde le soleil entrer par les hautes fenêtres. Des rais jaunes poussiéreux strient la salle et vont se briser sur la tête des plus grands. Le visage de Jeremiah ruisselle de lumière, mais il doit plisser les yeux pour lire les règles sur le tableau noir, des règles que le professeur a copiées, sans les comprendre. Qu'à ce jour, lui, le professeur, n'a toujours pas comprises. Et Jeremiah Puleni ? Il regarde poliment, la lèvre frémissante, comme si tout était parfaitement compréhensible, parfaitement sensé.

15

MATIN À GOAS

Le jour n'est pas encore levé, l'obscurité s'estompe à peine qu'assis dans son fauteuil bleu, Obadiah caresse sa nouvelle radio Grundig. Les piles en sont usées, quant au groupe électrogène, il ne fonctionne plus depuis des heures, mais Obadiah imagine néanmoins ce que le poste pourrait lui dire, quelle chanson il pourrait lui faire entendre. C'est qu'il s'en passe des choses dans cette petite boîte silencieuse, même à cet instant, même dans ce trou perdu. Une cacophonie de voix inaudibles. En robe de chambre et pantoufles, il prête l'oreille au virtuel. Stupéfiant, n'est-ce pas, qu'il ne puisse jamais y avoir un moment de silence dans un monde si vaste et grouillant de voix ? Aujourd'hui en classe, il sortira les planisphères enfermés dans le placard, il les punaisera au mur et montrera aux enfants le pôle Nord, la Sibérie, l'Alaska, les Philippines ! Addis-Abeba ! Le Caire ! Montevideo ! Il les enchantera avec cette clef du rêve que sont les cartes de géographie. Le monde s'étale, accessible. Tous les pèlerinages sont possibles ! Les cartes – son cœur tressaille –, qu'y a-t-il de plus exaltant qu'un planisphère ? Même pour un homme qui ne s'aventure que rarement au-delà du Pick'n Pay de Karibib.

Antoinette dort. Il la devine dans l'obscurité, sans même regarder par la porte de la chambre entrouverte. Ses pieds dépassent des couvertures, telles deux pagaies menaçantes. Sa bouche est hermétiquement close. Elle dort les dents serrées, au cas où elle mourrait. Son âme pourrait s'échapper, dit-elle. Elle respire fort, par le nez. Dans leur jeunesse, il l'embrassait quand elle dormait. De la langue, il lui entrouvrait la bouche. Était-ce bien moi ? se demande-t-il. J'aimerais pouvoir le refaire. Pourquoi ne puis-je pas ? Il lâche le poste de radio, mais reste où il est, il regarde dans le vide. Les photos du journal sur le mur derrière sa tête. Nkrumah, Bobby Kennedy, Miriam Makeba, Zephania Kameeta menottée. Il croit sentir leur regard sur sa nuque, ils attendent de lui quelque chose. Mais quoi ? Que voudriez-vous que je fasse, mes braves ? Il boirait bien un coup. Dans son placard, un flacon dont le bouchon doré rappelle un crâne de bébé, l'attend, planqué dans un vieux mocassin. À l'internat, les garçons dorment. À Windhoek, ses fils, Thomas et Matti, dorment (tous deux ont trouvé du travail). À Téhéran, deux amants iraniens dorment. À Moscou, de vieux cosmonautes dorment comme des anges. Au Pérou, au Maroc, dans les Flandres. Pourquoi ? Pourquoi pas moi ?

Derrière le garage, l'éolienne s'ébranle, d'abord un grincement hésitant suivi de celui discordant, discontinu du plein régime. Il la voit, dans l'obscurité, se dresser, inquiétante, au-dessus de la mission. *Aermotor Chicago*. Sur l'autre chaise bleue est posé l'ouvrage inachevé d'Antoinette. Il veut le toucher, entortiller ces fils autour de ses doigts, mais il ne bouge pas, ne tend même pas la main. Il se contente d'imaginer ce qu'il ressentirait s'il le touchait. Ce qui est différent, n'est-ce pas ? La lumière cotonneuse jaunit la chambre, il écoute sa femme souffler comme un phoque. Les coqs d'Antoinette chantent toute la nuit. Ils ne dorment jamais non plus. Pour eux, c'est toujours le point du jour. Même ainsi, songe-t-il, la nuit ne s'intensifie-t-elle pas avant l'aube ? Pourquoi ne pas toucher ? Pourquoi ne pas aller vers elle ? Pourquoi, par moments – et il y a déjà réfléchi – préférons-nous convoiter plutôt que posséder ?

16

DIKELEDI

Mavala Shikongo partie, nos désirs gardèrent malgré tout une constante : Dikeledi. Pohamba inventa un jour l'équation : p = d = 2r = *Dikeledi*. Impossible qu'elle fût l'épouse de Festus, Dieu sait pourtant qu'elle le revendiquait haut et fort. Elle dominait Festus de façon qui dépassait et de loin nos fantasmes les plus fous. À en croire la rumeur, quand elle voulait de lui – quand elle voulait vraiment, vraiment de lui – elle agitait une clochette, un discret tintement de lui seul entendu. Voilà donc les détails répugnants qu'il nous fallait subir. Festus et Dikeledi étaient l'abject jeune couple de la ferme. Le matin, disait-on, elle se lavait les dents au lait de chèvre. Nous aurions tous souhaité qu'une crise de somnambulisme l'amenât dans les quartiers des célibataires, car c'eût été la seule occasion d'une visite de sa part. Elle devait passer ses journées à nettoyer et briquer leur petite maison violette. Elle avait réussi à en bannir le moindre grain de sable, plus aucun scarabée ne craquait sous les pieds. Je la voyais souvent à sa fenêtre. Si peu intéressée fût-elle par nos exploits sur le terrain de foot, elle les suivait néanmoins depuis sa fenêtre. Aussi nous surpassions-nous pour elle. Comme cette fois où Pohamba défia les élèves de cinquième de lutter tous ensemble contre lui. Il m'incomba de veiller à ce qu'aucun garçon plus âgé ne se glissât parmi eux, aussi leur ordonnai-je de se mettre en rang et vérifiai-je leurs noms sur le registre de la classe. Je les répartis en trois groupes, me souvenant de cette phrase stupide de mon professeur d'éducation physique du lycée : *Très bien, imbéciles, écoutez ; je veux la moitié d'entre vous par ici, la moitié de vous par ici – et la moitié de vous par ici.* Pohamba avec tous ces garçons suspendus à son cou, et le reste d'entre nous qui l'encourage à inclure les sixièmes à cette mêlée. Je regarde en direction de la petite maison violette de Festus : Dikeledi est à la fenêtre.

Son crâne avait la forme d'un œuf que nous voulions tous tenir entre nos mains. Elle envoyait parfois un garçon porter du poulet mariné, du riz et des pêches au sirop aux quartiers des célibataires, d'autres fois c'était des pommes de terre et de la crème de maïs en conserve. Elle faisait ça juste par charité, c'est tout. Son amour pour Festus nous perturbait. On lisait son visage à livre ouvert. Cet amour était là dans ses dents, dans son nez, dans les délicats pavillons de ses oreilles. Elle regardait Festus de mille façons, mais surtout avec une pointe de curiosité, comme si elle ne savait pas trop ce qu'il ferait la minute suivante. Dieu sait pourtant qu'à Goas nul n'était plus prévisible que Festus. C'était l'agent le moins secret de la ferme. On pouvait si bien compter sur sa duplicité qu'il en devenait fiable : Festus était un de ces hommes qui bouffent à tous les râteliers. Dès que le directeur levait le petit doigt, Festus accourait, persuadé qu'il finirait un jour sous-directeur, si tant est que le directeur daignât en nommer un.

De même pour le prêtre, même si de ce côté-là les avantages eussent été moins concrets. (Mais après tout, peut-être pas : ne disait-on pas que le saint homme ne crachait ni sur l'argent ni sur les steaks congelés ?) Ce que Festus chérissait par-dessus tout, c'était ses entretiens confidentiels, soit au presbytère, soit dans le bureau du directeur : l'antichambre du pouvoir.

Mais la question demeurait : pourquoi ne pouvait-il pas se contenter de faire l'amour à Dikeledi ? Qu'est-ce qui incite un riche à en vouloir davantage ? Tout le monde attendait qu'elle tombe enceinte car, pensions-nous, on en viendrait à oublier qu'elle était si proche et pourtant toujours derrière sa fenêtre. Obadiah écrivit un poème : *Puissions-nous nous réjouir de la tristesse / de tes seins gorgés de lait.*

17

MACHINE À ÉCRIRE

Si l'on en croyait la rumeur, Pohamba avait une épouse, une épouse en chair et en os qui vivait à Otavi. Certains soirs, il s'enfermait dans sa salle de classe pour lui adresser des lettres tapées avec vigueur sur l'antique Olivetti de l'école.

Festus et moi frappions souvent à la porte de sa classe. Nous lui criions que nous partions à la chasse, un de ses passe-temps favoris. Nous partions à la traque de l'insaisissable hérisson nain du Grand Escarpement de Namibie centrale (*Potamochœrus porcus*). Cela supposait que l'on empruntât un ou deux chiots à Tatie Wilhelmina et que l'on affrontât la brousse d'un pas martial, armés de parapluies. Pohamba prétendait qu'ainsi chassaient les hommes, les vrais. D'où ces petits mots ornés de hérissons sanguinolents que nous glissions sous sa porte quand il était cloîtré dans sa salle de classe…

Lorsqu'il tapait à la machine, il n'ouvrait jamais. Debout derrière la porte, nous écoutions le cliquetis des touches. Festus racontait que la fameuse épouse était partie avec un Boer. Le Boer s'étant lassé d'elle, elle s'en était retournée vers Pohamba, qui n'avait pas voulu la reprendre. Les siens l'ayant à leur tour rejetée, elle s'était retirée dans une grotte des montagnes du Damaraland. D'après Festus, Pohamba avait parfois pitié d'elle et lui faisait porter à dos d'âne une lettre et un peu d'argent.

Inepties que tout ça, disait Obadiah : Pohamba était tout simplement amoureux et il écrivait à une poule de Windhoek et non à son épouse. Il précisait que le père de la demoiselle était l'un des grands manitous du Swapo, l'Organisation du peuple du Sud-Ouest africain, et qu'il avait interdit à sa fille d'épouser un prof de maths raté qui faisait le faraud. Pohamba, ajoutait-il, avait un jour décidé de rencontrer le père de sa belle à son bureau dans la capitale, mais la secrétaire du grand manitou lui avait répondu qu'il devait prendre rendez-vous deux mois à l'avance. Pohamba avait frappé du poing sur la table de verre de l'accueil, hurlant que s'il voulait voir un employé du gouvernement de son propre pays, ce pays pour lequel il s'était battu, ce pays indépendant, qui était né du sang de ses camarades, il n'allait pas attendre deux minutes et encore moins deux mois. Ils le jetèrent donc dehors et c'est tout juste s'ils ne l'arrêtèrent pas, achevait Obadiah.

Tout ce que je sais – et c'est pure spéculation de ma part, car Pohamba n'en parlait jamais – c'est que ces séances de dactylographie comptaient à tel point pour lui que c'était l'une des rares choses sur lesquelles il ne fallait pas plaisanter. Je pense qu'il écrivait à quelqu'un, mais que cette personne était soit défunte, soit si éloignée de lui que cela revenait au même.

Quand Pohamba ne se trouvait pas dans les parages, il nous arrivait de fouiller dans ses affaires en quête de ces lettres, mais en vain. Peut-être les brûlait-il. À moins que, par souci d'économie, il ne s'escrimât à taper sur un ruban qui avait rendu l'âme, plutôt que sur du papier.

Un soir, assis derrière la porte de sa salle de classe, je lisais tout en l'écoutant taper. Le soleil disparaissait derrière les montagnes et les élèves gravissaient la colline pour y faire des tractions en s'accrochant à la croix. On voyait leurs silhouettes se hisser et retomber dans la pénombre. Rubrecht Kanhala était l'un d'entre eux, je l'avais repéré car il était le meilleur. Sa silhouette longiligne s'élançait et voltigeait au-dessus de la traverse de la croix. Rubrecht fit une cinquantaine de tractions pendant que les garçons scandaient son nom, le suppliant de continuer. Faute de lumière, il me fallut renoncer à ma lecture, mais Pohamba, lui, s'obstina à écrire sans bougie… et sa machine à tinter au bout de chaque ligne.

18

PLUIE

La pluie, ces rares fois où elle était arrivée sans orage. Vous sentiez que l'air était visqueux, et là vous saviez. Vous saviez qu'elle repartirait aussi vite qu'elle était venue, que demain la tache sombre dans le sable aurait disparu, tout comme le silence de la pluie. J'avais au moins appris que la pluie venait avec sa chape de silence qui, elle aussi, s'en irait. Ni vu, ni connu. Alors les Erongos surgiraient des nuages, le soleil impitoyable se jouerait de nos cloisons trop minces et nous maudirions la pluie d'avoir osé nous importuner.

Cela avait été une fameuse averse, elle avait duré près de trois heures. Ce n'était plus un miracle. Si fugace et fantasque fût-elle, au début la pluie semblait toujours un miracle. Maintenant ce n'était plus que de la pluie. Nous attendions l'accalmie, cet instant où le soleil s'élèverait, aussi informe qu'une miche de pain détrempée. Où les poulets d'Antoinette secoueraient leurs plumes crasseuses et reprendraient leurs errances. Où les jeunes enfants se mettraient à tailler des bâtons pour harponner des poissons, nés de l'imagination de leurs aînés : *Vous ne saviez pas ? Ils descendent d'Angola à la saison des pluies.* À plat ventre sur le sol, à l'affût du barbeau ou du tilapia ils scrutaient les flots, mais tout ce que charriait l'éphémère Kuiseb, c'était des souris mortes.

La terre aspirait la plante de nos pieds. L'eau s'insinuait dans l'empreinte de nos pas sur le sable. La boue recouvrait tout.

Nous nous étions retirés dans nos chambres quand Pohamba cogna contre la cloison. « La mère Goas a une fois de plus enfanté un cinglé ! » Là-dessus, il frappa à ma porte : « Venez voir ! » ordonna-t-il. Les pieds mouillés, une serviette-éponge sur la tête, nous nous rendîmes au terrain de foot : Dikeledi tournoyait au beau milieu. La pluie agitait ses voiles gris. Allongé sur le dos, Festus tambourinait sur son torse gras comme sur un bongo. Coiffée du ridicule chapeau de paille de son mari, Dikeledi riait. Elle tendait les bras, ses seins humides se balançaient comme pour atteindre ses mains. Épuisés par la pluie, nous la désirions encore plus. Pohamba referma sa porte d'un coup de pied et s'exclama : « Merde ! Mon orteil ! » À mon tour, je claquai ma porte. Nous étions aussi jaloux de Festus l'un que l'autre. C'en était trop. Nous fermâmes nos fenêtres pour nous réfugier dans le silence de nos chambres, de nos lits, laissant la pluie s'acharner sur nos toits de tôle ondulée.

19

OBADIAH

Mon amour s'est porté à la rescousse de la lessive aux prises avec la pluie. Dommage qu'il nous faille protéger nos vêtements de celle qui est si bienvenue. Toinette flanque un gros tas de linge sur la table de la cuisine puis elle entreprend d'étendre nos draps et nos taies d'oreiller. Sur la table, sur le poêle, sur les comptoirs, sur les sièges. Elle en accroche aux lampes, aux portes. Elle suspend un maillot de corps à ma nuque. Nous voilà recyclés en linceuls. Les pieds mouillés, elle traverse ensuite la pièce, plaquant sur le vieux linoléum des empreintes aux orteils séparés. Où veulent donc aller tes orteils, ma Toinette ? Elle verse de l'eau dans la bouilloire, juste assez pour la rincer, la vide dans la bassine, la remplit à nouveau. L'eau dans la bouilloire et la pluie tambourinent de concert. Tomber, c'est tout simple, tout bête. Inoubliable. Définitivement acquis. Elle gratte une allumette. Succion du butagaz. Les flammes lèchent la bouilloire, langues bleues affolées. Bientôt la bouilloire hurlera comme si elle hurlait juste pour Toinette, dont les mains crevassées tiendront une tasse. Ma femme ou ma mère ? Souvenirs ou réalité ? Quelle maison de ma vie n'a pas de fil pour étendre la lessive ? Dans quelle cuisine de ma vie n'y a-t-il pas une femme qui prépare du thé ? Ton corps détrempé, ses contours. Puissé-je te serrer contre moi. Trois heures de pluie diluvienne à Goas. Se gaver a-t-il jamais freiné l'appétit d'un homme qui crève de faim ?

20

RETOUR

Ma main moite écrit au tableau des phrases qu'ils recopient. La touffeur a succédé à ce que l'on appelle désormais le « déluge de Dikeledi ». Ça s'est passé il y a trois jours et cela devient déjà légende : il a plu douze heures durant. Non, vingt-six ! Theofilus a dû partir en bateau à la rescousse des chèvres !

1. *La bombe atomique est une chose effrayante.*
2. *Mon père appartient à la loge des Elks.*
3. *Veuillez, s'il vous plaît, repasser ma chemise quand vous aurez terminé la vaisselle.*
4. *Ma sœur possède un de ces haricots sauteurs.*

L'ombre de Pohamba surgit sur le seuil de ma salle de classe.

« Puis-je vous dire deux mots, professeur Kaplansk ?

– Bien sûr, professeur Pohamba. »

Je sors sous le porche. « Qu'y a-t-il ? J'ai encore cinquante minutes à tirer. »

La main en cornet contre mon oreille, Pohamba murmure : « Elle est de retour.

– Qui ça ?

– Che Guevara.

– Quoi ?

– En jupe. »

Voici qu'elle apparaît dans ses yeux, qu'elle se pavane dans ses pupilles encore sobres le matin.

« Mavala Shikongo ?
– En chair et un peu en os.
– Oh ! là, là !
– Et devinez quoi d'autre ?
– Quoi ?
– Avec un enfant.
– Elle est enceinte ?
– Je n'ai pas dit avec enfant, j'ai dit avec *un* enfant. Prends note de l'article, prof d'anglais ! Il doit avoir un an ou, peut-être, dix-huit mois.
– Attendez… Mais elle n'avait pas l'air enceinte !
– Voyons, Kaplansk, réfléchissez ! Ça fait même pas un mois qu'elle est partie, l'enfant était déjà né, compris ? Elle a été le chercher je ne sais trop où. »
Je recule d'un pas. « Eh ! On peut dire que vous n'y êtes pas allé de main morte avec l'eau de Cologne, j'en ai la tête qui tourne !
– Ce n'est pas de l'eau de Cologne. C'est de l'eau de toilette. Pour hommes. Je vous en offrirai un flacon.
– Comment est-elle arrivée jusqu'ici ? Je n'ai pas entendu de voiture.
– Elle est venue à pied.
– Vous voulez dire qu'elle a fait tout le trajet à pied avec un bébé ?
– Il ne lui manque plus qu'un couffin sur la tête ! Une femme de son temps, notre soldate !
– Où est-elle ?
– Chez le commandant. »
Je regarde au bout du porche. Le bureau du directeur. La valise couleur moutarde est dans la cour, sur l'herbe copieusement arrosée à l'endroit où l'on a pris les photos de classe. Le jour de la distribution des prix, le directeur, debout sur ce carré vert, qu'il appelle l'Irlande, distribue les stylos d'usage.
Entre-temps, tous mes élèves ont passé la tête par la fenêtre. D'un regard courroucé, Pohamba les renvoie à leur place. Il siffle l'un d'eux, Magnus Axahoes, celui qui est le plus près de la

porte. Le garçon vient se mettre devant nous. Il est tout intimidé. Il arrive à peine à la cuisse de Pohamba.

« Va chercher la clef des toilettes chez le directeur, ordonne Pohamba.

– Oui, professeur.

– Et tu reviendras nous dire ce que tu as vu dans le bureau.

– Oui, professeur. »

Mais Magnus ne bouge pas, il regarde Pohamba.

« File. »

Magnus se mordille la lèvre. Au bout d'un moment, il pivote sur ses talons et fonce à l'autre bout du porche.

« Qui est-ce ?

– Magnus. Il n'ouvre jamais la bouche. Il passe le plus clair de son temps à regarder ses pieds. Il se débrouille toutefois pas si mal que ça en rédaction. Il en a écrit une sur un babouin qui devient officier de police.

– Pas besoin de le devenir, ils le sont déjà.

– Celui-là conduisait un chariot tiré par un âne et il se portait au secours des chiens.

– Pour les sauver de quoi ?

– Je n'en sais rien. Il les sauvait, c'est tout.

– Faites-le parler. Vous devriez lui taper dessus.

– Non, je préfère le silence. C'est quand ils posent des questions que j'ai envie de les frapper. »

À l'autre extrémité de la cour, dans la salle de classe d'Obadiah, les élèves récitent leur leçon de géographie. Labrador, Lagos, Lancashire. À vous. *Labrador, Lagos, Lancashire.*

D'habitude, quand le directeur parle dans son bureau sa voix résonne dans toute la ferme mais, aujourd'hui, on n'entend qu'Obadiah et ses élèves. Cette valise couleur moutarde semble monter la garde. Magnus réapparaît, il agite la clef, attachée à un fil de fer entortillé autour d'une brique. Il reste planté là, sans mot dire.

« Eh bien, dit Pohamba. ?

– Excusez-moi ? Professeur ?

– Raconte-nous ce que tu as vu dans le bureau.

– Miss Shikongo est là, professeur. Avec M. le directeur.
– Et qu'est-ce qu'ils font ?
– Excusez-moi ? »

Cette fois, Pohamba hurle presque : « De quoi parlent-ils, espèce d'idiot ?
– Parlent pas.
– Parlent pas ?
– Non, professeur.
– Alors qu'est-ce qu'ils fabriquent ? Ils sont assis à se regarder ?
– Non, professeur. M. le directeur regarde miss Shikongo. Miss Shikongo, elle, elle regarde nulle part.
– "Nulle part" ?
– Pas par ici.
– Quoi ? » Pohamba lève la main. Le garçon sursaute, mais il ne détourne pas les yeux, comme s'il cherchait à nous montrer à quoi ressemble ce « par ici ». Il serre la brique contre lui. Nous attendons, nous tendons l'oreille un instant, comme pour entendre tous ces regards et non-regards. De la classe d'Obadiah nous parvient : « Allons, mes anges, encore une fois : Lausanne.
– *Looo Zaaan.*
– Parfait, on croirait des Suisses… !
– Et l'enfant ? je demande. Qu'est-ce qu'il fait l'enfant ?
– Le petit garçon bat sa mère, professeur. »

Et voici qu'à l'autre bout du porche, le directeur, au lieu de se moquer d'elle, éclate d'un rire tonitruant. On l'entend qui se tord, toussote et rote de plaisir.

« Ramène la clef », dit Pohamba.

Ce soir-là, nous nous appropriâmes les chaises bleues de la salle de séjour d'Antoinette et d'Obadiah et nous attendîmes. Les étagères de livres moisis sentaient le vieux fromage. Le sol de cette pièce où l'on pouvait à peine se retourner était jonché de livres ouverts, face contre terre, et de pantoufles esseulées. Une ampoule pendait au-dessus de nos têtes, voilée d'un foulard pour en atténuer l'éclat. Le mannequin de couturière d'Antoinette avait été relégué dans un coin. Nous feignions d'écouter la radio tout en attendant qu'Obadiah annonce ce qu'il y avait à annoncer.

Big Ben carillonna. Que peut bien signifier une pendule londonienne pour Mavala Shikongo ? La nouvelle que nous cherchions n'était pas à la BBC. Notre oracle se plaça sur un bout de moquette et rentra ses orteils. Il augmenta le volume de la radio pour parler plus librement. Dans la cuisine, Antoinette s'agitait à grand fracas, malmenant couverts et argenterie, histoire de nous faire sentir notre fainéantise. « Elle est allée voir mon boulet, dit tout bas Obadiah, afin d'être couvert par le bruit de la radio.

– Qui ça ?

– Ma moitié...

– Quoi ?

– Cette longue maladie qu'on appelle une épouse...

– Vous ne pouvez pas parler comme tout le monde ! » grommela Pohamba, la main tendue pour tripoter les seins du mannequin. « Pour une fois parlez donc simplement ! »

Nouvelles du cricket : le Pakistan huit guichets à zéro sur la Malaisie lors d'un match amical.

Obadiah soupira. « C'est bien ça les temps modernes. Il vous faut tout et tout de suite. Personne n'a plus le temps pour une préface. Autrefois, la beauté d'une histoire tenait à ses tours et détours. Touche pas à la Magdalena. Très bien. Votre jolie soldate a demandé à mon épouse de garder le garçon pendant qu'elle enseignait. Elle a ajouté qu'il lui donnerait peut-être un peu de fil à retordre. Elle a même offert de payer...

– Et alors ?

– Vous ne la connaissez pas ma femme. "Me payer pour m'occuper d'un enfant !" La fille n'était pas encore allée la trouver, que mon épouse avait fait ressurgir de la cave tout un univers d'autrefois. Un lit d'enfant, une chaise haute, une girafe, un berceau en osier... Vous voyez, entre femmes on se serre les coudes. Les hommes, eux aussi, appartiennent souvent à des sociétés secrètes, mais les sociétés de femmes sont si secrètes qu'elles-mêmes ne savent pas au juste…

– Où a-t-elle pu le trouver ?

– Le berceau ? À la cave. N'ai-je pas… ?

– Le gosse. Où a-t-elle trouvé le… »

Ainsi nous commençâmes à nous poser des questions. Nous, dans les fauteuils bleus, Obadiah debout sur le bout de moquette. Nous échafaudions des hypothèses, ce qui nous amena à fantasmer, ce qui entraîna d'exquises visions d'accouplement. « *Coitus*, précisa Obadiah, c'est le participe passé du verbe latin *coire*.

– Immaculée Conception, ajouta Pohamba. Qui d'autre que Lui aurait pu approcher son andouille aussi près d'elle.

– Une minute… Qu'est-ce que c'est qu'un participe passé ? »

Antoinette apparut, des boules de coton dans les oreilles pour se protéger contre ce vacarme. Quoi qu'il en fût, elle entendait chaque mot. Vos pensées ne vous appartenaient plus : elle les captait à travers ses boules quiès improvisées. Elle se contenta de lever en silence une minuscule fourchette qui, à la faveur de cette seule et unique ampoule, dans cette pièce qui avait tout d'une grotte, nous parut menaçante : elle embrocherait nos ragots comme des chiches-kebabs !

Et sans doute Antoinette en imposait-elle davantage à présent qu'à l'époque à laquelle Obadiah se référait souvent, et non sans certaine émotion. *Turque, ma femme eût été un pacha*, disait-il. Debout, dans sa robe grise, repassée grosso modo, elle brandissait la fourchette. Pourquoi gaspiller des mots quand on peut fustiger du regard ? Espèces de lâches ! Fichez-lui donc la paix à cette fille ! Elle a déjà la vie bien assez dure sans que vous, bons à rien, alliez l'emmerder. Père ? Quel père ? Qui se soucie d'un père ? De n'importe quel père.

21

FRÈRES

Il est tard. Pohamba frappe à la cloison. « Mes rêves sont trop bruyants, dit-il. Les tiens aussi ?

– Non.

– C'est elle. Elle me trotte dans le crâne avec ses talons !

– Dors…

– C'est qu'elle me met, euh !… dans un état viril.

– Je ne veux rien savoir.

– Dis-moi, tu n'as pas faim ? »

Nous avions pour dîner de gros morceaux de viande, que je ne me souvenais plus d'avoir mangés. « Qu'est-ce que tu as ?

– Du poisson en boîte.

– Tu vas utiliser le réchaud ?

– Non. Je vais faire ça dehors. »

Devant nos chambres, il allume un petit feu près de la décharge. Je l'éclaire avec ma lampe de poche pendant qu'il verse de l'huile dans l'une des grosses marmites noires d'Antoinette. Il y balance le poisson en conserve. « On est à cent soixante kilomètres de l'océan, dit-il. On ne le croirait jamais à en juger par le poisson qu'on mange ! »

J'écoute grésiller l'huile. Au-dessus de nos têtes, une coupe grouillante d'étoiles et une lune orange toute bosselée, si bas dans le ciel qu'on croirait qu'elle campe dans la brousse.

« Autre chose…

– Quoi donc ?

– Ici, la densité de population est la plus faible au monde, et je vis dans une pièce de deux mètres cinquante sur quatre. Explique-moi un tel paradoxe !

– J'en suis incapable.

– Est-ce que je t'ai parlé de mon frère Moola, le scientifique aux idées socialistes ? demande-t-il.

– Celui qui a perdu une main à la conserverie ? »

Pas un souffle de vent, je peux l'entendre avaler sa salive. Il ne rit pas.

« Non ? Ça c'est Siméon...

– Ah !

– ... Je veux dire le fils de la sœur de mon père. Pour moi, c'est un frère. Je l'appelais Moola. Sa mère l'appelait Bonifacius. Nous sommes allés ensemble au collège d'Otavi, puis au lycée de Dobra. Il aimait danser, je te le garantis ! Il aimait aussi courir, dans les montagnes derrière l'école. S'il avait vécu, il aurait couru aussi vite que Frankie Fredricks. Jeux olympiques. Argent, voitures, femmes. Et il lisait, plus qu'aucun d'entre nous. Moola se prétendait socialiste scientifique. J'en ai rien à foutre de cette école, déclarait-il. Il disait que nous tous – quelle que soit l'aisance ou l'indigence de nos familles – nous étions à la solde des Blancs. Des vendus, en somme. Il se disait prêt à donner sa vie pour que nous puissions nous gouverner et travailler tous ensemble, parce que, insistait-il, vous, mes amis, vous êtes le *prolétariat*... Ce serait formidable. Nous irions dans les salles des fêtes, dans les bureaux de poste. Il parlait toujours ainsi, il nous imaginait la main dans la main construisant des bureaux de poste. »

Dans la marmite, l'huile crépite ; du bout de sa botte, Pohamba attise le feu.

« Nous étions une organisation clandestine – Moola l'appelait la Ligue des Justes. Nous nous réunissions en pleine brousse et Moola nous endoctrinait. Le moment venu, j'ai quitté l'école, suivi Moola dans le nord et rejoint la guérilla. Dis-toi bien que c'est tout juste si on avait des bottes. Eux, ils avaient des avions et des tanks, mais notre cause était la bonne, pas vrai ? »

Il s'arrête, fait craquer ses phalanges, chacune d'entre elles.

« Frère Moola et moi. Nous appartenions à une section chargée de la reconnaissance. Sur place. Le jour, nous somnolions dans le veld. La nuit, nous nous adonnions au sabotage. Nous étions des saboteurs. Ah ! Notre boulot c'était de susciter la peur. Pas pour gagner, juste pour entretenir la panique chez les Blancs. Nous les surprenions dans leur sommeil. Nous enlevions leurs femmes, leurs enfants. Nous étions de farouches terroristes. Les gorilles de la guérilla, tu piges ? De vrais pros ! Et Moola était notre chef intrépide. Et puis… Un après-midi, nous sommes tous en train de dormir dans la brousse, près de leur base aérienne de Ruacana, quand un hélicoptère atterrit sur nous comme un tisserin regagnant son nid. Deux Boers pendent de cet oiseau métallique équipé d'obusiers. Des sept camarades que nous étions, quatre sont morts, les autres ont été blessés. Moi, à la jambe gauche. »

Il déglutit bruyamment, retrousse son pantalon.

« Braque la lampe dessus », ordonne-t-il.

La trace ne me paraît pas bien grande pour un éclat d'obus. J'en ai malgré tout le souffle coupé. Merde alors !

Il se tait, satisfait. Il laisse la blessure produire son petit effet.

« Un seul manquait à l'appel, vois-tu. Un de nous, vois-tu, s'était, *par hasard*, éloigné discrètement avant l'embuscade. Dormez bien, camarades. Oh ! Si tu l'avais vu, la main droite levée, quand il remontait le moral des troupes ! Mandela ! Nujoma ! *Toivo ja Toiva !* Le lendemain, nous nous sommes lancés à ses trousses. » Pohamba rote, il me regarde par-dessus la marmite. « Fais gaffe à ceux qui parlent trop !

– Pourquoi a-t-il fait ça ? »

Il rit, il agite sa cuillère. « Pourquoi est-ce que tu crois qu'on fait quelque chose dans la vie ? Soit pour de l'argent soit pour des femmes. Dans ce cas, c'était pour de l'argent. » Il entonne : « *L'argent c'est ce qui fait tourner le monde, tourner le monde, tourner le monde…* On a trouvé cinq cents rands dans ses bottes. Et mille de plus dans son maillot de corps. Mon cher frère nous avait vendus. Il essayait de se tirer de là, peut-être voulait-il prêcher la révolution à Paris ou ailleurs. Baiser des petites

Françaises au nom de Lénine. Je ne lui en veux pas. Tu crois que je lui en veux ? »

Il plonge la main dans la marmite, tâte le poisson.

« C'est prêt.

– Qu'est-ce que vous lui avez fait ?

– Oh ! Ce qui s'imposait. » Pohamba saisit sa cuillère et flanque du poisson dans mon assiette.

« Que veux-tu dire ?

– Mange ton poisson. Tu ne veux pas de chutney ? »

Je dirige la lampe sur son visage. Il bâille.

« Qu'est-ce qui s'imposait ?

– Nous l'avons attaché à l'arrière d'un camion et nous sommes partis. Nous avons roulé jusqu'à ce que les broussailles l'aient écorché vif. On pouvait l'entendre gémir sur les Champs-Élysées, après ça on l'a relâché et on a laissé les oiseaux lui bouffer les yeux. »

Pohamba retire la marmite du feu et la pose sur une pierre. Je lui tends à nouveau mon assiette. Je veux le croire. Je veux le croire dans la mesure où l'on veut croire la seule version dont on vous garantit l'authenticité (Dieu sait qu'il en racontait des histoires, mais en fin de compte, c'était toujours la même). Il se rengorge.

« Elle n'est pas si sexy que ça, dis-je.

– Non, mais ce cul… »

Il me rend mon assiette qui disparaît sous le brochet de mer cramé. J'enfourne le poisson dans ma bouche avec mes mains. Quand j'ai terminé ma seconde assiette, je le regarde manger. Pohamba se tient bien à table. Il change de sujet et me fait part de son désir d'ouvrir à Goas un magasin où il vendrait des boissons fraîches et des bonbons aux enfants. « Ça peut rapporter gros, dit-il. Un monopole. Des boissons fraîches, du chocolat, des raisins secs et des cacahuètes. Ça ne te tenterait pas toi, d'ouvrir un magasin ? »

22

RÉAPPARITION

Nous fîmes semblant de ne rien remarquer. Les enfants bâtards étaient chose courante pour les gens de la campagne – Pohamba prétendait en avoir semé une légion – mais pas pour une femme enseignant dans une école catholique. Et encore moins pour une femme enseignant dans une école catholique dont le directeur était son beau-frère. S'afficher comme si de rien n'était (Obadiah avait surpris les confidences de miss Tuyeni à Antoinette et nous les avait rapportées) était plus qu'embarrassant, c'était un déshonneur. La fille s'en va-t-en-guerre et voilà qu'elle en revient avec un enfant et pas de mari. Voilà ce que veulent les hommes. Tous autant qu'ils sont. Ensemencer sans rester dans les parages pour arroser le jardin. Le prix qu'exige toute femme respectable est le mariage. Il n'y a pas d'autre redevance.

Miss Tuyeni n'était pas la seule à exprimer sa désapprobation. Nous ne nous en privions pas non plus. Personne ne la salua quand elle revint. Et chacun d'entre nous, moi y compris, affecta un air du genre *Non, ça ne nous étonne pas*. L'humiliation était la moindre des punitions.

Lors de la réunion du matin, le directeur se comporta comme si elle n'était jamais partie. Vilho l'avait remplacée auprès de ses élèves, il allait et venait en courant d'une classe à l'autre, à travers la cour de récréation. Pendant près d'un mois, il s'était évertué à tenir en mains deux classes de garçons turbulents, sa quatrième à lui plus ses élèves à elle. Le directeur prétendait avoir demandé au ministère un remplaçant, mais personne ne s'était présenté et à présent on n'en avait plus besoin.

La fille prodigue s'en retourna donc dans sa classe comme si elle avait toujours été une femme déchue et non l'étoile ascendante d'une nouvelle nation. Ainsi à Goas, les héros les plus authentiques tombaient-ils dans l'anonymat. Ça t'apprendra à te promener la tête haute. Nous ne nous considérons plus comme tellement inférieurs à toi. Pohamba connut une expérience similaire : lui qui menaçait chaque jour de s'en aller passa à l'acte et disparut pendant cinq jours, battant son propre record qui était de trois et demi. Quand il le vit revenir épuisé, dans la même chemise disco qu'au départ, le directeur laissa là ses reproches, conscient que ce retour était en soi une punition suffisante et il ne se trouva personne pour lui rappeler sa promesse de ne retourner à cette ferme que les pieds devant, et que, même alors, son fantôme s'enfuirait.

Désormais, nous n'avons pas à nous montrer si discrets quand nous faisons un petit détour par sa classe en nous rendant aux toilettes. L'ignominie nous a donné toute licence pour l'épier ouvertement. Elle est plus grande qu'à l'époque où elle était un mythe, et elle n'est pas toujours la grâce personnifiée. Elle arpente sa classe d'un pas pesant, un livre ouvert à la main. Ses cheveux sont taillés ras, et ses yeux fixent fébrilement le plafond au milieu d'une phrase. Elle ne materne pas ses jeunes élèves comme le faisait Vilho. Elle lit à toute vitesse et ne s'arrête pas pour expliquer le sens des mots. Et quand elle enseigne l'alphabet, il est curieux de remarquer qu'elle ne le chantonne pas. Mais les enfants semblent avoir un faible pour elle parce qu'elle ne leur parle pas d'un ton méprisant et qu'elle les traite comme ses braves petits soldats hauts comme trois pommes.

23

HEURE D'ÉTUDE

Une autre torture infligée par le directeur : ce moment de réclusion quotidienne au nom de la sacro-sainte éducation. S'ils refusent d'apprendre dans les livres, il nous incombera de les atteler à l'étude tels d'honorables bœufs à la charrue.

Et ça dure une heure et demie et non pas une heure.

Pohamba et moi sommes de service. Nous nous cantonnons dans la salle des profs. Livrés à eux-mêmes, les élèves en profitent : dans les classes, ça chahute. Un bruit de verre cassé parvient de chez les septièmes et, dans la cour, deux élèves de cinquième s'affrontent avec des balais, en guise de fleurets. Nous fermons les yeux, nous nous bouchons les oreilles. Nous mangeons froids les restes de *fish and chips* de la veille et nous jouons à la bataille. Des parties rapides, en plaquant à toute vitesse les cartes sur la table. C'est le Kid de Cincinnati contre le King. Celui qui gagne trois parties sur cinq peut partir plus tôt. Entre deux frites, Pohamba mâchonne une racine de chicorée, censée renforcer sa virilité. Cela ne lui est pas d'un grand secours pour la bataille.

« C'était ma levée, dis-je.

– J'avais un valet, rétorque Pohamba.

– Un trois, c'est un joker.

– Un sept.

– C'était un sept la dernière fois.

– Où est le vinaigre ? Comment le Champion peut-il manger des *fish and chips* sans vinaigre ? C'était un sept.

– Un trois.

– Prends-le. C'est à toi de savoir en ton âme et conscience. »

Au prochain tour, il perd encore. Je me lève et m'apprête à sortir.

« Attends, dit-il. Elle t'a parlé ?

– Non.

– Elle t'a regardé ?

– Non.

– Essaye jeudi.

– Tu perds ton temps. »

Il rompt la racine de chicorée. « Et si je t'en refilais un bout, fiston ? » Derrière le rebord extérieur de la fenêtre de la salle des professeurs, s'élève soudain un chapeau TransNamib et une voix divine retentit :

« Écoutez donc, galants oisifs que vous êtes, assis là à jouer aux cartes ! Au cours de la grande rébellion des Herreros, profitant d'une trêve dans ce combat sanglant, deux officiers allemands jouèrent un jour aux cartes – oui, aux cartes ! – sur les fesses nues d'une princesse herrero captive. Imaginez ça. Pensez à la carte que l'on plaque sur la chair frémissante. Ça vous titille ? Eh bien, allez-y, laissez-vous titiller ! »

Dieu nous pardonne ! Oui, titillés nous le fûmes. À son invite, et parce que l'heure et demie paraissait bien longue. Aussi – en pleine bataille, les cartes dans nos mains moites – nous laissâmes-nous tenter. Imaginez son jeune corps cambré sur une table, des cartes…

Alors, le chapeau aperçu par la fenêtre tonna de plus belle :

« Émoustillés ? Dans ce cas, parfait. C'est ce que vous cherchiez. Regardez à présent les choses d'une autre façon. Pensez au supplice de cette pauvre fille obligée de rester immobile ! Au temps qu'a duré la partie de cartes. À cette tente enfumée. A-t-elle reçu de la cendre de cigarette sur la peau ? S'en est-elle mieux tirée qu'elle s'y serait attendue ? Ou a-t-elle dû en passer par là aussi ? Bien sûr que oui. Quels meilleurs témoins que ses proches qui vivent parmi nous ? Oui, il est évident que certains soirs cela a été pire. Et vous pouvez, avec vos esprits mal tournés, aller encore plus loin. Mais je vous demande de ne considérer que la perversité primaire du jeu lui-même. À cela, ajoutez une voix – *Gruss Gott !* – et les rires et le relent des cigares… »

Certains après-midi, tout divertissement non justifié déclenchait ses foudres. De telles distractions, selon Obadiah, contribuaient à la décadence de la civilisation. Il nous retenait avec ses guets-apens culturels. S'élevant derrière le rebord de la fenêtre, il s'exclama haut et fort :

« Ça vous révolte ? »

Nous acquiesçâmes d'un signe de tête.

« À quoi bon ? Le dégoût vous incite à vous détourner, c'est tout. J'exige que vous la regardiez à nouveau, que vous la revoyiez…

– Vous exigez ? reprit Pohamba. Nous avons déjà bien assez de mal à arriver au bout de la journée ! »

Obadiah souleva le bord de son chapeau et regarda Pohamba. S'il y avait une chose qu'il comprenait, c'était bien ça, mais, quand il était sobre, il feignait de ne pas comprendre. Ivre, il se coltinait ses propres souffrances. Sobre, il charriait le poids du monde. Aujourd'hui, il ployait sous les malheurs d'une princesse herero depuis longtemps défunte. Il s'éloigna lentement, tout voûté. Je refilai les *fish and chips* à Pohamba, il les remit dans mon assiette. Un six de carreau et un corps pétrifié par la peur. Des doigts agrippant le rebord d'une table.

24

TATIE WILHELMINA

Si jamais vous échouiez à Goas, vous étiez à peu près sûr d'être accepté ou, du moins, toléré. Tatie Wilhelmina faisait exception à la règle. Aussi dédaignée qu'omniprésente, elle était le personnage de second plan qui insistait toujours pour avoir la vedette.

Un mercredi ? Un samedi à minuit ? Tatie était là, fidèle au poste, du matin au soir et du soir au matin. La plus notoire de ses innombrables particularités était le bruit avec lequel elle se déplaçait : sa graisse qui ballottait, sa démarche clopinante quand elle se rendait dans les quartiers des célibataires, le cliquetis des centaines de bracelets qu'elle avait chapardés, les aboiements de son escorte de chiens flagorneurs, le frémissement de ses seins, et Dieu sait qu'elle s'y connaissait pour les faire frémir à la moindre provocation. Sa peau rappelait celle d'une tortue : desséchée par endroits, une peau de bébé à d'autres, comme si elle eût été dotée d'un pouvoir de régénération sélective. Comme vous pouvez le voir, sitôt qu'on commence à décrire Tatie Wilhelmina, impossible de s'arrêter. Une femme proche du gnou. Le mieux serait de l'ignorer, mais c'est impossible. Ses yeux… non, évitez son regard. Ses joues pendouillent comme des sacs de provisions bourrés de fruits. Ses dents, cruelles, pointues, odieusement blanches… les jours où elle les portait. Sans elles, sa bouche semblait un barbouillis écarlate. Une verrue récente habitait son menton, heureuse, bien en vie. Elle peignait sa barbe qui, par sa pointe discrète, rappelait celle d'Obadiah. Laide à faire peur, hideuse à faire frémir, Tatie Wilhelmina, et c'était là le problème fondamental. Elle fascinait. Les garçons racontaient que si vous la regardiez assez longtemps sous un certain angle, vous la désireriez toute votre vie. Toute votre vie.

Elle vivait à Goas dans une hutte délabrée recouverte seulement d'une moitié de toit. Vilho qui, à l'époque, était encore élève, se souvenait qu'un jour elle avait surgi du néant. Elle se trouvait là, dans la brousse, solidement enracinée, comme si elle y était depuis toujours. Vous ne l'aviez tout bonnement pas vue. Comme une colline derrière une autre colline. Ou bien, disait Vilho, comme si Goas était venue à elle et non le contraire. Obadiah se refusait à ces considérations métaphysiques. Il se contentait de dire : un moulin à paroles, cette vieille garce !

Les monologues de Tatie

Sa voix rauque rappelait celle d'un vieux chien épuisé d'avoir aboyé toute la journée, mais contraint de continuer. De cette voix terrible, elle se lançait dans l'histoire de ses ancêtres de sang royal et des liens de parenté de sa famille avec Jésus. Elle prétendait pouvoir remonter jusqu'à Kambonde du côté de son père et jusqu'à Impige du côté de sa mère. Elle disait que sa grand-mère paternelle avait pour frère aîné Mpingana, assassiné par Nehale. Elle précisait que le fils de Mpingana, Kwehdi, son grand-oncle, avait commencé à collaborer avec les Allemands après avoir été envoyé en exil. Certes, disait-elle, les Allemands n'étaient pas des enfants de chœur, mais on devait à jamais les bénir d'avoir amené la bonne parole en terre païenne. Kwedhi avait fini par se faire baptiser et s'était proclamé roi, aussi tous devaient-ils allégeance à Tatie Wilhelmina qui, en sa qualité de nièce d'un si grand homme, les avait affranchis des liens du paganisme. Dans l'univers de Tatie, il n'y avait jamais eu quatre siècles de colonialisme et d'apartheid. Et elle n'était pas peu fière de porter le prénom du dernier Kaiser, Wilhelm !

« Un dandy assassin, le Kaiser ! commentait Obadiah. Et il n'y a rien, mais rien de rien, dans les documents historiques ou anthropologiques qui permette d'étayer la moindre de ces fariboles. Cette grosse dondon abâtardit l'histoire ! La christianisation s'est faite peu à peu, au cours de décennies voire de siècles, aucun homme n'a décidé un beau jour quoi que ce soit. Son Kwedhi n'était pas Constantin. La foi n'est pas quelque chose qui vous est imposé par un despote ! Cette bonne femme est un imposteur et une menteuse.

– Un imposteur, que voulez-vous dire ? »

Obadiah ne répondit pas. Allait-il la condamner pour ses balivernes ? Pour avoir exploité l'histoire à ses propres fins ? Pour avoir menti à seule fin de rendre son récit plus intéressant ?

Tatie la chapardeuse

Au début, le prêtre avait embauché Tatie Wilhelmina comme aide-cuisinière à l'internat, et voilà qu'une fois, elle s'en repartit en plein jour, traînant deux sacs de carottes pesant quarante kilos chacun car, d'après sa philosophie, voler au vu et au su de tous n'était pas un péché. *Voler Ses enfants sous Son œil vigilant n'est pas une transgression.* Si transgression il y avait, ajoutait-elle, n'enverrait-Il pas tonnerre et éclairs ? Comment répondre à de tels arguments ? Le prêtre la renvoya, mais il n'eut pas le cœur de la bannir de l'internat, il la laissa donc vivre là, dans sa maison avec une moitié de toit, en compagnie des chiens qu'elle avait enlevés, jeunes chiots, à des fermiers le long de la C-32. Une bonne note, quasi socialiste, à l'actif de la brave Tatie : elle réservait ses plus gros larcins au gouvernement (des rands provenant des bourses de l'enseignement) ou à l'Église (six mois de provisions d'hosties et un calice en or). À nous autres, elle subtilisait des piles, des ampoules électriques, des serpentins à moustiques, un fond de tube dentifrice. Ses chiens adoraient mâchonner les rouleaux de papier-toilette.

Elle frappait à votre porte, pocharde jusqu'au bout des ongles. « Bénie soit cette maison ! » Et vous vous trouviez face à un choix qui n'en était pas vraiment un : la laisser se servir, ou l'écouter.

« Entrez, Tatie Wilhelmina, je m'apprêtais à aller répéter avec le chœur. Faites comme chez vous.

– Chante bien, enfant blanc, que ta voix se fasse entendre ! »

Tante Wilhelmina et la mort

Comme tous les descendants de sang royal Kavango, Tante Wilhelmina ne pouvait se permettre de mourir de sa belle mort. Idem avec Jésus, idem avec la descendance de Kwedhi. Quand son temps serait accompli, le mâle le plus âgé était censé l'étrangler. Elle laissait souvent entendre que l'heure fatidique était proche, mais quand Obadiah, un peu trop pressé, demandait : « L'heure de ton trépas ne va-t-elle pas bientôt sonner, Ô reine des reines ? »

Tatie répondait : « Patience, petit frère, patience. Le meurtre royal ne saurait tarder ! »

Alors, Obadiah caressait ses vieilles mains calleuses, comme pour les affûter…

25

SUR LA COLLINE AU PIED DE LA CROIX

Mavala Shikongo chemine sur la route qui mène chez le directeur. Nous la suivons du regard depuis le sommet de la colline, le visage cinglé par des rafales de vent. Obadiah dit : « Il y a seize vents différents, mais un seul qui vous soulève une jupe comme ça. » Il se lève et fouette la croix avec son chapeau.

26

AMOURS À GOAS

Plumes ébouriffées les pigeons baisent à qui mieux mieux. Partout. Aucun lieu n'est sacré ou, selon votre façon de voir les choses, tous sont sacrés. Chaque mapone, chaque acacia. Fosse d'aisance, réservoir, abreuvoir. Ils baisent sur la route qui mène à la ferme de Krieger. Nous attribuons cela à la dernière pluie diluvienne. Il paraîtrait que dans leurs petites cervelles pas plus grosses qu'un pois chiche s'est logée l'idée que le monde était devenu un vert paradis. Ne pouvaient-ils pas voir que déjà la terre était à nouveau desséchée ? Obadiah en a surpris neuf en train de se livrer à de folles orgies sur la banquette arrière de sa Datsun. Il les a chassés avec un balai, ce qui, semble-t-il, a eu pour résultat de parfaire leur extase. Le bruit de leurs viles amours est assourdissant mais indescriptible, je continue à les entendre dans mon sommeil. Ces ébats gargouillants, roucoulants, haletants. Des petites morts extatiques qui continuaient la nuit tombée, en pleines ténèbres, au point du jour, et à l'heure du premier café. Une baise toutes plumes froufroutantes. Ils ne s'adonnent pas aux activités propres à leur espèce. Ils ne se perchent pas. Ils ne se prélassent pas au soleil. Ils ne tournent pas autour de vous quand vous mangez un sandwich aux œufs durs. Ils baisent. Et rebaisent. La saison des amours colombines était censée durer deux semaines au cours de la saison sèche – sèche, plus sèche, archisèche – aussi les autorités locales n'y voyaient-elles qu'une plaie bien mineure parmi celles de la liste. Compte tenu qu'elle dure depuis un mois, nous accueillerions sans nous plaindre toute autre manifestation du courroux divin, car ces oiseaux sont une véritable insulte à la chasteté qui est de rigueur pour la plupart d'entre nous à Goas. Crapauds, serpents, sauterelles, ulcères bourgeonnant en pustules, qu'importe : eux au moins ne nous nargueraient pas. La lèpre, même ! Qu'elle nous couvre de ses macules ! Bien sûr, Vilho prêche l'amour, il pointe du doigt Matthieu XIII, 37. Il les appelle des tourterelles et non des pigeons. « Celui qui sème le bon grain, commence-t-il. Que dirait Jésus ? »

Pohamba lui envoie un baiser. « De son gros pied poilu chaussé d'une sandale, Jésus aurait tôt fait d'écraser ces rats ailés ! »

Un moment de répit. Trêve miséricordieuse, un bruit mat. L'un d'eux tombe raide mort au beau milieu du terrain de foot. Il roule sur lui-même et s'immobilise, tas de plumes inerte. Nous allons jusqu'à lui et improvisons un service funèbre. Nous nous plaçons autour de sa dépouille, nous supposons qu'il s'agit d'un mâle. « Nelson Rockefeller a connu le même sort, dis-je. Il est mort sur sa secrétaire. » Les gens ignorent ce détail, tout comme ils ignorent bien des choses que je me plais à raconter.

Faute de bière, nous trinquons avec de l'eau tiédasse dans des gobelets en plastique à la chute libre de ce pigeon vers les Enfers. Un corps bleu-vert, lustré, des yeux orange, démoniaques. Ses compagnons n'ont rien remarqué, n'ont pas faibli dans leurs élans. Une vérité fondamentale que nous ne voulions pas qu'on nous rappelle : vous mourez et le reste du monde continue à baiser. C'est alors que Vilho, flairant notre vulnérabilité, feuillette à nouveau l'Ancien Testament, nous lit le récit de la mort de Sisera, le Cananéen, assassiné par Yaël, épouse de Héber. Comment Yaël, jeune femme qui avait plus d'un tour dans son sac, attira sous sa tente Sisera, général cananéen en manque, lui promettant ses faveurs et ses charmes. Comment elle lui donna du lait. Comment, sitôt qu'il se sentit à son aise, elle lui enfonça dans la tête un piquet de tente. « *Courbant la tête, il s'écroula et c'est ainsi qu'il mourut*. En tant que Cananéen, dit Vilho, Dieu l'a honni mais sa mort n'en demeure pas moins une grâce. Qui d'entre nous ne voudrait pas mourir sur la couche du péché ? »

Nous regardons Vilho. Nous regardons le défunt. Comme si l'un ou l'autre détenait une réponse, mais à quoi ? Même Pohamba ne dit mot. Du lait, sans aucune hésitation, mais de là à ce qu'on vous plante un piquet dans la tempe ? Theofilus apporte une pelle et, nous, endeuillés, nous enterrons le vieil emmerdeur dans le vacarme des délices ininterrompues de ses horribles congénères à plumes.

27

PAUSE DE LA MATINÉE

Elle ne riait jamais. Même durant la pause, quand Obadiah reracontait le conte édifiant de la matinée, en essayant d'imiter l'autoflagellation du directeur (qui devenait, par une sorte d'osmose, *notre* flagellation) :

« Oh ! Misérables gloutons ! Vous qui vivez dans l'abondance alors que d'autres n'ont rien. N'êtes-vous pas torturés de remords de jouir ainsi sans vergogne ? Songez pour une fois aux Éthiopiens, aux Irlandais, aux Chinois ! N'aurez-vous donc aucune pitié ? Non, il vous faut toujours plus : plus de viande, plus de crackers, plus de fromage ! Vous ne tendriez même pas votre doigt trempé dans de l'eau à un homme qui meurt de soif ! »

Assise dans le sable, adossée à un tonneau, Mavala pèle un œuf dur. Elle n'entend rien. Nous nous efforçons, tous autant que nous sommes, de ne pas la regarder mordre dans cet œuf. Selon Obadiah, le problème c'était d'avoir cru pendant tant d'années que la fin de la guerre nous ouvrirait les portes du paradis. Il ajoutait que Mavala Shikongo était d'autant plus belle qu'elle y avait cru. Aujourd'hui, elle tient le registre d'absences et elle essuie la morve qui pend du nez des élèves de maternelle. « Elle est vieille, dit Obadiah. Peu importe le galbe de ses jambes. C'est ça croire en quelque chose. Une femme avec une kalachnikov, rien de nouveau sous le soleil. Pensez aux Amazones du Dahomey, bon Dieu ! Croire… C'est en quelque sorte voir un coursier aux ailes de bronze en ces contrées perdues, à l'ouest de Gobabis ! »

28

SIESTE

Il nous incombe de réhabiliter le statut socio-politique des maîtres. Ils devraient inspirer le respect non seulement à leurs élèves, mais à toute la communauté.

Deng Xiaoping

Après les cours, après le déjeuner. Un temps consacré à l'indolence. Une heure à somnoler, le regard atone. Nos lits, oasis humides, étroits paradis de nos excrétions. Nous y croupissons dans une félicité moite, suintante, jusqu'à ce que le triangle annonçant l'heure d'étude nous rappelle à notre servage.

Écoutez-moi ça : un crime de « lèse-sieste » ! Un jeune garçon (voyou, vaurien, bandit !) siffle – haut et fort – en passant devant la fenêtre ouverte de la chambre d'Obadiah l'insomniaque qui, cet après-midi-là, est pour une fois en train de dormir. (Une photo de Mandela après sa remise en liberté, accrochée par un ruban adhésif à la moustiquaire d'Obadiah, scrute ce monde en mal de modèle : ces cheveux poivre et sel, ce poing brandi, ce sourire aimez-même-vos-geôliers…) Si ce n'est qu'Obadiah, réveillé, n'a rien d'un ange pacifiste. Il est d'humeur belliqueuse. Soucieux d'apaiser sa rage, il opte pour le langage de la diplomatie. La résolution suivante est traduite du français :

Par la présente, M. Obadiah Horaseb, *professeur principal à l'école primaire de* Goas RC, *demande à tous les élèves de* Goas *de prendre bonne note de ce qui suit… Le professeur principal* reconnaît *le besoin de joie spontanée aux jeunes plébéiens qui n'ont pas encore compris que la vie sur cette terre n'est que chagrins, regrets, échecs et, en fin de compte, humiliations. En outre, le professeur principal* réaffirme *le droit inhérent, ou plutôt, inaliénable qu'ont ces jeunes plébéiens d'exprimer leur bonne humeur par certaines supplications proscrites, telles que Seigneur, prends pitié, daigne m'accorder une bonne nuit de sommeil ! Qu'il soit toutefois bien clair que le professeur principal* interdit *l'expression de cette gaieté, surtout par des sifflements infernaux, durant la sieste, qui, prenez en bonne note aussi, est le seul repos auquel peuvent prétendre ceux qui ont compris que la vie sur cette terre n'était que chagrins, regrets, échecs etc. Le professeur principal a donc* décrété *que siffler – qui peut, dans le cas susmentionné, être défini comme suit : émettre ou faire sortir par la bouche ou le bec un son ou une série de sons stridents – vaudrait à son auteur d'avoir les lèvres tranchées à l'aide de la faucille non affûtée de Theofilus.*

En souvenir de ce jour de non-repos,
Professeur principal Horaseb
Adieu !

29

LA GUERRE DES CHAUSSURES

Miss Tuyeni avait le genre de beauté de sa sœur, mais elle ne savait pas en tirer parti. Elle avait les mêmes grandes jambes, le même menton saillant, les mêmes yeux immenses qui ne cillaient pas. Tuyeni avait toujours la mine renfrognée aussi, à la différence de sa sœur, la lisait-on comme un livre. Le monde entier s'acharnait contre miss Tuyeni. Nous prêtâmes beaucoup plus attention à elle après le retour de Mavala. Jusque-là, elle semblait juste un prolongement plutôt bien roulé du directeur. Elle n'avait pas d'enfants. Pour autant qu'on le sache, elle n'avait jamais été enceinte. On imagine sans peine les commérages, prompts à jeter une ombre sur la virilité du directeur. On ne pouvait toutefois la qualifier d'insignifiante. Elle exerçait une sorte de pouvoir que l'on percevait lors de certains conseils des professeurs. Quand elle n'appréciait pas ce qu'il avait dit, elle avait sa façon de le lui signifier : il changeait soudain de sujet. Jamais toutefois nous ne décryptâmes leur code conjugal. Elle était seule la plupart du temps. Elle ne fut jamais ouvertement traitée comme une félonne. Après tout, elle devait vivre avec lui, ce qui lui valait certaine commisération. La seule personne à laquelle elle parlait était Antoinette, comme si miss Tuyeni reconnaissait en elle la vraie maîtresse des lieux.

Malgré tout, comme je l'ai dit, ce qui s'était passé avec Mavala rendait miss Tuyeni plus présente : comment aurions-nous pu nous empêcher de les comparer ? Sans doute en était-elle consciente et s'efforçait-elle de compenser. Même si Mavala avait déshonoré sa famille aux yeux du Seigneur, miss Tuyeni se mit à porter des hauts talons pour se rendre en classe. Elle ne maîtrisait pas cet art subtil. À vrai dire nous éprouvions une joie sadique à regarder miss Tuyeni se rendre cahin-caha sur le sable à la réunion du matin. Une traversée périlleuse, des livres plein les bras, un pas maladroit après l'autre. Parfois elle se retrouvait par terre et le directeur dépêchait un élève pour l'aider à se relever.

Mavala dévalait la route au pas de charge, arrivant toujours de justesse. Nous présumions que l'agilité de Mavala sur ses talons, ce sens de l'équilibre qui défiait la gravité, s'expliquait par son passé de combattante. Tout ce qui était merveilleux au sujet de Mavala Shikongo était lié à ce passé. C'est dire à quel point elle nous avait embobinés.

30

MOÏSE

Le garçon que le prêtre a surpris en train de se branler devant la statue de la Vierge dans la grotte de l'église. Le garçon qui a mis le feu pendant le cours de science. Le garçon qui a tenté d'empoisonner la citerne de la ferme avec du diesel. Le garçon qui a volé la porte de la salle de classe de Festus. Le garçon qui… Le garçon qui… Pas un n'était plus puissant que Moïse, l'élève de cinquième qui avait tué sauvagement la vache d'un fermier voisin avec un canif et avait ainsi survécu dans la brousse une quinzaine de jours. Moïse, tout seul là-bas, près d'un petit feu de camp, avec pour toute compagnie les yeux de la vache morte. Mais au moins, il bouffe de la viande. Seigneur, il bouffe de la viande. Un garçon qui en a eu marre de l'éternel maïs. Un pauvre gosse. Un orphelin. Toujours est-il qu'un enfant né de cette terre a droit à un bout de viande de temps en temps. N'est-ce pas ?

« À l'époque les élèves n'avaient de la viande qu'aux grandes fêtes, explique Antoinette. De nos jours, on essaye de leur en donner deux fois par semaine, s'il y a assez de kérosène pour faire fonctionner le frigo. »

Antoinette parle de Moïse de la façon dont une mère célibataire relaterait les espiègleries de son garnement chéri. Mais elle le tient à l'œil : au moindre écart de conduite, un voyou pareil aurait droit à une fichue torgnole. Mais Moïse, elle lui passait tout, elle le serrait contre son sein. Tiens, bois donc une tasse de thé, j'y ai mis quatre sucres, mon petit galopin.

Nous sommes dans la cuisine de l'internat, un bâtiment aussi vaste que caverneux, avec d'innombrables fenêtres, situé par-delà le terrain de foot. Il me rappelle un hangar ou le rez-de-chaussée d'une usine abandonnée. Les fenêtres sont embuées de la vapeur qui s'élève de la bouillie brûlante. Les élèves attendent en rang derrière la porte. Impatients, ils se tapent sur la tête avec leurs cuillères.

Tout en parlant, Antoinette pose les bols propres sur les tables. Elle ne raconte des histoires que dans le feu du travail. Un Moïse sans son berceau. Un Moïse sans un peuple à mener. Seul avec sa pauvre faim. Quand les gendarmes ont fini par le retrouver, ils lui sont tombés dessus à bras raccourcis. Que pouvaient-ils donc lui prendre d'autre que son sang ? Ensuite, ils l'ont amené chez le fermier qui, lui aussi, est tombé sur Moïse à bras raccourcis, et après ça, fini. Dieu sait où se trouve le garçon aujourd'hui.

Dehors les élèves commencent à réclamer pitance à cor et à cri. Antoinette passe entre les tables, elle sert une louchée bol après bol. Aujourd'hui, ils ont droit au *krummelpap* accompagné d'une tartine grillée avec de la confiture.

« Oubliez la fin, dit Antoinette. Revenez au début, imaginez ce que c'est que de tuer une vache avec un canif. Une vache, ça se défend pas, ce qui veut pas dire pour autant que ça meurt aisément. Elles restent là à pisser le sang de partout. Il a fallu des heures. Il a fallu toute la nuit au garçon. C'était pas de l'acharnement. C'était du travail. »

Elle montre la porte. Je l'ouvre. Elle passe devant moi et va se placer devant cette bande de garçons et, d'une main coiffée d'un gant de cuisine, impose silence. Ils se mettent en rang, essayent d'être patients. Les grands retiennent les petits, ils s'efforcent de ne pas se ruer vers les bols fumants qui les attendent.

31

L'ARBRE À PISSE

Obadiah et moi contribuons à arroser le désert.

« Professeur Kaplansk ?

– Oui ?

– J'aimerais avoir votre honnête opinion sur Woodrow Wilson. Je soutiens pour ma part qu'en dépit de sa face chevaline, il était très soucieux des belles manières. Non que je mette en doute sa sincérité. Et pourtant, soyons francs, et je vous prie de m'excuser : votre Woodrow était un abruti. En définitive, non seulement nous lui devons le fascisme, mais il a également laissé notre cher pays, certes insignifiant, dans le pétrin pendant soixante-dix ans. Et l'Afrique du Sud-Ouest est en passe de devenir une sacro-sainte réserve de civilisation. Sacro-sainte réserve pour *qui ?*

– Il portait un haut-de-forme, dis-je.

– Je me demande bien pourquoi. Pour paraître plus grand ? Napoléon faisait ça.

– Il me semble qu'au départ, il était grand.

– Tiens ! Intéressant. Haut de taille et coiffé d'un haut-de-forme. Puis-je vous poser une autre question ? Une question qui me vient comme ça.

– Bien sûr.

– Votre nom de famille n'a rien de wilsonien. D'où ça vient, Kaplansk ? C'est pour le moins original.

– C'était juif polonais, jusqu'à ce que le directeur l'ampute de…

– Polonais ! J'aurais dû y penser ! Combien de noms sur cette terre riment avec Gdansk ? Et sémite par-dessus le marché ? Mais vos cheveux…

– Comment ça ?

– Ils sont orange.

– Oui. »

Il se pencha pour me regarder de plus près. Je respirai son haleine sucrée, sentant le malt. « Hum !Hum ! Oui, eh ! bien, Hosanna ! Mon premier juif ! J'ai attendu longtemps.

– Et vous, vous êtes mon premier Damara.

– À moitié seulement. Mon père est venu d'Angola.

– À moitié Angolais aussi ? Encore une première pour moi.

– Mon père est mort. Et le vôtre ?

– Non.

– Juif lui aussi ?

– Oui.

– Rabin ?

– Non.

– Un érudit ?

– Pas vraiment.

– Il achète et revend de vieux manuscrits et des planisphères d'autrefois ? C'est un kabbaliste ? Un usurier ? N'y voyez aucune offense.

– Il est dentiste. »

Obadiah réfléchit un instant, un peu déçu, mais après avoir remonté sa fermeture éclair, il s'anima. « Ah ! Oui, un besoin humain tout ce qu'il y a de plus essentiel et élémentaire, satisfait, et sans aucun doute fort honorablement, par votre Hébreu de père.

– Il a plaqué ma mère. Il a filé à Memphis avec une dénommée Brenda, hygiéniste de son état.

– Ah ! Les dents, ces fichues dents, encore et toujours les dents… »

32

OBADIAH (trois heures du matin)

Tout instant est une mort. Nous aurons beau essayer de le revivre, plus jamais il ne nous appartiendra. Qui a inventé un mécanisme aussi cruel que la mémoire ? Imaginez-vous dans un train. Vous voyez un garçon qui chemine dans le veld. Il se met à lever le bras, sa bouche s'ouvre. Il est sur le point de hurler quelque chose – et puis plus rien. Il a disparu avant même que vous ayez commencé à le voir. Je n'ai pris le train qu'une seule fois. Le pire tortillard que l'on ait jamais construit. La ligne Windhoek-Swakop. Traverser le désert du Namib en brouette serait plus rapide. Mais un train si lent soit-il reste malgré tout un train. Même une banquette en bois dans une voiture de troisième classe vous berce comme une mère. Vous le voyez là-bas, le long de la voie ferrée. Un pantalon trop court, torse nu. Il tient un bâton auquel est noué un mouchoir rouge ? Et pourtant je ne peux pas le retenir, saisir son bras qui se lève, percevoir son cri avorté. Je passe en flottant. Il avait quelque chose à me dire ? Quelque chose qu'il fallait que je sache ? C'est donc à cet instant que je suis mort. C'était il y a vingt-cinq ans, lors de mon exil. Le vent porte-t-il encore les paroles du garçon ? Un avertissement ? Sur le parvis du Temple, Jésus a tracé du doigt des mots dans la poussière. Qu'a-t-il écrit ? Nul ne le sait. Voyez-vous où je veux en venir ?

33

DANS LE NORD

« Je ne parle pas de quelque foutu Ghandi refusant d'écraser une fourmi », dit Pohamba.

Il raconte souvent cette histoire. Ça s'est passé dans le nord, en pleine brousse, près d'Oshikuku, dit-il. Un tank des forces sud-africaines parcourt le veld à la recherche de terroristes, quand soudain – Pohamba adore le mot « soudain » – un vieil homme avec des feuilles sur la tête, surgit d'un buisson et se met à frapper le tank avec un bâton. Les deux troufions à l'intérieur le regardent derrière les fenêtres blindées. Voilà de quoi les distraire après deux mois de la chaleur humide d'Ovambo. Ils écoutent cette folle bastonnade dont l'écho dédouble chaque coup. *On frappe à la porte*, chantonne l'un des troufions. *On sonne à la porte*. Il attire l'attention de l'autre troufion, qui ouvre le hayon et tire sur l'homme avec des feuilles sur la tête. Il l'atteint au bras. L'homme continue, et vlan, et vlan. Le troufion tire à nouveau. Des coups de pistolet isolés ça fait tout drôle dans une guerre de brousse comme celle-ci, dit Pohamba. En général, on n'entend que des rafales de mitraillettes. Mais le second coup ne dissuade pas notre homme. Il danse de toutes ses feuilles. Il danse autour du tank. Il saigne, il frappe. Le tank est moucheté de pois rouges. Il faut dix coups aux deux troufions casqués, dit Pohamba, mais il ne lâche pas pour autant son bâton.

« Et vous savez quoi ? »

Nous savons. Allongés sur des sacs de maïs devant la cuisine de l'internat, Vilho, lui et moi attendons que Dikeledi étende le linge. Sainte lessive, bienheureuse lessive. Pohamba fait glisser ses lunettes de soleil à effet miroir le long de son nez, nous regarde et répète : « Et vous savez quoi ? »

Je réprime un bâillement. « Je ne peux pas imaginer. »

Il s'adosse aux sacs de maïs, soupire. Puis il achève, lentement, en soignant ses effets. « Ce n'était pas un... homme.

– Allons donc ! s'exclame Vilho, sans lever le nez de son livre. Allons, allons, allons... »

Pohamba suce ses dents et recommence. « Il était une fois dans le nord. Voyez-vous, le nord, c'est pas comme ici. Dans le nord, *il s'en passe* des choses ! *Il s'en est passé* des choses. Il ne fait pas bon vivre ici. Les vaches bouffent du sable au petit déjeuner. Dans le nord, en revanche, les baobabs deviennent si grands qu'un de ces arbres sert de bureau de poste.

– Un baobab, c'est pas un arbre, remarque Vilho. C'est une plante grasse.

– Un jour, dans le nord sacro-saint, dis-je, un tank des forces d'Afrique du Sud parcourait la brousse quand *soudain* un homme coiffé de feuilles...

– ... se met à frapper le char avec un bâton, reprend Pohamba. Et je te frappe et je te frappe, et je te frappe.

– ... Jusqu'à ce qu'un des troufions à l'intérieur du tank en ait marre et abatte l'homme...

– ... qui n'était pas vraiment un homme, précise Vilho.

– Oui, hurle Pohamba. Point final ! »

Nous sommes assis là. Il est encore trop tôt pour la lessive de Dikeledi.

Vilho lève le nez de son livre. « Mais pourquoi diable vouloir mourir ainsi ? dit-il. Qu'est-ce qui peut vous inciter à choisir une façon de mourir aussi inélégante ?

– Inélégante ? » lance Pohamba. Là-dessus, il se lève et fait son Christ. Un nouvel ajout à l'histoire. Il laisse retomber sa tête, étend les bras en croix, contorsionne son visage en une extase agonisante à sa façon. Crucifixion au-dessus de sacs de maïs. « Vous préférez ça ?

– Notre-Seigneur n'a pas eu le choix, riposte Vilho en le regardant. Il ne voulait pas mourir pour nous, il voulait vivre. C'est là tout le message. »

Et Jésus de donner un discret coup de pied à Vilho. Les bras toujours en croix, dodelinant de la tête, Pohamba reprend : « Vous voyez, ils ont tué tout le monde dans mon village. Toutes les vieilles terroristes, tous les bébés terroristes et tous les poulets terroristes. Je suis le seul survivant. Alors que dois-je faire ? Ramasser des feuilles. Trouver un bon bâton. Vous pigez ?

– Même leurs ignominies ne justifient pas… »

Pohamba s'agite et renifle son aisselle. « Ouh là, frère ! T'es resté trop longtemps sur la croix !

« Laisse-la vivre, dit Vilho en fermant bien fort les yeux. La prochaine fois que tu raconteras cette histoire, laisse-la…

– Quoi ? » Pohamaba s'affale sur les sacs de maïs. « Vous voulez qu'elle attende passivement la mort ? Comme une chèvre ? »

34

SÉCHERESSE

On racontait les histoires de sécheresse tout comme on racontait les histoires de guerre : pour meubler les silences des jours les plus longs. Elles étaient toutefois plus authentiques et laissaient moins place à des actes de bravoure spectaculaires. Vous ne vous battez pas contre le Tout-Puissant. Vous ne kidnappez pas la pluie dans son sommeil. Vous ne sabotez pas les nuages. Vous mourez. Du moins dans les temps jadis. De nos jours, sécheresse veut dire que vous respirez de la poussière, que le prix de la nourriture augmente au Pick n' Pay, que les salaires, eux, ne bougent pas, que le gouvernement doit importer du maïs du Zimbabwe. Et que le bétail souffre.

Mais en 79, la sécheresse dans le Koakveld (c'est arrivé à d'autres – être victime de la sécheresse voulait dire que vous étiez agriculteur et, par ici, personne n'était agriculteur, Goas étant un point de chute temporaire, peu importe le nombre d'années que vous y passiez) fut accompagnée par une invasion de rats. Des rats qui furent vite aussi affamés que les humains. Si bien qu'un rat mangea un bébé. Cela se passa dans une famille qu'aucun habitant de Goas ne connaissait personnellement. Antoinette racontait l'anecdote tout en arrosant son minuscule jardin avec de l'eau subtilisée au laboratoire de sciences naturelles. Elle faisait pousser des oignons sauvages, des radis et de petites tomates. Elle portait sa robe verte du dimanche. C'était dimanche, à la sortie de l'église. Durant la sécheresse de 79, dans le Koakveld, là-haut en Afrique, précise-t-elle. Ça ne s'est pas passé par ici. Un rat affamé a mangé un bébé affamé.

35

MAVALA

Des yeux, je suis son ombre. Elle traverse la cour d'un air digne, elle enfonce ses talons dans le sable. Elle évite l'Irlande du directeur, gravit les marches du bureau dont la porte est ouverte. Soit il est au téléphone, soit il va bientôt l'être, sa grosse main tient le combiné. Nous ne savions jamais à qui il parlait, il semblait toujours commander des fournitures et des livres que nous ne voyions jamais.

J'ai demandé à mes élèves de me rendre un devoir après leur avoir lu l'histoire d'un garnement prénommé Tom et de son professeur, sir Joseph Blinks, qui avait plus d'un tour dans son sac. Voici la question : *Pourquoi sir Joseph Blinks se méfie-t-il de Tom ?*

Debout à l'entrée de ma salle de classe, je l'entends demander du papier à dessin. Je me retourne vers mes élèves. La tête baissée ils s'appliquent à écrire quelque chose, tous sauf Rubrecht Kanhala, qui voit là de ma part une façon de tuer le temps avant la pause précédant la troisième heure de cours. Il tapote le bout de son nez avec un crayon. Sir Joseph Blinks ne comprend rien à rien.

Je sors de la classe et, mine de rien, remonte à mi-chemin jusqu'au porche et tends l'oreille.

« Vous devez remplir un formulaire.

– Dans ce cas, donnez-m'en un.

– On n'en a plus. »

Un long silence. À l'extérieur de la salle de classe de

Pohamba, un garçon agite deux chiffons, la poussière de craie le fait suffoquer.

Mavala est debout. Le directeur, lui, est assis, l'index sur le cadran du téléphone. Elle le regarde. Si cette jeune belle-sœur pouvait se montrer un peu plus souple et se comporter comme une femme digne de ce nom, il pourrait lui faciliter les choses. Elle n'est pas obligée de reconnaître son autorité – on ne lui demande bien sûr pas d'aller jusque-là – mais, bon sang, ne peut-elle pas voir en lui un être humain, un homme pourvu de deux mains, de deux yeux, d'une queue, et qui a des besoins ?

Tout est dans le non-dit. Le pouvoir est une monnaie facile, on peut toujours en acquérir davantage – mais en ce qui la concerne, il peut se le garder et en jouer à son gré. Il en est conscient, et il transpire rien que de la regarder. Elle : vas-y. Tremble devant moi avec ton bide de directeur, ton trousseau de clés de directeur, ton téléphone de directeur. Elle le défie, plantée là, dans sa blouse sans manches, les épaules nues. Elle s'attarde dans ce bureau encore quelques minutes. Peut-être va-t-elle trop loin, l'écrase-t-elle trop facilement, trop tôt. Moins d'un mois qu'elle est de retour. Il n'est plus question ni de papier à dessin ni de formulaire.

Elle repart les mains vides et retraverse la cour, en piétinant l'Irlande, cette fois. Dans la salle de classe ses élèves attendent en silence, un vrai miracle ! Elle demandera du papier à dessin à Obadiah. Non, elle a une meilleure idée. Elle va emmener ses garçons dans le veld et les laissera dessiner sur les rochers comme des Bochimans. Un peu plus tard, je vois sortir ses petits chéris en rang par deux.

36

CAFÉ DU MATIN

« Qu'est-ce qu'elle veut, à la fin ?

– Ne pas être prof, c'est clair.

– Qui voudrait être prof ?

– Pas moi.

– Vous discréditez la profession. Honte à...

– Disons qu'elle s'attendait sans doute à mieux que ça. Prenez Libertine Amathila. Aujourd'hui, elle est ministre de la Santé. N'y a-t-il pas un boulevard d'Otjiwarongo qui porte son nom ?

– Mais Libertine Amathila est médecin. La Swapo l'a envoyée poursuivre ses études à l'étranger. C'est facile de rentrer au pays en héros quand on est médecin.

– Et maintenant elle a sa propre avenue !

– Un boulevard !

– Oui, encore mieux !

– Miss Tuyeni raconte qu'un jour elle a pris ses cliques et ses claques et qu'elle a franchi la frontière. Ils n'ont eu aucune nouvelle pendant deux ans. Ils la croyaient morte.

– Quel âge avait-elle ?

– Dans les dix-sept dix-huit ans. La mère a failli en mourir de chagrin.

– Comment a-t-elle atterri dans l'enseignement, elle qui a horreur de ça ?

– Elle a enseigné au camp.

– Vous voulez dire qu'elle était prof et militaire ?

– Oui.

– Ce n'était pas la seule.

– Qui d'autre ?

– Je préfère ne pas m'en vanter.

– Bon, ça se comprend.

– Qu'est-ce qui se comprend ?

– D'en vouloir davantage après ce genre d'expérience. Après vous être voué corps et âme à la cause, ne vous attendriez-vous pas à…

– À quoi ? À mieux que Goas ? Tout le monde mérite…

– Toujours plus. Pourquoi est-ce que personne ne peut jamais…

– Et le gosse ?

– Ah ! Oui… L'enfant.

– Cet enfant est démoniaque.

– Chut… C'est un petit agneau. »

37

ANTOINETTE

Il est tout juste midi et l'enfant s'est enfin endormi sous la table de la cuisine. *Difficile,* avait dit la fille comme si l'enfant était un problème à résoudre. À présent, elle comprend. On sent en lui une colère rentrée... Ses petits poings sont toujours serrés. Sauf quand il dort. Comme si le sommeil nous possédait, comme s'il insufflait en nous une tendresse qui ne nous est pas naturelle. Elle jette un coup d'œil à l'enfant, elle entrevoit ses paumes minuscules, ouvertes, ses coudes crasseux, son ventre qui se soulève puis retombe. Et si cet enfant, c'était nous ? Et si le sommeil était le seul moment où nous soyons nous-mêmes ? Et dans ce cas, qui sommes-nous lorsque nous sommes réveillés ?

Elle sort les lunettes d'Obadiah de la poche de son tablier. Il déclare souvent les avoir perdues et elle les retrouve à divers endroits autour de la ferme. Elle se met à lire.

La plupart du temps, elle laisse le vent décider de la page. D'autres fois, comme aujourd'hui, elle retourne au début.

Le début ? Est-ce qu'on se rappelle sa naissance ? J'ai toujours vécu à Goas. Avant même d'être à Goas, j'étais à Goas. Avant la terre aride, il y avait l'eau et le firmament. Par cette fenêtre, je vois la terre aride. La nuit, je vois le firmament. Mais où est l'eau ?

On dit que dans les temps jadis, il y avait ici un océan. Sans doute est-il asséché.

Le garçon sort de sous la table et file vers la porte.

38

OBADIAH PENDANT QU'IL SE RASE

Deux âmes habitent, hélas, en mon sein,
L'une veut se séparer de l'autre.
L'une dans son robuste appétit d'affection
Se cramponne au monde de tous ses organes,
L'autre s'élève à grands ahans de la poussière
Vers les séjours de ses nobles aïeux.

Goethe, *Faust*

Je suis devant le miroir, orphelin. J'avoue que je ne sais trop que penser de mon corps. Il est grand. Il supporte ma tête. Il semble que ma jambe gauche soit plus longue que la droite, mais ça n'a jamais été prouvé. Certains jours, j'ai l'impression de voir mes pieds de très loin. Dans ma folle et vaine jeunesse, je préférais les cols roulés pour mettre en valeur ce que je considérais comme un cou corinthien. Qu'à présent je sois laid n'a aucune importance. Ma peau est tavelée, distendue. Mon nez en patate. Mon créateur n'y est pour rien si mon visage ne reflète ni ma beauté, ni mon originalité. Cela témoigne plutôt de la nature méconnue de mon unicité. Que les philistins ne puissent reconnaître en moi un esprit supérieur rend mon originalité d'autant plus authentique. Et même plus qu'authentique. Qu'y a-t-il au-delà de l'ultime échelon ? Y a-t-il une vérité au-delà de la vérité ? Ma tête abrite mes pensées, mes jambes portent mon corps. Et pourtant le toucher – physique – me manque. *Ne te souviens-tu pas, Antoinette ?* Lorsque que tu lissais et polissais Messire Oblongsky ? Te souviens-tu ? Tes doigts coiffés d'un dé ? Quand j'étais pauvre, mais beau ? À présent, je suis pauvre et laid ? Messire Oblongsky pendouille comme le cou d'un poulet prêt à passer à la casserole, et pourtant je suis malade de désir ?

Les estropiés font des maris vigoureux ? Ah ! Si c'était vrai, poète ! Maintenant je fais l'amour dans ma tête. Et pourtant ce n'est pas juste la jeunesse que je convoite, mais la semaine qui vient de passer. Rendez-moi la semaine passée. Mon Antoinette, dans son fauteuil, se frotte les pieds avec du camphre.

39

ANTOINETTE

Et il s'attachera à sa femme et ils deviendront une seule chair.

L'amour ? Vous voulez savoir où l'amour s'en est allé ?

Facile. Là où l'eau s'en est allée. Allez, ça suffit. J'ai des bouches affamées qui m'attendent.

40

GOAS

La première tentative officielle d'évasion de Goas remonte à 1930, époque où un fermier boer nommé S. J. Dupreez entreprit de troquer sa ferme contre une parcelle de terre plus riche, à l'intérieur du pays.

BUREAU DU JUGE D'INSTANCE
KARIBIB
Le 12 juillet 1930

Cher Monsieur,

Comme vous n'êtes pas sans le savoir, j'ai subi de lourdes pertes, mon bétail ayant été décimé lors de la dernière sécheresse. J'avais l'intention de quitter le pays, mais, sensible aux supplications de ma fille Grieta, orpheline de mère et célibataire, j'ai décidé de tenter à nouveau ma chance, mais dans une autre région. Ce projet en tête, je me suis rendu dans le nord où j'ai été séduit par l'est de l'Outjo District, et, en particulier, par la ferme de Weiseenfels, à ce jour vacante.

Je propose donc d'échanger ma ferme de Goas contre celle de Weiseenfels, le nombre d'hectares étant à peu près équivalent. Goas, comme vous le savez, jouit parfois de pluies abondantes, et sera sans aucun doute une précieuse addition à la réserve d'Otjimbingwe, autant dire qu'il y a là une opportunité inespérée pour un Cafre un tant soit peu ambitieux. Je vous écris ces lignes dans l'espoir que vous aurez la gentillesse de les transmettre à qui de droit, avec un avis favorable.
Soyez assuré de ma considération distinguée,
S. J. Dupreez

À l'attention de Monsieur F. P. Courtney Clark,
Secrétaire d'État aux Affaires de l'Afrique du Sud-Ouest

Windhoek
Le 8 décembre 1930
Re : ferme de Goas

Monsieur,
Je vous serais obligé de bien vouloir prendre en considération la lettre ci-jointe de M. S. J. Dupreez, propriétaire de la ferme de Goas, sise dans la région du même nom. Cette ferme n'ayant bénéficié d'aucune pluie depuis le début de l'an dernier, M. Dupreez a perdu la totalité de son bétail à cause de la sécheresse. J'ai informé M. Dupreez que l'Administration n'envisageait pas l'achat de fermes attenantes à la réserve d'Otjimbingwe compte tenu de la difficulté du bétail à survivre là-bas, j'ai précisé qu'il était peu probable que sa proposition soit acceptée.
T. Miller
Juge d'instance suppléant

Bureau du magistrat
Karibib
Le 12 décembre 1930
Re : ferme de Goas

En référence à votre note n° 2/4/2/4 datant du 8 de ce mois, je vous saurais gré de bien vouloir informer M. Dupreez que l'Administration n'est pas, pour lors, en position de donner suite à son offre généreuse.

À l'attention de Monsieur F. P. Courtney Clark,
Secrétaire d'État aux Affaires de l'Afrique du Sud-Ouest
Windhoek

Ainsi la proposition de Dupreez (qui revenait à dire que cette ferme présentait si peu d'intérêt que l'on pouvait tout aussi bien la rendre aux indigènes) échoua-t-elle. Cela étant, elle généra à Goas un sentiment d'abandon qui subsista une soixantaine d'années, se traduisant par une envie d'en partir, aussi irrépressible qu'irréalisable. Onze années encore, Dupreez tint bon contre vents et sables. Il mourut en mars 1941. Son cadavre boursouflé par la goutte fut enterré entre celui de son épouse, décédée de longue date, et celui de sa fille Grieta (à jamais célibataire), morte de consomption l'année précédente.

Dans le désert, la mousse ne pousse pas sur les tombes. À Goas, on les connaît sous le nom de *Voortrekker Graves*, en mémoire du périple des Boers pour atteindre ce paradis de leurs rêves. Dans son testament, S. J. légua sa ferme à la seule personne qui ne pouvait la refuser, Dieu, par le biais de son fiduciaire ici-bas, l'archevêque catholique de Windhoek. À Goas, on voit les choses de deux façons. Selon les uns, il s'imaginait que ce don lui ouvrirait toutes grandes les portes du paradis, auquel cas, il brûle en enfer pour avoir tenté de rouler le Tout-Puissant. Selon les autres, on n'apprend pas à un vieux singe à faire la grimace : en bon calviniste hollandais, il voulait la refourguer aux catholiques.

Pour le diocèse, Goas était un cadeau empoisonné. On envisagea d'y établir une colonie pour lépreux, mais le projet avorta faute de trouver assez de lépreux catholiques. Ne sachant plus à quel saint se vouer, Son Excellence envoya deux moines allemands, frère Sebastian et frère Gerhard, pour y élever des moutons karakuls. Les bons moines n'étaient certes plus dans leur prime jeunesse, mais les caisses diocésaines se trouvaient à sec, et on voyait dans cette race ovine une source de revenu. Un vrai pactole. Si les frères réussissaient, à Dieu louanges et gloire éternelles. S'ils trépassaient là-bas, que Sa volonté soit faite. Mais l'homme propose et Dieu dispose : par ironie du sort, frère Sebastian et frère Gerhard survécurent aux moutons...

En 42, année de la mise en place du projet, la sécheresse anéantit la moitié du troupeau. En 43, la pluie arriva, suivie d'une épidémie de langue bleue. En 45, nouvelle sécheresse. En 46, les braves bêtes tinrent le coup. En 48, les pluies diluviennes firent déborder la Swakop, noyant un autre tiers des moutons. Les deux moines persévérèrent envers et contre tout – confirmant un autre poncif au sujet de Goas : la misère y est revigorante. Le vent cinglant, les matinées glaciales, ces après-midi où la chaleur vous liquéfie finissent par devenir votre vie. Deux moines, exilés au gré du vent. Même dans les meilleures conditions, élever des moutons karakuls – une race de prima donna ovines – était une initiative née de l'amour autant que du désespoir.

Les années passent. Frère Sebastian et frère Gerhard ne retournent pas à leur Créateur. Leurs nuits sont longues. Le bêlement des agneaux assoiffés les empêche de fermer l'œil. Les bons moines ne sont pas des missionnaires *stricto sensu,* faute de païens indigènes à convertir. Ils sont porteurs de la parole de Dieu dans un veld qui ne daigne jamais leur renvoyer le moindre écho. N'ont-ils pas connu des jours où ils se demandaient s'ils étaient encore en vie, s'ils pouvaient exister autrement qu'une tondeuse dans une main et un chapelet dans l'autre ?

Les années 50 furent aussi torrides que les années 40, mais l'an de grâce 53 fut leur salut. En 53, il plut. Assez pour que les moutons engraissent. Des semaines durant, les tontes se prolongèrent dans la nuit. Bref, le genre d'année qui vous aide à oublier vos tribulations. Jusqu'à ce qu'advienne la prochaine sécheresse et qu'il ne vous reste plus alors qu'à raconter vos bons souvenirs de 53.

Vous vous rappelez 53, frère Sebastian ?

Ah, c'était le bon temps, frère Gerhard ! Le bon temps.

Et voici qu'un après-midi, frère Gerhard ne revint pas de sa promenade dans le veld. Frère Sebastian partit à sa recherche. Et il le cherche encore. De tous les fantômes de Goas – et, à en croire Obadiah, pour un si petit coin sur terre, ils sont légion – aucun n'est plus paumé que frère Sebastian. Mort, lui aussi, il erre comme une âme en peine, nu, transi, en quête des restes de frère

Gerhard. Espérons qu'un jour, frère Sebastian arrêtera ses recherches et reposera en paix. Toujours est-il que c'est bien lui qui creuse ces trous bizarres que nous découvrons parfois le matin sur le pas de nos portes, trop grands pour un lapin, trop petits pour un hérisson. De minuscules tombes, vides.

En 1967, le *Group Areas Act* ayant expulsé des villes les écoliers noirs, l'Église décida de reconvertir Goas… en école, bien sûr ! Pourquoi n'y avait-on pas songé plus tôt ?

Il serait difficile de trouver un endroit bâti avec moins d'amour : deux rangées parallèles de salles de classe, des bâtiments en béton, repeints chaque année en jaune par Theofilus. Le dortoir des garçons est du même style : tout en longueur, il rappelle une caserne. Une église qui peut servir de hangar. Des petites maisons pour les enseignants mariés. Une résidence pour les célibataires. Malgré la dernière couche de peinture, l'endroit est dans un état de délabrement évident. Nous vivons au milieu de ruines encore fraîches. Et pourtant, au bout d'un moment, vous commencez à discerner une certaine logique selon laquelle les bâtiments de Goas sont aussi éphémères que leurs habitants.

La présente établit qu'une école pour autochtones (Inboorlingskool), *située au sud de Karibib, subventionnée par l'archevêché de Windhoek, 2013 Peter Mueller Street, Windhoek, est dûment reconnue par la sous-section (1)(a) de l'arrêté d'Éducation, Section 105, (# 27-1962), fait par ordonnance.*

LE DIRECTEUR DE L'ÉDUCATION NATIONALE
WINDHOEK
27 juillet 1967

Et quand la nuit tomba sur le dortoir, les premiers pensionnaires, venus des quatre coins du pays, se demandèrent où ils étaient.

41

THEOFILUS

Il était facile de l'oublier, même s'il était toujours parmi nous. Du moins, lorsqu'il n'était pas dans le veld à réparer une barrière, à traire les vaches, à tuer un koudou pour donner de la viande aux garçons, à désinfecter les latrines, à graisser le générateur, à enfumer le dortoir pour en expulser les chauves-souris ou à vaquer aux mille et une choses du quotidien, Theofilus s'activait parmi nous, rendant notre paresse insupportable. Peut-être ne nous écoutait-il même pas, mais il était tout près. Les mains momentanément au repos. Sans lui que nous oubliions si souvent, la ferme se serait écroulée en moins d'une semaine. Avec le recul des années, cela paraît surprenant car, pour être honnête, Theofilus ne passait pas inaperçu : il était albinos, mais on n'en parlait jamais tout haut. Sa peau pas vraiment blanche rappelait un cuir rouge défraîchi. Prière de s'abstenir des plaisanteries usuelles sur les albinos noirs. Pas un d'entre nous n'aurait dit que le brave Theofilus avait eu les paupières brûlées par un baiser de Dieu le renvoyant du paradis. Personne ne l'aurait jamais traité de négatif photo ambulant, ni de Cafre au lait, ni de fantôme friand de pieds d'enfants endormis. Il n'était question que de ses belles mains maculées d'huile de moteur capables de vous réparer n'importe quoi à l'exception des voitures japonaises, ce qui n'était pas bien grave compte tenu que le Tout-Puissant lui-même n'aurait pu guérir la Datsun d'Obadiah.

Il dormait sur un lit de camp dans le garage de la mission, un lit toujours impeccable, avec une seule couverture. Je n'ai jamais vu d'oreiller. Il gardait sa seconde paire de bottes sous son lit, à côté d'un carton où il rangeait les vêtements qu'il ne portait pas. L'ombre de son lit se dessinait parfois sur le sol huileux du garage, mais cela dépendait du moment de la journée et de l'angle du soleil entre les lattes des volets.

Le troisième jeudi du mois, Theofilus laissait ferme, bétail et chèvres aux bons soins de deux élèves de cinquième, attelait des ânes à une carriole et s'en allait voir sa femme, employée dans une ferme près de Wilhelmstal, à mi-chemin d'Okahandja. On racontait qu'elle ne pouvait vivre avec lui à Goas, car entretenir une épouse n'entrait pas dans les attributions de Theofilus. Une fois par mois, il repassait son costume et sa chemise blanche sur une vieille porte en équilibre sur deux pots de peinture. Une fois par mois, son pull bleu en lambeaux se balançait au vent sur la corde à linge derrière le garage, jusqu'à ce qu'il le renfile le lundi matin suivant.

Ce samedi-là, les garçons avaient un match de football que nous suivions depuis la touche. Assis sur des pupitres traînés depuis nos salles de classe, nous pariions sur les équipes. D'après les pronostics de Pohamba, Bufula Bufula était donné gagnant contre Pepsi All-African Stars à 2 contre 1, et contre Omaruru Toyota à 8 contre 1.

Sur sa carriole, dans son costume noir repassé et ses chaussures cirées, Theofilus était fin prêt. La charrette se trouvait à côté du but extérieur, face au garage de la mission. Le plus injuste, c'est qu'il s'était toujours montré d'une patience angélique avec les braves bêtes, il ne les avait jamais battues, pas bien fort en tout cas, jamais il ne punissait le plus cossard des deux, un baudet noir et brun, sans nom, au poil grisonnant, qui laissait souvent son camarade, un grison répondant au nom d'Oom Zak, faire tout le boulot ou presque. Il les gavait de carottes, plus qu'ils ne pouvaient en manger. On aurait dit que les deux bourricots avaient décidé d'un commun accord de se mettre en grève ce jour-là, en dépit de l'indulgence de leur maître à leur égard. Depuis l'autre côté du terrain de foot, nous suivions la scène : de toute évidence, au début, Theofilus n'y comprenait rien. Il leur donna des petits coups discrets, les bêtes ne bougèrent pas. Il y alla plus fort. Toujours rien. Il contempla son bâton avec étonnement, comme si le problème venait de là. Le levant alors au-dessus de sa tête, Theofilus leur flanqua une rossée. De sang-froid. Les coups pleuvaient.

Même les garçons s'arrêtèrent au milieu du match pour le regarder frapper les ânes avec un tel acharnement que le sang de l'âne sans nom, ce fieffé cossard, gouttelait du bâton. Theofilus regardait droit devant lui, comme si de rien n'était, comme si toute la ferme n'avait pas les yeux rivés sur lui. Un homme parti voir sa femme, mais qui n'allait nulle part. Professeurs et élèves, nous n'en perdions rien. Lui, campé sur ses longues jambes aux angles si parfaits qu'on aurait dit, de là où nous étions assis, de solides pieds de table ; impassible, même quand le sang commença à éclabousser son beau costume, et les deux baudets, immobiles, comme si, ce jour-là, ils n'étaient plus de simples bourriques mais de dignes statues de leurs cousins présumés, les chevaux.

Dans ses plus beaux atours, désormais immettables, Theofilus enfourcha l'un d'eux. Regarder tenait presque du voyeurisme, mais la curiosité l'emportait. Mavala Shikongo rompit enfin le silence. Elle était assise avec ce bébé, Tomo, qui rampait autour d'elle et lui mordillait les chevilles. Elle venait de se joindre à nous. Tomo était arrivé le premier. On ne pouvait le contraindre à rester enfermé dans la petite pièce qui avait jadis servi de garage au directeur. Mavala l'avait suivi. Qu'y avait-il d'autre à faire à Goas, que de venir nous retrouver ?

Elle ne le voit qu'un jour par mois ?

Je ne l'ai pas entendue prononcer ces mots. Vous voyez ce que je veux dire ? Au début, vous n'entendez pas quelque chose, et puis ce quelque chose se répète dans votre tête jusqu'à devenir parfaitement audible.

Elle ne dit rien d'autre, mais cela suffit à nous rendre tout penauds. Nous n'avions pas pensé à l'épouse de Theofilus.

Peut-être avions-nous jugé cela inutile. Après tout, on en avait tellement vu de femmes comme elle, de ces vieilles mamas, allant le long des sentiers pour chèvres la tête enturbannée. À quoi bon entrer dans les détails ?

Theofilus ne rompit pas le foutu bâton avec ses genoux. Il le posa sur le plancher de la charrette comme une baguette de verre. Il avait l'air exténué, à croire qu'il avait vraiment fait l'aller et retour. Son visage d'albinos était ravagé par le soleil. Il descendit de la charrette et retira les harnais avec la douceur qui le caractérisait. Puis il se rendit au garage de la mission, remonta la porte et entra. Skinny Hilunda, le gardien, alla flanquer aux ânes d'énergiques coups de poing dans les flancs. Ils ne bronchèrent pas. Plus tard, ils s'en furent vers le veld, parce qu'ils en avaient décidé ainsi. Theofilus ne travailla pas ce jour-là. Il ne sortit pas du garage. Assis près du terrain de foot, nos pensées allaient vers elle, les yeux rivés sur cette route qui ne ramènerait pas son homme à la maison, se demandant si, d'une manière ou d'une autre, après toutes ces années, elle avait pu se tromper de samedi. Tu viens la semaine prochaine, Theo ? Elle l'entend toujours avant de le voir. Les axes des roues grincent sous la charrette et, s'il n'y a pas de vent, elle peut presque l'entendre d'aussi loin que Vogelslang, avant de le voir apparaître en haut d'une côte de la grand-route.

Deuxième partie

PLUS LOIN DANS LE VELD

Dieu me garde de l'amour !

Bessie Head

42

NUITS

L'été, ou quel que soit le nom que vous donniez à ses prémices plus chaudes encore que l'été lui-même, quand votre peau n'était pas encore habituée à la chaleur nocturne et que les moustiques éraflaient l'air de leurs premiers râles assoiffés de sang. Leur bourdonnement s'intensifiait au plus profond de la nuit. Au début, la merveilleuse et insupportable proximité de notre peau les rendait fébriles, mais moustiquaires et rubans tue-mouches aidant, leur envie se muait en frustration et l'on entendait inlassablement leur faim augmenter et diminuer, jusqu'à ce que nous sombrions dans une sorte de torpeur, différente du sommeil, même si, le lendemain, nous nous réveillions conscients d'avoir bel et bien dormi, que nous n'avions pas passé la nuit à attendre Morphée. Au petit matin, les optimistes, les battants, engourdis par leurs appétits inassouvis, devenaient faciles à tuer. Aussi, par de chaudes matinées, s'élevaient des quartiers des célibataires les échos de joyeuses raclées acrobatiques, de massacres à coups de journaux. Y compris de la chambre de Vilho, que ses prêchi-prêcha altruistes du style *Tu aimeras-ton-prochain-comme-toi-même* n'empêchaient pas de se livrer à ces exterminations massives. Fiers du carnage étalé sur nos murs, nous nous rendions les uns les autres de minivisites mortuaires. Ce salopard-là, je l'ai eu avec mon petit doigt, regardez-moi tous ces astérisques noirs, et ces veinards qui se sont gobergés à nos dépens, eh bien on leur a fait un sort à eux aussi !

Et nous nous imaginions avoir pris notre revanche, oubliant toujours que le soir venu, ces victoires ne signifieraient plus rien, qu'ils ressusciteraient tous, réincarnés en cinquante, cent, mille exemplaires, et que les tuer ou ne pas les tuer n'était pas la question.

43

POHAMBA

Les jours se traînaient. Nous remettions tout à plus tard, il serait toujours temps. L'après-midi n'était qu'un lointain lendemain et les rivages de la nuit semblaient aussi distants que Madagascar. Sur le seuil de nos salles de classe, nous échangions quelques mots indolents. Comme si nous parlions sous l'eau. Ces jours-là, Pohamba n'en pouvait plus. Il était obsédé. Il travaillait de longues heures, ne pensant qu'à ça, allait à Karibib dès que l'occasion s'en présentait (en stop ou sur le vélo de Festus). Il rentrait exténué à Goas au point du jour et ne se changeait pas avant les cours, se contentant de faire son apparition dans la salle des professeurs pour la réunion du matin, sa chemise de soie empreinte d'auréoles de sueur aux aisselles. Le directeur lui-même respectait la façon dont Pohamba concevait son travail et ne le bassinait pas trop avec la bonne parole.

Pohamba était souvent à court d'argent. Seul Vilho avait encore pitié de lui. Le saint homme posait sur lui ses yeux tristes et compatissants, et lui glissait discrètement trois sous dans la poche. Et malgré ça, Pohamba ressentait le besoin d'expliquer : « On peut pas être un papa gâteau sans un petit gâteau de temps en temps, pas vrai ? »

Ces jours-là, ses élèves de cinquième étaient à plaindre. Plus il était fatigué, plus il se montrait exigeant. « Calculez la différentielle : *y* égale 1 plus *x* divisé par la racine carrée de 1 moins X au carré, rugissait-il.

– Mais, professeur… »

L'œil chassieux, dopé à la caféine, il passait dans les rangs, une règle dans une main, son redoutable rapporteur en bois dans l'autre. « Vous voulez finir à Goas comme moi ? Vous ne voyez donc pas, tous autant que vous êtes, que je ne veux que votre bien ? Allez-y, calculez, et pas sur vos doigts ! »

44

TOMO

Comment peut-on détester un bébé ? Ce n'est pas un bébé. Il a juste l'air d'un bébé. Mavala l'appelait son monstre, son ver de terre, son rongeur. Sa tornade. Il était aussi court sur pattes qu'un lutteur gréco-romain miniature. Nous le surnommions Petit Festus. Il n'avait pas encore deux ans que des témoins fiables l'avaient vu soulever une brouette au-dessus de sa tête. Il avait une prédilection pour les W.-C., surtout quand vous étiez dedans. (Une occasion comme une autre de préciser que les seuls W.-C. se verrouillant de l'intérieur étaient ceux du directeur et qu'ils étaient privés. Qu'un autre que lui y déféquât eût été perçu comme un crime de lèse-majesté.) Tomo et ses doigts couverts de graisse de poulet furetant dans vos poches. Il avalait tout ce qui lui tombait sous la main, remarquait tout, captait tout. Je revois ses yeux rivés sur moi entre les barreaux d'une chaise, ils ne me lâchaient pas, ils me lisaient et me détestaient tout à la fois. Nous étions jaloux de lui. Jaloux de ce que ses yeux avaient le privilège de voir. Une douche en plein air, le robinet derrière la maison du directeur. Tomo s'assied dans le sable boueux pendant qu'elle… elle… elle…

J'avais beau essayer de le porter avec tendresse – quelles hypocrites que mes mains ! – son corps se raidissait. Et ça encore, bon, je sais, tous les bébés font ça, mais Tomo, lui, y mettait une rogne particulière. Vous jouiez avec lui, ou du moins, vous croyiez jouer avec lui, vous croyiez lui faire passer un bon moment, à faire des bruits bizarres et à lui courir après, et voilà qu'il tombait, relevait la tête, réfléchissait, calculait, décidait s'il avait intérêt ou non à brailler. Avec moi, il poussait des cris aussi stridents que la sirène de l'école primaire Wainscott à Cincinnati, lors des exercices d'évacuation en cas de tornade. Il pouvait la déclencher, ou l'arrêter à volonté. La faire hurler. L'arrêter. Hurler à nouveau.

Chaussés d'un seul chausson – l'autre n'étant qu'un lointain souvenir – ses pieds s'agitaient en l'air dans son siège de voiture pendant que sa grosse tête ballottait. Ces yeux ne semblaient jamais s'attarder sur quoi que ce soit de futile. Comme votre sourire de faux cul. Il vous perçait à jour. Il ne parlait pas encore, peut-être était-ce là sa force. Les mots auraient brouillé sa vision de l'essentiel. Qui peut détester un bébé ?

On prétendait que Mavala Shikongo ne riait jamais. Ce n'était pas vrai. Disons qu'il était le seul à détenir le pouvoir de la faire rire. Rire comme une baleine. Comme si elle avait la coqueluche, on l'entendait depuis la maison du directeur. N'importe quelle broutille, ne fût-ce que se coiffer avec une brosse à dents ou se fourrer un peu de purée dans le nez, suffisait à déclencher son rire rauque.

45

CLAIR-OBSCUR

Les chèvres rentrent du veld en trottinant, la lumière bleue du crépuscule meurt comme de la fumée. Pohamba dort, de son petit somme vespéral. Je sors un pot de Rama du garde-manger, j'en retire la margarine et la jette sur le tas d'ordures derrière le trou où nous faisons du feu. L'un des coqs d'Antoinette, à la huppe verte et drue, se précipite, il n'en croit pas ses yeux : jamais pareille manne ne lui est ainsi tombée du ciel. Le laissant à sa perplexité, je me rends chez le directeur. Assise sur un banc à côté de la porte, Mavala remue une bouillie sur le feu de bois. Tomo qui se roulait dans la poussière se redresse et me lance un regard noir. Je montre mon pot vide.

« Il y a quelqu'un ? Nous n'avons plus de margarine à la résidence, je me demandais si… »

Mavala pointe le pouce en direction de la fenêtre. J'entrevois derrière le rideau les images floues de la télévision. Même s'ils ne captent rien, assis devant leur poste miss Tuyeni et le directeur se plaisent à feindre de regarder les émissions dont ils entendent parler dans le journal.

« Ma sœur et son mari se distraient, dit Mavala. Aimeriez-vous vous asseoir en attendant, professeur ? »

Elle est pieds nus. Ou elle va pieds nus ou elle est perchée sur des talons. À la résidence, on attache une grande importance à ses pieds.

« Je vous ai demandé si vous vouliez vous asseoir, professeur.

– Avec plaisir. » Je m'assieds sur le banc auprès d'elle. Elle se penche sur la casserole et continue à remuer, puis pose la cuillère entre nous. Elle croise les jambes d'un côté, de l'autre, puis les décroise.

« Vous savez, je ne serais pas si grosse si j'étais chez moi à travailler dans les champs de maïs. Là-bas dans le nord, on sangle les bébés sur notre dos et on part aux champs. »

Nous avions déjà remarqué que parfois elle donnait l'impression de se parler à elle-même comme si notre présence était fortuite.

« Qui vous a dit que vous étiez grosse ?

– J'ai entendu dire que les Blancs d'origine anglaise n'aimaient pas les grosses, mais que les Boers, eux, les trouvaient à leur goût.

– Je ne suis pas Anglais

– Je m'ennuie, dit-elle. Pas vous ? »

Je la regarde se gratter la cheville gauche avec son pied droit. Je me baisse et j'attrape Tomo. J'ai envie de me rapprocher quelques instants de ses pieds. Je fais sauter Tomo sur mes genoux, mais il s'en prend à mes yeux, je le lâche. Il s'empare de mon pot de margarine et le jette dans le feu. Elle ne semble rien remarquer de tout cela. Elle me regarde de ses trop grands yeux. Pohamba dit qu'aucune femme ne devrait ouvrir les yeux comme ça, qu'une femme qui s'affiche ainsi ne peut être qu'une menteuse ou une cinglée. Je lui renvoie son regard en y ajoutant ce que je crois ressembler à une connotation à la fois sensuelle et intellectuelle.

Elle regarde de nouveau la casserole.

« Pourquoi ne faites-vous pas à manger dans la cuisine ?

– Ma sœur semble penser que mes mœurs contaminent la nourriture.

– Elle a dit ça ?

– Elle dit que je suis une pute.

– Et les putes n'utilisent pas de cuisine ?

– Apparemment pas. »

Je me penche vers elle, de biais, les yeux rivés sur le creux de sa nuque, songeant que ce serait l'endroit idéal pour y poser quelque chose, mais déjà elle se lève, s'enfonce dans l'obscurité du veld et disparaît.

Elle me crie : « Donnez-lui à manger pour moi, s'il vous plaît, vous voulez bien ? Attendez que ça refroidisse. »

Je verse la bouillie dans son bol que je pose sur le banc. Je la regarde fumer. J'appelle le monstre, le monstre arrive. Il s'affale contre ma jambe et attend sa gamelle.

En bas de la route, Antoinette braille qu'il est l'heure de la douche. « Hé ! Les garçons, je vous veux lavés, récurés et présentables dans dix minutes ! » Et les garçons de lui faire écho dans tous leurs dialectes. Un brouhaha de voix braillant qu'il était l'heure de la douche.

Une lumière frissonnante blanchit la pièce. Miss Tuyeni rit de quelque chose qu'elle croit voir. Je regarde Tomo manger.

46

CLOISONS

Un jeune pensionnaire a des frayeurs nocturnes. Nous avons fini par nous y habituer. On attend qu'il pique sa crise. C'est comme s'il hurlait à notre place.

Je l'entends qui hurle.

Pohamba tape contre le mur. « T'arrives pas à dormir ?

– Non.

– À ton avis, de quel garçon s'agit-il ?

– Je n'en sais rien.

– De quoi a-t-il peur ?

– Écoute, essayons de…

– Mobutu n'arrive pas à dormir lui non plus.

– Quoi ?

– Mobutu Sese Seko, avec son chapeau en peau de léopard. Qu'est-ce qui l'empêche de dormir ? De quoi a-t-il donc peur ?

– Il est deux heures du matin.

– Il a peur de Patrice Lumumba. Tu veux que je t'en raconte une ? Une histoire pour t'endormir ?

– Laisse-moi tranquille.

– Allez. On ne peut rien faire d'autre que rester au lit. Vas-y, réponds. Pourquoi Mobutu a-t-il peur de Patrice Lumumba ?

– Aucune idée.

– Tant mieux. Parce qu'il n'y a plus de Lumumba. Ils l'ont découpé en petits morceaux et balancé dans un tonneau d'acide.

– Par conséquent, il est mort. Laisse-nous donc nous rendormir, Mobutu et moi.

– L'esprit est-il toujours logique ? Mobutu est dans son grand lit doré et la peur l'empêche de dormir. Alors il appelle son chef de la sécurité et lui dit : "Monsieur le chef de la sécurité, je veux que vous fassiez quelque chose pour moi. Tuez Patrice Lumumba." "Excusez-moi, Maître, répond le chef de la sécurité, le postier est mort depuis des années." "Vous croyez que je ne le sais pas ? Mais vous comprenez, les gens l'aiment toujours." Là-dessus, le chef de la sécurité appelle ses hommes et leur donne des instructions. Ils sont perplexes, eux aussi, mais le chef de la sécurité hausse le ton : "Est-ce que je vous paie pour poser des questions, empotés que vous êtes ?" Ses hommes haussent les épaules. Ce n'est pas compliqué. Ils doivent aller tuer un type. Le chef de la sécurité rapporte le corps à Mobutu. "Voilà Lumumba, Maître." "Bien, dit Mobutu. Maintenant, partez et recommencez." »

Pohamba se mouche avec fracas. « Alors, toutes les nuits, à Kinshasa, ils tuent Patrice Lumumba. Après tout, c'est ça l'Afrique, non ?

– Bonne nuit, dis-je.

– Tu penses que ce n'est pas *ça* l'Afrique ?

– Qu'est-ce que tu veux dire ?

– Tu n'as pas peur ?

– Non.

– Moi, oui.

– Pourquoi ?

– J'ai peur d'être un Lumumba.

– Personne ne veut te tuer. Dors. »

Vilho tapote à la cloison, il dit tout bas, mais on entend tout, les cloisons sont si minces : « Patrice Lumumba était un martyr. »

Pohamba s'éclaircit la voix, dans une espèce de roulement de tambour. « Et qu'est-ce qui te dit que je ne suis pas un martyr ? »

Vilho y réfléchit. On l'entend. Il soupire quand il réfléchit. Vilho porte une chemise de nuit pour dormir. Nous l'imaginons, blotti dans des draps d'une blancheur immaculée. Nous nous endormons en l'écoutant réfléchir. Tous trois, nous respirons dans le noir, derrière nos cloisons.

47

VILHO

Vilho a toujours froid. Tous nous souffrons du soleil sitôt que la fraîcheur matinale s'est dissipée, mais lui reste emmitouflé avec bonnet de laine et écharpe. Il est résigné à avoir froid. Jamais il ne se plaint. Nous, si. Nous nous plaignons de la chaleur. Nous nous plaignons du froid. Nous nous plaignons de sa résignation. Il fait partie de ces êtres bizarres qui sont seuls et qui ne cherchent pas à ne plus l'être. Le plus affolant c'est que si Vilho, ancien élève de Goas, s'y retrouve à nouveau confiné, en qualité d'enseignant, il ne faut pas voir là une vicieuse ironie du sort. Non, il ne s'agit pas là d'une ironie du sort. Sorti dans les premiers de sa classe à Dobra, Vilho a demandé un poste à Goas. « *Demandé !* s'écrie Obadiah. Vous vous rendez compte ! Ça veut dire que notre pauvre Puck s'est banni lui-même ! »

Si vous ne saviez pas qu'il était professeur, vous le prendriez pour un étudiant, tant son visage est lisse et imberbe. Apparemment, les femmes ne le font pas saliver. En tout cas pas Mavala. Pas même Dikeledi. Pohamba prétend que c'est impossible. Un Africain ? Vilho ? Une tapette ? D'après Obadiah, si c'était vrai, cela nous rendrait plus cosmopolites et notre bled perdu dans la brousse rappellerait Cape Town. Malgré tout ce qu'il peut cacher, Vilho semble le seul à Goas à ne pas avoir de soucis – aussi est-ce donc à lui que nous confions ce qui nous préoccupe. Antoinette lui tricote écharpe sur écharpe, pour qu'il ait bien chaud.

48

LA VALSE DE SÉBASTOPOL

« J'avoue que je suis content de cheminer avec vous, dit Obadiah. Quelqu'un a-t-il une théorie susceptible d'expliquer ça ? » Personne n'avait de théorie. Personne n'avait même envie d'en avoir une. Pourtant, il attendait. La pause du matin, il faisait déjà chaud et nous nous tenions sous le seul arbre proche de l'école, qui se trouvait effectivement sur la route.

« Nous ne sommes pas des élèves, dit Pohamba. Nous sommes des enseignants, non ?

– Faux ! cria Obadiah. Je suis ravi, bonnes gens de Goas, il n'y a pas de meilleur endroit que la route pour les histoires. On ne raconte pas d'histoires dans une maison, disait mon père. Quand il voulait en raconter une, il nous menait au-dehors. Mes deux frères et mes quatre sœurs, toute la famille, à l'exception de ma mère qui prétendait que mon père était encore plus paresseux qu'une couleuvre. Elle acceptait de sortir, mais pas de s'aventurer sur la route. Mettez-vous à sa place : nous vivions dans une rue poussiéreuse, encombrée d'ordures et de gravas, repaire de jeunes voyous qui dormaient là, leur bonnet jusqu'aux yeux, et mon père racontait des histoires du passé qui avaient pour décor l'Old Location de Windhoek, avant que les bulldozers ne chassent les habitants à Katatura. Mon père parlait d'Old Location avec émotion, comme s'il s'agissait d'un humble paradis terrestre. Du regard, il faisait le tour de notre rue, de toutes les maisons – jamais toutefois, il n'aurait appelé "maisons" ces boîtes à sardines serrées les unes contre les autres, sur lesquelles figuraient le nom de la tribu et le numéro de rue – et il disait : "Je suis un vieil homme, et ils veulent que je me batte. Avec quoi ? Avec ces mains qui tremblent ?" Mon père était un homme fier, cultivé, un panafricain, un émule de Marcus Garvey. Il ne condamnait pas les hommes qui prenaient les armes, il implorait la clémence pour ces fichus diables qui les avaient contraints à en arriver là. Il citait Senghor : *Seigneur, pardonne à ceux qui ont fait des Askia des guérilleros, et de mes princes des sergents*. Il était convaincu qu'il y avait une meilleure façon de s'y prendre. Il voyait dans l'éducation un moyen de changer les choses. Les livres, disait-il, peuvent tout faire basculer. Écrasez les Boers à coups de *Tristram Shandy !* Pauvre homme. De l'avis de ma mère, tous les colons méritaient une balle dans le crâne. Elle avait honte de mon père. Elle ricanait à l'évocation de ses souvenirs qui, d'après elle, n'étaient en rien des souvenirs, mais de la propagande colonialiste.

» Et une fois, sur la route, mon père nous parla du dancing qui se trouvait à Old Location. "Si grand qu'on se serait cru dans un petit pays." Depuis l'autre côté de la barrière, ma mère lança : "Dancing ? Tu veux les remercier pour un dancing en 1942 ? D'autres maris ont fini en prison." Et elle cracha. »

Obadiah s'arrêta un moment pour penser à sa mère. Mavala referma son livre, mais se servit de son doigt comme marque-page. Elle leva la tête et observa le ciel, le soleil faiblard, ampoule inutile dans une pièce en plein jour. Pohamba corrigeait des exercices. Festus dormait, la tête sur un genou.

« Non, ce n'était pas une lady, ma mère, reprit Obadiah. Et elle n'aurait pas hésité à aller toute seule régler leurs comptes aux Boers si elle n'avait pas eu à préparer la bouillie de maïs pour ses six enfants. Mon père avait peur d'elle, mais, en public, il faisait son fanfaron, lui imposait silence, lui disait : "Rentre à la maison, femme. Va donc lui faire un bol d'Ovomaltine à ton homme." Elle ne bougeait pas. Les voisins s'assemblaient. Un peu d'animation dans la rue, ça pimentait la monotonie du quotidien, et puisqu'il ne s'agissait pas d'une émeute, ils pouvaient toujours regarder mes parents se quereller. "De la taille du Lesotho qu'il était ce dancing, disait mon père. Et dans cette belle salle, ils organisaient des concours de danse. La compétition était acharnée. Un jour, mon épouse et moi – cette femme belliqueuse que vous voyez là – reçûmes la coupe pour la Valse de Sébastopol." »

Obadiah se leva d'un bond et se planta devant nous. « Mon père était maigre, comme moi. Il flottait dans ses vêtements. Lorsqu'il faisait valser ma sœur cadette sur la route, les pans de sa chemise battaient tant et si bien l'air qu'on aurait dit un oiseau, plumes en bataille et chaussures aux pattes. » Obadiah tendit les bras et saisit une cavalière que lui seul voyait. Droit comme un cierge, une main épousant la forme d'un coude, l'autre à plat sur un dos invisible : « En place ! cria-t-il. Et un et un, et deux et deux. On avance et on recule. »

Ses contorsions ne ressemblaient pas à une valse. Ni à aucune danse, en fait. Encore légèrement éméché, sous l'effet du Zorba dont il avait corsé son café du matin, il battait l'air, ralenti dans ses élans par ses mocassins trop grands pour lui. Il était un peu ivre et il aimait son père et l'histoire de son père. Et nous n'écoutions pas. Il faisait trop chaud, nous devions nous traîner jusqu'à nos salles de classe dans moins de cinq minutes et nous essayions de nous reposer quelques instants sous le seul arbre capable de nous fournir un peu d'ombre.

Il continuait à tournoyer tout seul, quand Mavala laissa tomber son livre dans la poussière, se leva et lui prit les mains. Au bout d'un moment, il déclara : « Tu ne sais pas danser. Comment une femme avec une telle élégance naturelle…

– Et vous, vous n'êtes qu'un vieux poivrot, riposta Mavala.

– Essaye, reprit Obadiah. Essaye de danser. »

Et ils essayèrent vraiment. Tous les deux. Sur la route. Sur le sable. Mavala retira ses talons. Même sans talons, elle était aussi grande que lui. Un couple étrange. Il avançait, elle avançait, et leurs têtes se heurtaient. Il finit par lui lâcher les mains et la regarda d'un air curieux, comme s'il essayait de lire quelque chose dans la pénombre. « Il y a autre chose », dit-il. En haut de la route, les élèves revenaient du réfectoire, des carottes à moitié grignotées à la main.

« Quoi ? » demanda Mavala.

Obadiah s'approcha d'elle, les bras tendus. Il ne la toucha pas, laissant ses mains voleter sur ses épaules. « Mon père n'a jamais bu une goutte d'alcool de sa vie. Mais ce jour-là, sur la route, voyant mon père revivre, tout émoustillé, le triomphe de la Valse de Sébastopol, ma mère murmura ces mots cruels, car elle savait qu'elle n'avait pas besoin de hurler : "Mieux vaut un homme qui boit." »

Campé au milieu de la route, Obadiah contemplait ses pieds. Mavala leva la main et donna une petite tape presque affectueuse sur le bord de son chapeau souvenir du TransNamib.

Le triangle tinta, nous nous levâmes, dépoussiérâmes nos pantalons et rassemblâmes nos stylos éparpillés. Festus avait la marque de son genou sur le front. Nous repartions vers nos classes, quand Obadiah s'écria : « Puis-je ajouter quelque chose ? »

Personne ne se retourna.

« Il faut reconnaître que ma mère avait des jambes sublimes. N'y a-t-il pas des jours où un fils peut se permettre d'imaginer à quoi elles ressemblaient ? »

49

PATROUILLE D'HYGIÈNE

L'ange exterminateur des poux. La championne de la lutte contre les parasites. Antoinette vous les traque dans les rangées du dortoir. Avec ses seules mains aux doigts longs, de vraies pinces aux allures de griffes. Pas de shampooing doucereux. Il lui faut les sentir craquer sous la pression fatale. Un par un, elle les pince, les écrase. L'hygiène est un spectacle et Antoinette, le bourreau à visage découvert. Garde-à-vous, fixe, les garçons ! Vos corps sont une infection ambulante ! Les lits superposés sont si rapprochés qu'elle a du mal à se faufiler. Tous ces garçons. Toutes ces têtes à inspecter. Des garçons, encore et toujours, des garçons. Crâne ! Aisselles ! Zones de nidification pubiennes ! Lève les bras, Matundu. Baisse ton pantalon, Shepa. Ta tête, Titus, penche-la ! Et puis, un jour, un garçon lui dit tout simplement, non. Ma tête, elle est à moi. Le bourreau s'arrête. Examine le récalcitrant. Les yeux dans les yeux. Les pupilles dilatées.

Antoinette est plus fascinée qu'inquiète. Elle s'est toujours demandé quel effet ça lui ferait qu'on lui résiste. Un tyran à qui nul ne s'oppose finit par s'ennuyer à cent sous l'heure. Ne disait-on pas qu'au fond de lui-même, Napoléon rêvait d'une défaite ? Et Staline, ne s'attendait-il pas à finir empoisonné, l'idée de martyr n'étant pas pour lui déplaire ? Antoinette regarde le garçon de la tête aux pieds. Il est assis sur sa couchette. Ses pieds ne touchent pas le sol. Elle ne le connaît pas. Ce n'est ni un voleur, ni un vandale, ni un pyromane. Les bons élèves se fondent dans un flou collectif. Pourquoi ne se souvient-on que des voyous ? Si peu violente sa révolte soit-elle, elle est sans équivoque. Ses petites jambes dans un short. La semelle toute sale de ses petits pieds. Sa chemise bleu ciel bien propre. (Il semblerait qu'il respecte certaines règles.) Sa tête ovale, ses poches sous les yeux. Ce garçon ne dort-il donc jamais ? Il la fixe du regard : Fais-moi tout ce que tu voudras, vieille garce, mais ma tête, elle est à moi.

« Nom de famille ?

– Axahoes, madame.

– Prénom ?

– Magnus.

– Classe ?

– Sixième, madame.

– Si petit et en sixième ? »

Il ne répond pas, regarde ses pieds comme s'ils expliquaient sa petite taille pour un élève de sixième.

« D'où viens-tu ?

– De l'ouest d'Andawib.

– De quelle ferme ?

– De la ferme Meneer Pieterson. Dans la région de Kalkfeld.

– Tes parents ?

– Mon père.

– Pas de mère ? »

Silence. Une de ses jambes tressaute.

« Debout. »

Il se lève. Muets de stupeur, les autres garçons n'en perdent rien.

« Penche la tête.

– Non, madame.

– Et pourquoi non ? Tu penses que tu as des bestioles ? Tu as peur d'en être infesté ? »

Un regard qui ne veut rien, pas même que ça en finisse, c'est si rare. Car il est impossible d'éradiquer tout désir de notre regard. Même les morts veulent que tout leur soit rendu, voilà pourquoi le croque-mort leur ferme les yeux ou coince leurs paupières avec une pièce de monnaie. Mais regardez ce garçon. Pas une ombre de chagrin, comme s'il savait que le chagrin ce n'est que de l'orgueil. Entraînez votre œil à suivre un moustique, vous aurez toutes les peines du monde à vous concentrer. Dès son plus jeune âge, elle a essayé d'en suivre un du regard. Impossible. Tout ce qu'on peut espérer, c'est qu'avec un peu de chance il revienne dans votre champ de vision. Mais les yeux de ce garçon, comme ils ne voient rien d'autre, y parviendraient sans doute. Et Antoinette de penser : Ta mère, mon garçon. Le monde en est tout plein de mères défuntes. Archiplein. Jésus est doux et humble de cœur, et toi tu revendiques le droit d'être arrogant ? Ta détresse est-elle plus grande ? Malgré tout, elle a pitié de lui. Elle l'aime. Mais ce n'est pas une confrontation. Juste le temps de souffler avant la débâcle. Elle lève la main et l'expédie par terre.

50

LES ABSENCES DE L'AUMÔNIER

Un balourd sans histoire. Son unique intérêt aux yeux des habitants de Goas : il était, comme on dit là-bas, « véhiculé ». Une voiture, deux bakkies, un camion, un tracteur. Notre père de Goas commandait une flotte. Ce qui revenait à se trouver sur une île déserte avec une demi-douzaine de canots de sauvetage. Mais il y avait un bémol : seul Theofilus avait le droit de conduire ces véhicules, et juste pour les affaires officielles de l'église, ce qui n'incluait pas celles des professeurs.

Si empâté fût-il, le père avait les épaules très larges. Dans ses vêtements sacerdotaux, il ressemblait à une boîte recouverte d'une nappe. Personne ne le connaissait assez pour le détester. Il n'était à Goas que depuis quelques années. Il parlait d'une voix curieusement haut perchée qui, disait-on parfois, reflétait ses origines. Que cela soit vrai ou non, certains attribuaient ce timbre particulier à sa « coloration », ce qui le rendait une touche plus blanc aux yeux de l'ancienne loi, tout juste révolue. Moi, il m'ignorait. Un jour, il me questionna sur ma foi. Je lui répondis. « Windhoek nous a donc envoyé un païen ? » commenta-t-il. Là-dessus, il émit un son strident qui se voulait peut-être un rire et poursuivit son chemin.

Il gardait un berger allemand dans un enclos, à l'écart des chiots de Tatie Wilhelmina. Il chérissait ce chien et le régalait d'os de koudou. Un beau jour, son clébard bien-aimé se fit la belle et fut mordu par une vipère dans le veld. Il se traîna jusque devant le presbytère, où il réclama son maître en hurlant.

Rassemblés autour de lui, nous regardions son cou enfler. Il fut bientôt pris de convulsions et se mit à suffoquer. Le père finit par sortir et l'acheva à coups de marteau.

Il avait deux règles, contrairement au directeur qui, lui, ne les comptait plus. Ni alcool, ni fornication pour les célibataires. La première n'était pas une obligation absolue (on savait que l'ecclésiastique avait un faible pour le vermouth). La seconde n'avait pas lieu d'être.

Reste à savoir pourquoi le directeur, de loin le plus dévot de la ferme, et le père se méprisaient. Sans doute cette animosité remontait-elle à la nationalisation des écoles, après l'indépendance. D'où la confusion dans les esprits quant à savoir lequel des deux menait la barque. Le directeur était à la tête de l'école, mais le terrain de l'école appartenait à l'Église. Les enseignants voyaient les choses ainsi : le directeur dispose de nos fesses ; et l'homme de Dieu, du peu qu'il reste de notre âme.

Une histoire bizarre courait sur ces deux-là. Une histoire inexplicable, sans queue ni tête.

Un matin, l'homme d'Église découvrit le directeur endormi sur le toit du presbytère.

Que fichait-il là-haut ? Espionnait-il ?

Nul ne le sait.

Pourquoi s'était-il endormi là ?

Était-il dans les vignes du Seigneur ?

Ne boiriez-vous pas si vous deviez passer la nuit sur un toit ?

Que diable fichait-il sur ce toit en premier lieu ?

Nul ne le sait, répondis-je…

51

SOIRÉE ANGLAISE

Plus encore que son rouge à lèvres, son ombre à paupières bleu pâle et ses minijupes, les enthousiasmes de Mavala à l'orgue avaient l'art de mettre le prêtre hors de lui. Le mercredi soir était officiellement la « soirée anglaise » à l'église. Aux messes du dimanche ou à celles du matin – s'il était à Goas, car, faute de prêtres, il desservait toute la région d'Erongo – le père parlait dans un afrikaans aux sonorités apocalyptiques. *Seul l'enfer attend ceux d'entre vous, les garçons, qui se complaisent dans leur immoralité sous le regard du Seigneur à qui rien n'échappe...* Le mercredi soir, cependant, il laissait de côté le prêche autoritaire. On prétendait qu'il n'appréciait pas le décret de l'évêque de Windhoek qui, par égard pour la nouvelle Constitution, demandait que les offices soient célébrés en anglais au moins une fois par semaine. Comme si le père voulait montrer à tous que l'afrikaans était encore la langue d'un Dieu tonitruant. Aussi, le mercredi, soirée anglaise oblige, susurrait-il son sermon. Ces soirs-là, les garçons savaient qu'ils pouvaient en toute impunité s'endormir à l'église. Les aînés apportaient des oreillers et s'affalaient sur les bancs du fond. Quant aux plus jeunes, ils s'écroulaient sur l'épaule du voisin. Leur petite tête ballottait, leurs minuscules rotules s'enfonçaient dans les lattes du plancher et ils sombraient dans un sommeil douloureux, mais miséricordieux.

Assoupis pendant la messe, les garçons redressaient la tête sitôt que Mavala jouait. Elle clamait qu'elle resterait catholique, envers et contre tout. L'orgue ne fonctionnait pas très bien. Les pédales coinçaient, les notes résonnaient indéfiniment, d'où cette espèce de musique baveuse et mollasse. Chaque hymne était vouée à la cacophonie. Qu'importe. Les garçons énervaient d'autant plus le père qu'ils chantaient en anglais. *O food of exiles lowly, O bread of angels holy*... On entendait leurs voix au-delà de la ferme – elles parvenaient jusqu'à Theofilus, là-bas dans le veld, et jusqu'à la croix, au sommet de la colline, au pied de laquelle Pohamba, assis, boycottait l'église.

Censé incarner les vertus de la langue anglaise, je me faisais un devoir d'assister aux offices ces soirs-là. Je m'asseyais sur le banc du fond, à côté de Vilho, m'efforçant de ne pas penser aux pieds et aux jambes de Mavala qui appuyaient sur les pédales. Elle jouait les yeux fermés, sa tête dodelinant.

Un mercredi, je l'attendis à la fin de l'office. Tous étaient sortis à la queue leu leu. À l'exception de Vilho. Ne m'avait-il pas confié un jour combien il appréciait le calme d'une église vide à l'issue d'une cérémonie ? Mavala et moi remontâmes ensemble la route menant chez le directeur.

« Le vent se lève », remarquai-je.

Le vent se lève. Le vent tombe... Des mots que nous pensions ou disions parfois, histoire d'avoir quelque chose à penser, à dire.

« Oui, répondit-elle.

– Il était pourtant tombé.

– C'est vrai, dit-elle. Il était tombé, n'est-ce pas ? »

Nous aperçûmes deux élèves d'Obadiah, Siggy et Petrus. Assis devant les vestiges de la table de pique-nique volée, ils s'entraînaient à se présenter l'un à l'autre dans la langue dite du roi, un anglais revu et châtié par le sieur Obadiah, reste à savoir de quel roi il s'agissait...

« Je serais fort honoré, messire, si vous vouliez bien me faire l'insigne faveur de me dire votre nom.

– Siegfried je fus baptisé, mais je vous prie instamment de m'appeler Siggy. Oserais-je me permettre de vous demander le vôtre, ami de ma jeunesse ?

– Ah, je perçais en vous l'âme sœur ! On me connaît sous le nom de Petrus. »

Ils fumaient des crayons, en guise de pipe. Ils saluaient avec des chapeaux imaginaires. Ils donnaient l'impression de souffrir : l'anglais n'était-il pas souvent associé à la constipation... ?

Mavala et moi continuâmes à remonter la route. « On se croirait au zoo, commenta-t-elle.

– Ils adorent t'entendre jouer.

– Tu crois ?

– Tu les inspires. »

Mavala se frappa le front. « Tu sais quoi ? J'ai oublié le gosse ! »

Nous retraversâmes le terrain de football et arrivâmes chez Antoinette et Obadiah. Antoinette était à son poste de garde, à la fenêtre de sa cuisine. Tomo faisait le poirier sur les marches.

« Il a été gentil mon ange ? demanda Mavala.

– Il a bousculé mes poulets et pissé sur mes radis. » Elle ferma la fenêtre. Les sourires d'Antoinette étaient vagues et rapides. La pénombre derrière la vitre estompait les contours de son visage.

Mavala prit Tomo dans ses bras, le couvrit de baisers. « Comment ai-je pu oublier ce petit garçon ? Un petit garçon comme celui-ci ? »

Nous repartîmes. Elle posa Tomo par terre, il refusa de marcher. Elle le saisit et le traîna sur le sable que le bambin creusa de sillons, tel un petit diable sur des skis nautiques. Puis elle le lâcha, et il se mit à trottiner derrière nous.

« Qu'est-ce que tu disais ?

– Que de t'entendre jouer...

– Oh ! Oui... Les inspirait. J'en inspire beaucoup, pendant ces fameuses soirées anglaises ! » Elle marqua un temps d'arrêt et me regarda. « Pas vrai ? »

Siegfried et Petrus continuaient leur noble discours.

« Et puis-je me permettre de vous demander d'où les vôtres sont originaires ?

– Je suis né et j'ai été élevé à Swakopmund, cher ami.

– Oh, le bord de mer, lieu de mille extravagances… »

Mavala me pressa le coude. « Et ça, tu appelles ça comment ?

– Au moins, il leur enseigne un peu d'anglais. Il y réussit mieux que moi.

– Et s'il leur apprenait plutôt qui ils sont ? C'est ce qu'ils sont, ça ? Cet endroit est un trou perdu dont il est le président. Dieu protège cette pauvre Antoinette.

– Je suis candidat à la vice-présidence de ce trou perdu, dis-je.

– Bonne chance. À quand les prochaines élections ?

– Dis-moi, pourquoi joues-tu de l'orgue à l'église ? Si, comme tu le dis, cet endroit est un trou perdu, pourquoi donner des illusions aux garçons ? »

Elle ne répondit pas. Nous arrivâmes chez le directeur. Il faisait nuit. Miss Tuyeni et lui s'en étaient allés à Karibib. Mavala lâcha la main de Tomo qui se précipita vers leur chambre. N'atteignant pas la poignée, il recula et tel un bélier fonça dans la porte la tête la première.

Le vent soufflait. Le sable voletait dans l'air, picotant nos visages. Mavala regardait par terre comme si elle avait perdu quelque chose. Je remarquai alors que ses cheveux avaient tendance à pousser en v sur son front, présage de viduité.

« Pourquoi joues-tu ?

– Arrête de penser à moi.

– Je demandais simplement…

– Ça ne m'intéresse plus.

– Qu'est-ce qui ne t'intéresse plus ?

– Qu'on pense à moi. »

Elle me laissa, et s'en alla à pas pesants vers le gosse.

52

BOCHES ET KAKIS

Notre gourou méditait sur les différences entre certaines puissances coloniales. Je ne sais plus où nous étions. Peut-être nous trouvions-nous dans les urinoirs nauséabonds de la station-service Mobil de Karibib, au Dolphin, à notre table du Bar Public ou, qui sait, dans une fourgonnette nous ramenant à Goas, avec les provisions de la semaine calées entre les genoux, transpirant, nous passant un Fanta tiède, si épais qu'on aurait cru de la mélasse – mais mélasse ou non, c'était du Fanta et pour une fois que nous en avions nous le buvions. Peut-être nous trouvions-nous sur l'autre rive du Kuiseb asséché, à la limite entre Goas et le désert, sur les traces de ce hérisson nain et insaisissable qui vit dans les collines du centre de la Namibie. Nous pouvions être n'importe où, là où Obadiah avait décidé de faire son discours, de nous éduquer, de nous soulager du fardeau de notre insondable ignorance.

« Cela dit, au moins les Allemands furent honnêtes. Ils dirent qu'ils allaient voler nos terres et ils volèrent nos terres. Ils dirent qu'ils allaient nous tuer, et Dieu sait qu'ils nous tuèrent. Mais les Britanniques, eux, furent moins – comment dirais-je ? – moins francs du collier. Ils dirent que nos terres étaient à nous et ils nous les volèrent. Ils dirent qu'ils avaient des visées humanitaires et ils bombardèrent les Nama. C'était en 1922. Un an plus tard, ils tranchèrent la tête du roi Mandume et l'exhibèrent. Alors vers qui le cœur du diable penche-t-il ? Les Allemands se présentent devant Dieu, les mains sales et puantes et lui disent :

"Voyez, mon Père, voyez ce que j'ai fait. Allez-y, jugez-moi." Et les Britanniques ? Ces kakis s'amènent à la porte du paradis avec du plum pudding ! »

Obadiah fit une pause et redressa le col de son manteau râpé. Où que nous nous trouvions, je peux vous garantir qu'il portait son manteau en tweed couleur pie. Été comme hiver, qu'il enseigne ou non, avec ou sans chemise. (Quand il ne portait pas de chemise, des touffes de poils blancs frisottaient entre les revers.)

« En fait, nous avons amplement eu l'occasion d'observer ces deux monstres sacrés de la supériorité culturelle. Soit dit en passant, côté supériorité culturelle, les Boers, eux, n'ont jamais rien eu à craindre… Mais les Allemands et les Britanniques ! Songez un instant à ce massacre stupide qu'ils appellent la Grande Guerre. Nous en avons subi les conséquences jusqu'ici ! Shakespeare et Goethe se battant pour de pauvres broussailles. Un général britannique écrivit au roi : "Votre Majesté, cette terre ne convient ni aux babouins ni aux Bochimans." On est donc en droit de se demander pourquoi, oui, pourquoi, avoir envoyé des hommes se faire tuer ici ?

– Bonne question, dit Pohamba. Pourquoi diable…

– Ne la posez jamais. La vie de soldats, fussent-ils blancs, n'a jamais pesé plus lourd que celle des babouins ou des Bochimans. »

– Qu'ils aillent se faire foutre, tous autant qu'ils sont, déclara Pohamba.

– Tu te crois forcé d'être vulgaire ?

– Que les Suédois aillent se faire foutre. »

Je crois me souvenir qu'Obadiah a regardé Pohamba en plissant les yeux : peut-être après tout étions-nous, dehors, dans une lumière éblouissante. Disons que nous nous dirigions vers les Erongos.

« Qu'est-ce qu'ils t'ont fait, les Suédois ? » demandai-je.

Pohamba haussa les épaules. « Que les Hawaïens aillent se faire foutre.

– Que les Bulgares aillent se faire foutre, dis-je.

– *God Save the King* », dit Pohamba.

Obadiah n'y prêta pas attention et continua à discourir tout l'après-midi. « Les Britanniques battirent les Allemands à Korub Aub. Dans les histoires, *leur Histoire*, ils appellent ça une guerre d'hommes blancs menée dans l'Afrique sauvage. Comme si nous n'étions même pas présents à l'époque. Vous savez quoi ? Eh bien, figurez-vous que, sans nous, ils n'auraient jamais gagné. Les Britanniques nous ont promis des terres – nos propres terres – en échange de notre aide. »

Il envoya promener l'une de ses sandales et enfonça son ongle de pied dans la terre desséchée. Il ne reprit la parole qu'au bout d'un long moment. L'après-midi tirait à sa fin, les montagnes se teintaient de bleu. Outre pâle et vide, un pauvre nuage s'éloignait avec indolence. Notre partie de chasse avait échoué une fois de plus.

« Cela se termina dans l'euphorie, dit à voix basse Obadiah. Une délégation de soldats autochtones se rendit aux quartiers généraux militaires afin de présenter aux Britanniques une pétition au nom du peuple. Elle exprimait leur gratitude envers le roi et lui rappelait sa promesse de leur restituer sans conditions les terres de leurs ancêtres. Les soldats attendirent deux heures avant qu'un sergent en cuissardes n'apparaisse. »

Obadiah fit de nouveau une pause, et aspira une bolée d'air. Il passa la langue sur ses dents, pour en retirer la poussière. Nous fîmes de même.

« Le sergent ne lut pas la pétition, mais il la lança à l'autre bout de la pièce. Les hommes la regardèrent voltiger et atterrir sur le plancher. Puis le sergent aboya : "Vos chapeaux ! Tout sujet se doit de retirer son couvre-chef en présence d'un officier de Sa Majesté britannique George V !" Là-dessus arrivèrent quelques poids lourds qui flanquèrent la délégation à la porte. »

Fin du cours. Ainsi délestés de notre ignorance en cette journée aussi chaude qu'inutile, nous suivîmes Obadiah sur un sentier à chèvres, vers une pénombre du bleu des fraîches meurtrissures.

53

KARIBIB

Un endroit banal rongé par le soleil. Des rues trop larges. Une ancienne ville minière allemande qui n'a jamais vraiment connu la prospérité, à mi-chemin sur la côte entre Windhoek et Swakopmund. L'arrêt obligé pour le plein d'essence et la pause-pipi. Un village rural – encore blanc – et une réserve indigène de l'autre côté de la voie ferrée au nord de la ville, où vivent – encore – la plupart des gens. Il y a un hôtel, une épicerie, quelques boutiques, et magasins de vente de spiritueux, dont dépend en grande partie la vie des habitants. Un endroit si dénué d'intérêt, selon Pohamba, que lors des affrontements, la Swapo n'a même pas essayé de faire sauter le bureau de poste.

Nous n'avions qu'une idée en tête, aller à Karibib, aussi faisions-nous de cette ville une quasi-métropole. C'était notre Mecque, notre Bangkok. Nous nous rendions parfois chez Ackerman, le magasin de meubles, où nous passions l'après-midi à paresser sur les confortables canapés de la salle d'exposition. Pohamba connaissait le vendeur, un ancien élève du nom de Wilbarb Lilonga. Le gérant habitait à Swakop et ne venait au magasin que le samedi, aussi Wilbarb nous laissait-il nous y prélasser. Nous feuilletions des magazines ou somnolions douillettement, lovés dans des fauteuils. De la musique d'ambiance. Velours épais, poils de chameau, crin de cheval, Fontainebleau. Les pieds sur ce que Wilbarb appelait des tables d'appoint. Chez Ackerman, les vitrines étaient teintées aussi voyait-on le monde extérieur en bleu. Nous flemmardions tout en regardant les passants bleus descendre la rue bleue.

Les pieds sur la table, Pohamba se laisse aller dans sa causeuse. Il fixe le plafond.

« Wilbarb ! »

Wilbarb ne répond pas. Il fume une cigarette au fond du magasin, la cendre tombe sur la moquette.

« Qui peut bien acheter tous ces canapés ? »

Wilbarb ne répond toujours pas.

« Wilbarb ? Wilbarb ! braille Pohamba. Réveille-toi, espèce de feignant ! J'aimerais bien savoir qui peut se permettre de payer quatre cents rands pour poser son cul ? »

54

LE BOUCHER SCHMIDSDORF

Le choix est clair : soit les Occidentaux l'emportent dans le Sud-Ouest africain, soit la barbarie pure et simple triomphera de la civilisation occidentale… Il est déjà bien tard et le danger est grand.

Anthony Harrigan, *Red Star over Africa*

Ce genre de choses arrive. Deux Blancs tout seuls dans la minuscule boucherie à côté de la station-service Mobil de Karibib, et on en revient à la guerre, et aux grands moments de la contre-insurrection. « Réfléchissez. » Le boucher Schmidsdorf, un œil à fleur de tête, l'autre qui louche, murmure : « *Les Sud-Africains refusaient d'utiliser leur flotte compte tenu de la menace soviétique.*

– Je voudrais un kilo et demi de filet de porc, dis-je. Et du saindoux. »

D'une main, il saisit le filet de porc sur l'étal et le pose sur le billot. Le filet de porc est en promotion. Une pancarte l'annonce. Il lance un regard vers la porte et dit : « Comprenez bien. Ce n'était pas une guerre. C'était une opération de police. Nous nous battions contre Sam Nujoma, pas contre Brejnev. »

Maigre comme un clou, le nez plat, les narines retroussées tels deux trous noirs, deux gouffres, deux canons poilus d'un pistolet pointé vers vous, le boucher Schmidsdorf est à moitié cinglé. Il déteste les cocos, les juifs, et les Cafres. Un bon boucher, aux dires d'Antoinette. Certaines de ses découpes sont même dignes d'un grand boucher, même si, d'une manière générale, tout boucher qui se respecte devrait être plus en chair. Engelbert Schmidsdorf, célèbre pour ses saucisses, ses *bloodwurst*, ses *boerwurst*, ses *leberwurst*, ses *fleischwurst*, ses *weisswurst*, ses *zungenwurst*, sans oublier ses *schinkenwurst*. Célibataire endurci, il était l'un des rares Allemands du Sud-Ouest africain à avoir combattu aux côtés de leurs anciens ennemis, les Sud-Africains (c'est-à-dire, les Britanniques et les Boers), contre les seuls véritables ennemis, les communistes, les juifs, et les terroristes cafres...

« Vous savez quoi ? dis-je. Pourquoi ne pas m'en mettre deux kilos ? »

Il me jette un coup d'œil par-dessus le comptoir. « J'étais en garnison à Ruacana. L'endroit le plus vert de ce pays paumé, de cette terre aride. Les ombres noires des terroristes rôdaient. »

De la paume de sa main, il se frotte le nez, de bas en haut : me voici de nouveau dans la ligne de mire de ces narines.

« Vous avez déjà vu l'ombre d'un Noir ? Là-bas dans votre école ? On logeait dans une pension, nous, les soldats, et on avait des domestiques, des femmes noires aux chaussures blanches. Le matin, on sortait et on se faisait tuer, mais la nuit on pouvait dormir sur nos deux oreilles ! » Il se tait, baisse la tête, regarde la viande sur le billot. « Depuis, je suis mort. »

Ce genre de choses peut arriver. Le boucher dit qu'il est mort. Il caresse le filet de porc sur le billot. Les gens disent que c'est son œil à fleur de tête qui parle, et que l'autre, le louchon, c'est celui de la solitude, celui qui ne veut jamais que vous partiez. Antoinette prétend que l'homme est tellement seul qu'il en oublie de manger. Il a toute la viande qu'il veut et il meurt de faim ! Antoinette ajoute qu'il y a des jours où elle aimerait l'emmener à Goas écouter les garçons chanter à l'église.

« Vous le voulez plutôt persillé, votre filet ? » demande-t-il.

J'agite la main. « Un peu, mais pas trop. »

Il me montre une tranche et attend mon approbation.

« Un peu plus. »

Il finit la coupe, emballe le tout, me le tend de sa patte ensanglantée, mais j'ai du mal à l'atteindre. Il éternue, un petit éternuement tout triste. Il s'essuie le nez avec un bout de papier maculé de sang.

« Combien de saindoux ?

– Un seau de cinq kilos.

– Pas de *fleischwurst*, aujourd'hui ? Elle est toute fraîche.

– Peut-être la semaine prochaine. »

À l'extérieur, j'attends Pohamba. Il s'achète une paire de chaussures en peau de serpent dans la boutique chinoise d'à côté. On pouvait trouver tout ce qu'on voulait dans la boutique chinoise, même des Chinois. Sur le trottoir d'en face, devant le traiteur, deux ivrognes se soutiennent l'un l'autre avec tendresse, comme seuls deux poivrots savent le faire.

55

SŒUR ZOÉ

D'Usakos à Omaruru, à Karibib, et jusqu'à Goas, le bruit courait que ce n'était pas une vraie bonne sœur. D'après certains, c'était à cause de sa bouche, ou plus précisément, de sa façon de se mordre la lèvre avec son incisive de vampire. Les gens disaient que ça ne seyait pas à une pénitente. Elle n'avait rien d'une épouse du Christ, celle-là. Son catéchisme, c'était rien que des mensonges. Ça parlait de désir, de la façon dont il vous ronge quand il est refoulé, et ce n'est pas parce qu'on se cache sous un voile de bonne sœur qu'on ne transpire pas de concupiscence dans son lit. Sœur Zoé, son visage sérieux et las, ses mains généreuses. Elle était originaire du sud, une Nama de Keetmanshoop. Elle s'était enfuie de chez sa mère. Elle s'était enfuie de Keetmanshoop. Croyez-moi, vous vous enfuiriez vous aussi de Keetmanshoop si vous deviez vivre dans cet endroit où, sitôt levé, le soleil ne fait rien d'autre que vous cramer la nuque et tuer les malheureuses plantes. Au moins par ici, nous avons trois arbres squelettiques au kilomètre.

Cette fois, dit-on, elle est de retour dans le sud et pour de bon.

Sœur Zoé travaillait au dispensaire d'Usakos, et elle se rendait à la ferme les premier et troisième samedis du mois avec sœur Ursula et sœur Mary pour voir les malades. Les garçons se mettaient en rang devant le réfectoire et entraient un à un pour se faire examiner. Ces jours-là, il ne se trouvait pas un élève qui ne soit pas aux portes de la mort ou presque, même si Zoé se contentait de les effleurer de ses mains et de les renvoyer, les déclarant irrémédiablement en bonne santé. Sœur Ursula était une vieille Allemande, émaciée, aux mains crevassées. Elle avait été si longtemps infirmière chez les Noirs qu'elle finissait par se prendre pour un médecin. En général, elle se tenait à l'autre bout de la pièce et attendait, doctorale, qu'un cas grave se présente. Elle transportait des antibiotiques dans un sac à main cadenassé. C'était à sœur Mary que les garçons confiaient leur sort quand ils étaient vraiment mal en point, si mal en point que même les mains de Zoé les laissaient indifférents. Sœur Mary était une bonne grosse femme à la poitrine ballante et au visage vérolé. Elle venait de Malemba, là-haut sur le Caprivi, un endroit, disait-elle, au fin fond de la brousse : si vous en partiez, impossible de retrouver le chemin du retour. Elle se moquait des garçons qui étaient malades, elle les appelait ses pauvrets. Viens donc, mon pauvret, viens ; on va prendre ta température et puis on verra ce qu'on trouvera dans le sac magique de sœur Ursula. Sœur Mary distribuait des cotons-tiges et des chapelets en plastique de toutes les couleurs. Mais la star, ces samedis-là, c'était Zoé. Zoé et ses mains sur votre corps. Pohamba surveillait la foule et, de temps à autre, il se frayait un chemin jusqu'au réfectoire et annonçait à sœur Zoé qu'il avait un cancer.

« Un cancer généralisé. Vous vous devez de soigner les malades, ma sœur. »

Sœur Zoé le regardait. Derrière l'habit de religieuse, que l'on prétendait un déguisement, s'élevait alors une voix dans un anglais aussi plaisant que correct : « Professeur, je vous recommande du repos. » Que voulez-vous, ses mains étaient réservées aux garçons… Et Pohamba, que l'amour fou rendait lâche, retournait rappeler les élèves à l'ordre. Plus tard, il ne cessait de nous répéter que tout ce qu'il voulait, c'était soulever l'habit de la chère sœur, ne pas l'enlever, juste le soulever.

On les voyait gravir la côte, avancer d'un pas ferme vers le portail aux bestiaux. Leur façon de marcher, sans que jamais l'une ne dépasse l'autre. Leurs tennis blanches. Leur habit que le vent soulevait à la verticale telles les écharpes des pilotes d'autrefois. À peine les garçons avaient-ils aperçu le haut de leur tête qu'ils s'écriaient : « Les soooeuuurs ! » Elles se garaient toujours en amont sur la route car, un jour, la camionnette de sœur Ursula était restée coincée dans le lit asséché du fleuve et elle s'était bien juré de ne jamais revivre cet enfer. D'ailleurs, ne convenait-il pas mieux aux guérisseuses du bon Dieu d'arriver à pied ?

Un jour, elles ne furent plus que deux à apparaître en haut de la colline.

L'explication officielle fut que Zoé était partie visiter des malades dans la région et qu'elle avait été violée par un Bostoto. Sœur Ursula la réexpédia chez elle, à Keetmanshoop. Les garçons – pendant des mois et, qui sait, des années – ne pensèrent à rien d'autre qu'à ses mains, ces mains qui vous effleuraient à peine, ces mains qui vous congédiaient. Allez, ouste, mon garçon, tu es en parfaite santé.

56

THEOFILUS

Il n'y a vraiment rien de beau par ici sauf le début et la fin du jour, ce qui ne correspond jamais ni au début ni à la fin des journées de travail de Theofilus. Pour lui, beauté et travail ne sont jamais en synchronie. Il est des crépuscules où la lumière a moins d'importance que l'aspect des montagnes. Où les Erongos semblent se presser les unes contre les autres et avancer, comme si c'était elles – et non pas le ciel – qui allaient nous ensevelir.

Le travail de jour, c'est le veld. Le travail de nuit, c'est le générateur. Il fonctionne d'environ sept heures trente à onze heures du soir. Il tombe en panne sans arrêt, Theofilus est son infirmier attitré. Assis dans la remise attenant au générateur, il écoute le moteur, guette tout bruit incongru dans ce vacarme. Le soir, quand nous avons l'électricité, il monte la garde jusqu'à onze heures. Dès qu'il y a une panne de courant, nous savons que ses doigts s'activent à y remédier dans le noir.

Quand il va enfin se coucher dans le garage de la mission, il s'allonge sur son lit, sirote une bière tiède s'il en a une, et s'endort les yeux ouverts. Son pull bleu pend à un clou à côté de la porte.

57

LES NUITS DU ZAMBÈZE

Nuit étouffante. Seul souffle d'air, ma respiration. Onze heures du soir et je corrige encore des devoirs à la lueur d'une bougie. J'ai fabriqué un bougeoir. J'ai calé une bougie dans une de mes bottines dont j'ai serré les lacets. Toutes les copies commencent par cette phrase : Dehors, dans le veld, j'ai vu... *Dehors, dans le veld, j'ai vu un koudou. Dehors, dans le veld, j'ai vu un arbre cassé. Dehors, dans le veld, j'ai vu trop de cadavres. Dehors, dans le veld, je n'ai pas vu d'argent.*

On gratte à ma porte moustiquaire. Je me lève d'un bond et renverse ma chaise.

« Qui est-ce ?

– Je vous ai fait peur, professeur ? »

Je prends mon bougeoir improvisé et vais ouvrir. Quand je la vois en chair et en os, son visage est bien différent : je l'imagine toujours plus grand, aussi ce soir me paraît-il petit, seuls les yeux sont immenses, telles des olives flottant dans la lumière de la bougie. Elle porte Tomo dans son dos, la tête de l'enfant pend par-dessus son épaule. À ses pieds, sa valise. Elle est en pantalon, ce qui est rare.

« Me faire peur ? Toi ?

– Je t'ai vu te lever d'un bond.

– D'habitude, mes visiteurs frappent à la porte.

– Demande-moi ce que je suis en train de faire.

– Non pas que les visiteurs se pressent à ma porte. »

Elle s'assied sur la valise.

« Qu'est-ce que tu es donc en train de faire ?

– Je m'en vais.

– Encore ?

– Pour le moment, en tout cas, j'emménage par ici.

– Ici ?

– Juste à côté.

– À côté ? Dans l'ancienne chambre de Kapapu ?

– Oui.

– Tu ne peux pas faire ça.

– Pourquoi ?

– Un professeur s'est fait poignarder là-dedans. Avec un rayon de vélo. Tu ne connais pas cette histoire ? Un nouveau professeur débarque et tombe amoureux de la femme d'un autre professeur et ...

– Ah ! Là, là ! Les histoires d'ici... » commente Mavala ironique. Elle se lève et saisit la poignée de sa valise. « Tu n'es guère accueillant. Tu ne me proposes pas d'entrer ? »

Je m'efface, Mavala pénètre dans ma porcherie. Ma première invitée officielle après Pohamba et Tatie Wilhelmina. À Goas, la vie se passe à l'extérieur de nos chambres qui, sans être des sanctuaires, sont du moins des lieux où l'on peut trouver une certaine intimité. Mavala pose Tomo dans ma corbeille à linge. Il semble affectionner mes chaussettes qui empestent. Elle pousse mes livres, mes papiers, mes affaires et s'installe sur mon lit. Je retourne à mon bureau. Les papillons de nuit assaillent la porte moustiquaire déchirée, nous écoutons, en bruit de fond, frémir leurs ailes. Mavala tripote la moustiquaire du lit, je revois ma mère épuisée par une longue journée de travail, s'asseyant sur son lit et tripotant la couverture.

Je montre la bougie sur le bureau. « Qu'est-ce que tu en dis de mon bougeoir improvisé ?

– Pourquoi ne te sers-tu pas d'une bouteille ?

– Mais non, voyons, la bottine fait toute la différence.

– Quelle différence ?

– Je n'en sais rien.

– Je doute que ce soit autorisé par le règlement.

– Sûrement pas. Le règlement n'interdit-il pas aussi aux femmes célibataires de vivre à la résidence ? Cela ne nous a-t-il pas valu une fable du directeur ?

– Demande-moi si je compte retourner là-bas.

– Il y était question de tentation et comment y résister. De la bonne influence des personnes mariées…

– Vas-y. Demande-moi.

– Comptes-tu…

– Plutôt mourir.

– Je vois.

– Je déteste cet endroit.

– Alors pourquoi diable es-tu revenue ? »

Silence. Elle continue à tripoter la moustiquaire. Un papillon de nuit fonce dans la flamme. L'aile en feu, il tente un ultime envol. Grésillements, fumée.

« Festus a dit que tu avais un bon poste à Grootfontein. »

Elle soupire, tapote sa lèvre inférieure. « Il n'y a jamais eu de Grootfontein. » Elle regarde Tomo, sur le ventre dans la corbeille, les bras écartés tel un nageur fatigué, un de mes sous-vêtements sur la tête. « C'était Tomo, mon Grootfontein. Il m'attendait chez un ami. Je ne pensais pas revenir. Et puis je me suis dit qu'il était si jeune, que ce serait peut-être plus facile ici pour un temps. Au moins, j'ai un travail, et je pensais que ma sœur… »

Elle se frotte la nuque, son coude projette une ombre indolente qui avance ou recule selon les caprices de la flamme. Nous nous regardons. Un moustique susurre près de mon oreille.

« Ta sœur ?

– Oui. Je pensais… » Elle se laisse aller en arrière et s'appuie sur ses coudes. « Je ne sais pas ce que je pensais. » Un long silence. Mavala contemple le plafond.

Un coup frappé à la cloison vient tout gâcher, le silence de la nuit et celui de Mavala assise sur mon lit. D'autres coups. Trois longs puis deux courts suivis de deux autres encore plus courts et d'un autre plus long. « Est-ce que quelqu'un a jamais réussi à avoir la paix dans cette ferme ? demande Mavala. Même cinq minutes ?

– Pas que je sache.
– Qu'est-ce qu'il fabrique ?
– C'est du morse. Toi qui as fait la guerre, tu dois connaître.
– On se servait de téléphones par satellite. »

La tête contre la cloison, j'en prends plein l'oreille. On croirait maintenant qu'il y va avec les pieds.

« Qu'est-ce qu'il raconte ?

– Qu'il y a des soldes au Pep Boys d'Usakos. Trente-cinq pour cent de remise sur les tenues de plage et les serviettes de bain. »

Elle baisse les yeux, regarde le lit. Ses doigts continuent à froisser la moustiquaire. « Sur les tenues de plage ? »

L'instant d'après, l'énorme tête de Pohamba, avançant la bouche tel un poisson derrière la moustiquaire, apparaît dans l'encadrement de la fenêtre. Je me précipite pour fermer la porte à clé. Trop tard. En tongs et en slip, il fait irruption dans la pièce, saute sur mon lit. « Délivrance ! hurle-t-il. Seigneur, ayez pitié de moi ! La camarade Shikongo rejoint le club des célibataires !

– Chhhhut, le gosse ! dit-elle. Tu vas réveiller le gosse ! » Et Mavala enlace les jambes nues de Pohamba et je les regarde tous deux sauter et rire à la lumière frénétique de la bougie. Je me revois assis à mon bureau, les observant.

« Professeur ! s'écrie Pohamba. La bottine a pris feu ! »

Nous battons le rappel des copains de notre petit groupe baptisé par Pohamba « Nuits du Zambèze », du nom de son magasin de spiritueux préféré à Otavi. Je frappe à l'autre cloison pour réveiller Vilho, qui me supplie de le laisser dormir mais apparaît plus tard avec une demi-bouteille de Fanta. Pohamba va chercher Obadiah et Festus. Festus arrive aussitôt. Obadiah mettra plus de temps car, comme chacun sait, Antoinette, tel le cyclope, ne dort que d'un œil. Il nous rejoindra à pas hésitants avec une bouteille non entamée de Cardinal Richelieu. « Un cognac dans la vieille tradition française, dit-il. Pour les Européens que nous sommes tous un peu dans l'âme. » À l'aide d'un stylo Pohamba remet en marche le lecteur de cassettes, et nous avons droit, une fois de plus, à Whitney Houston – en attendant que l'appareil renâcle à nouveau. Pohamba roule son dernier joint. Je prépare des spaghettis. Festus et Vilho dansent en chantonnant *I Wanna Dance with Somebody (who loves me)*. Mavala et moi sommes assis un peu en dehors du cercle, loin du feu, sous l'acacia. Elle boit une gorgée de Richelieu et fait passer la bouteille. Pohamba prétend que Vilho danse comme un Boer en train de chier. « Bouge-moi ces hanches, mon frère !

– Oh, *I gotta feel some heat with somebody*, chante Festus. "*Yeah I really gotta...*"

– Tu te goures, c'est "*wanna*", dit Pohamba. "*Wanna feel the heat.*" »

The heat... On ne saurait pourtant parler de chaleur à cette heure-ci : je m'étonne de sa rapide disparition, même en été, comme si la nuit l'arrachait aux sables.

« C'est celui-là, l'arbre à pisse ? dit Mavala.

– Non, il est derrière la maison d'Antoinette. »

Elle renifle. « Tu en es sûr ? »

Mavala somnole contre moi, puis se réveille, se redresse. Festus et Vilho s'effondrent comme des masses. Le lendemain nous guette. Festus se lève, se dépoussière, joint ses grosses mains. « Eh bien, je vais me coucher, mes chers frères et sœurs. Demain matin, il y a messe.

– Le prêtre est là ? dit Pohamba.

– Il est rentré de Swakop cet après-midi.

– Qu'il aille se faire voir, le curé ! dit Pohamba.

– S'il te plaît, dit Obadiah.

– Je ne suis pas catholique, reprend Pohamba. Je suis un révolutionnaire marxiste, et moi, pendant la guerre, je...

– Tu leur apprenais les fractions », achève Festus.

Pohamba se lève. Parfois, quand il est ivre, il cherche les occasions de bourrer Festus de coups de poing. Et Festus reste là à cligner des yeux, à attendre, à se demander s'il devrait ou non s'enfuir. Au lieu de ça, Pohamba se met à tanguer. Cette fois, elle n'y est pour rien notre chère Whitney. Il danse tout seul quelques instants, puis il se tourne lentement vers Mavala, la regarde et commence à marmotter, sans agressivité aucune, dans sa barbe. « Ma mère était catholique, paix à son âme. Mais mon père, lui, a combattu pieds nus à Omgulumbashe, et pendant la bataille, moi aussi j'ai…

– Je te crois, dit Mavala. Je te crois. »

La bouteille en l'air, Obadiah portait un toast à cette terre peu verdoyante et aux malheureux que nous étions sous cette lune, lorsque le directeur surgit de derrière les latrines et se joignit à notre cercle, l'air digne. Même à cette heure, il portait une cravate – celle à rayures jaunes et bleues du jeudi – nouée serré sous son menton. Debout près du feu moribond, il nous toisa du regard, ses lunettes reflétant les dernières braises. Obadiah rampa à genoux jusqu'à lui, lui offrit l'ultime lampée de Richelieu et s'affala inconscient à ses pieds. Le directeur saisit la bouteille par le goulot et la vida dans son gosier. Du bout de sa chaussure, il donna à Obadiah un petit coup dans les côtes. « Voilà donc le professeur principal avec lequel je suis censé rebâtir une nation sur les ruines de la guerre ? Ah ! Je vous le dis, même Goas finira engloutie par l'océan ! »

Sans tourner la tête vers elle, il ajoute : « Puis-je vous dire un mot en privé, miss Shikongo ? »

S'ensuivit un échange aussi bref qu'étrangement calme dans l'ancienne chambre de Kapapu. En vain, Pohamba plaqua-t-il une grande tasse en émail contre cette porte, derrière laquelle il s'était autrefois passé tant de choses. Sans mot dire le directeur sortit en trombe, traversa le terrain de football en direction de son bureau. Nous le regardâmes ouvrir sa porte et entrer. Il s'assit dans le noir.

Mavala refusa notre aide, que ce soit pour sa valise ou pour le bambin, furieux d'avoir été réveillé et extirpé du cocon de mes vêtements puant la sueur. Nous la regardâmes tirer sa valise dans le sable, en haut de la route jusqu'à la maison du directeur. Tomo l'encourageait à coups de grandes tapes dans le dos.

58

VILHO

Agenouillé sur le béton, Vilho frissonne, dans l'église glaciale, comme en extase avant le lever du jour.

Tout ce que je veux c'est être seul, et pourtant le désir n'en est pas moins présent ! Je ne veux pas de Votre sang, je veux juste Votre tendresse. Le sommeil n'est qu'un court répit. Vous veillez. Je m'éveille lentement. Je viens vers Vous avec ma lassitude, mes mains vides, mes limites, mon amertume, ma frustration, mon dégoût, mes genoux glacés. L'intensité du silence dans le froid. L'écho de nos moindres mouvements dans cette église. Vous êtes là, sur le mur. En plâtre, une jambe en moins. Mais c'est quand même Vous, n'est-ce pas ?

59

GOAS

Une balançoire abandonnée. Un siège pendant de la barre transversale. Derrière l'internat, dans cet endroit que les eaux usées ont transformé en un *no man's land* fétide. C'est là que les plus jeunes et les plus pauvres des élèves allaient chier, ne pouvant s'acquitter de la redevance exigée par leurs aînés pour l'usage des toilettes. Un garçon avait dû braver la puanteur pour s'envoler quelques instants. Depuis la classe on entendait grincer la balançoire et on devinait la vitesse de ses élans au laps de temps entre le moment où la balançoire était au plus haut et celui où crissaient les vis et la chaîne rouillée. Nous nous demandions qui avait bien pu sécher les cours pour aller se balancer. Libre à nous de vivre par la pensée ces envols et ces retombées.

60

AUTRES HISTOIRES D'AMOUR À GOAS

Festus montre du doigt l'un des chiots de Tatie Wilhelmina qui essaie de monter l'une des jeunes chiennes et conclut : « Son pénis est trop gros. » Festus a le chic de dire tout haut des choses comme ça, que l'on peut penser mais que l'on ne dirait jamais. C'est la récréation du matin et, nous, on regarde. Les chiens sont dans la flaque, sous la colonne d'alimentation en eau, et ils n'y arrivent pas. Le mâle, un borgne, s'acharne. Il y va de son horrible pénis cramoisi. Non qu'elle le repousse...

Pattes de devant pédalant dans les airs, pattes de derrière raidies, comme s'il essayait de danser, il s'y remet. Hop là. Encore un raté !

Pourquoi se souvenir de cela ? Pourquoi le raconter ? Ce qui ne vaut pas la peine d'être dit finit toujours par se savoir. Comme l'érection insatisfaite de ce pauvre chien. Des animaux n'arrivent pas à s'accoupler et, nous, ça nous distrait une demi-heure. Antoinette nous voue à un châtiment infernal encore plus sévère. Nous nous plaisions à croire que Festus était moins compliqué que nous : il n'aimait rien tant que ce qui sautait aux yeux. Il avait raison, n'est-ce pas ? Le pénis de ce chien était trop gros.

« Je n'aurais jamais cru que c'était possible, dit Mavala.

– Mais si ! contre Pohamba. Ou c'est ça, ou c'est son trou qui est trop petit. »

Le triangle a retenti et nous sommes retournés en classe, laissant les chiens entre eux. Seul Festus est resté.

Plus tard, après l'école, il nous a dit que la damoiselle avait finalement laissé tomber le sieur Grosse Bite et l'avait même mordu au cou. J'ai alors tenté, à la manière de Vilho, d'en tirer une leçon. Il y a quelque chose de triste chez ces deux chiens sans pudeur, ai-je dit. Un amour livré en pâture aux voyeurs. Leur manque total d'élégance. Ne sommes-nous pas comme ces chiens, pitoyables, incapables de communiquer ?

Festus enseignait les sciences. Pour lui, ce fiasco n'avait rien de triste.

« C'est quoi alors ?

– Une question de proportions. Ça n'ira jamais, voyons. J'ai bien observé.

– Et s'ils s'aiment ? N'est-il pas triste que… ? »

Festus me dévisagea. « Ça ne peut pas aller, dit-il, c'est tout. » Là-dessus, il se gratta le ventre et se dirigea vers sa maison, vers Dikeledi. Nous suivîmes du regard sa silhouette courtaude. Festus cherchait, disait-on, à rivaliser de bedaine avec le directeur. Et il y réussissait. Nous pensions à l'injustice de tout ça : une maison qui ne connaissait pas la tristesse, un sol sans le moindre grain de sable, des sous-vêtements soyeux (Antoinette, notre blanchisseuse attitrée, était, par principe, contre les produits adoucissants), des bras dikeledieus qui l'attendaient…

Je me tournai vers Pohamba. Était-ce là notre revanche ? Que Festus et Dikeledi ne puissent arriver à consommer ? Que la maison violette que nous enviions tous n'abrite aucune activité sexuelle ?

Même nous, on ne souhaitait pas ça à Festus. Nous nous efforcions de n'avoir que des pensées positives. Rien de trop grand, rien de trop petit. À la fin, Pohamba, incapable de se retenir davantage, s'exclama :

« La pauvre, pauvre fille !

– Ne va pas la secourir.

– Pour qui tu me prends ? Pour un salaud ?

– Oui. »

Il fit non de la tête. « Jamais je ne ferais ça à un ami ! » Son visage s'illumina. « Attends un peu… Festus n'est pas un ami.

– C'est un proche.

– Un proche, c'est pas vraiment un ami, voyons. » Et il fila vers les quartiers des célibataires où son lit l'attendait.

61

LA SIESTE

J'ai toujours dit : d'accord, il fait chaud ici, mais il n'y a pas cette humidité qu'on a chez nous là-bas dans l'O-hi-o. Voyez-vous, chez nous, du côté de Hamilton, on a ce qu'on appelle une chaleur humide, alors que par ici, si pénible la chaleur soit-elle, il n'y a pas d'humidité, du coup, il ne fait jamais aussi... J'arrête de radoter.

Les yeux gonflés. Je suis en déliquescence. J'ai l'impression d'être un cochon rôti qui mijote dans son jus. Pas une goutte d'eau fraîche dans cette ferme. On a envoyé un garçon en demander, mais ni le prêtre ni le directeur n'ont ouvert leur porte. L'eau du robinet est au moins à trente degrés. Nous n'avons d'autre alternative que de rester dans la pénombre poisseuse de nos chambres, en attendant que le directeur se rende à Karibib et que l'un de nous puisse profiter du voyage pour rapporter du Fanta. Je suis allongé sur mon lit, haletant. J'essaie de lire Tourgueniev. *Jusqu'au jour de sa mort, Tchertopkhanov resta convaincu que la traîtrise de Macha avait été causée par un certain voisin, un capitaine des lanciers à la retraite du nom de Iaff, lequel, selon Pantéléï, charmait son monde en se contentant de tortiller le bout de ses moustaches, de gominer ses cheveux, et de renifler d'un air entendu...* J'expédie Iaff par terre et lèche les murs du regard, essayant de reconstituer ce qui reste des pin-ups de mon calendrier allemand. Sainte Mère de Dieu, que ne ferais-je pour les retrouver tout entières ! Des morceaux de corps sans aucun intérêt surgissent devant mes yeux gonflés : qu'est-ce qu'un coude peut avoir d'excitant ? Je n'arrive pas à dormir, je ne dormirai pas, je ne dormirai jamais. Trop chaud, même pour un petit plaisir solitaire, seul exercice possible pendant la sieste. Et puis, dans le marécage de ce temps perdu, un faible cliquetis. Une porte qui s'ouvre ? Je m'assieds et crois voir, comme dans un brouillard, Mavala s'avancer vers mon lit. Elle est là, debout, qui me regarde. Ses yeux sont immobiles, ses lèvres remuent en silence. Je crois percevoir son souffle à travers la moiteur, mais cela me semble si lointain. Elle s'agenouille, pose la tête sur mon estomac, là où il se soulève et s'affaisse au rythme de mes halètements. C'est tout. Elle ne dit rien.

À trois heures et demie, je me réveille, seul, en entendant Pohamba se gargariser.

62

OBADIAH

Nous n'avons bien sûr rien qui ressemble à votre automne, mais je l'ai souvent imaginé. Splendide, mais violent, n'est-ce pas ? Ces feuilles, pas encore mortes, arrachées à la seule mère qu'elles aient jamais connue, à cette branche à laquelle elles s'agrippaient. Ici le soleil tape, s'acharne. Peut-être les plantes finissent-elles par s'y attendre ? Jour après jour, un soleil meurtrier. Votre automne, ai-je lu, évoque une mort subite et déchirante. Serait-ce que je perçois mal le point de vue de la feuille ?

63

RÉUNION DU MATIN

Ne murmurez pas entre vous.

Jean VI, 43

Ce matin le commentaire d'Isaïe favorise chez le directeur certains propos libidineux. Chez nous aussi, du même coup. Oui, nous sommes des chiens voraces jamais repus. Tu ne feras pas. Tu ne feras pas quoi ? Tu ne feras quoi que ce soit. Parce que, oui, pécheurs, ça rampe partout. La luxure pousse sous la rocaille comme le mimosa. La luxure peut se passer d'eau plusieurs années.

Et Mavala, près de Vilho, qui est à côté de moi, me donne un discret coup de talon dans le tibia. Puis, elle marmonne dans son café quelque chose que je n'arrive pas à saisir. Ainsi communiquons-nous parfois, pendant la leçon de morale, entre deux bruyantes gorgées. Le directeur parle si fort qu'il nous arrive de parler en même temps que lui. Je bois mon café, le nez plongé dans ma tasse. Je me penche vers Vilho, il feint de ne rien voir. Je fais signe à Mavala.

« Quoi ?

– Je m'ennuie. »

À moitié endormi à cette heure matinale, je lui réponds en glougloutant :

« Quoi ?

– Je m'ennuie. Je m'ennuie à mourir. »

« Avez-vous assez de chair, fornicateurs insatiables que vous êtes ? » tonne le directeur.

Et le brouillard commence à se lever. Dans un chuchotement lubrique, sensuel, je hurle presque, le nez toujours dans mon café : « OK, dans ce cas… »

Elle attend un moment. Le directeur, au bord de la crise, tourne les pages d'un geste théâtral. « Sieste, murmure-t-elle.

– Aussitôt il la suit tel un bœuf qui va à l'abattoir.

– Où ça ? »

Mavala avance sa tasse vers moi. Ses yeux énormes me fixent sans ciller. « Les tombes, dit-elle, les Voortrekkers.

– Tel un fou allant au pilori ! »

64

ANTOINETTE

Elle les garde dans une boîte en fer-blanc à côté du thé rooibos, sur une étagère du buffet de la cuisine. Son vice. Son péché mignon. Ses raisins secs. Qu'ont-ils de particulier, ces petits fruits rabougris, pour qu'elle ne puisse leur résister ? D'où leur vient cet attrait qui la pousse parfois à revenir chez elle en catimini au beau milieu de la journée pour en engloutir une poignée ? Ces affreuses petites choses toutes fripées, un peu comme le bout de doigts restés trop longtemps dans l'eau de lessive. À peine a-t-elle fini d'en mâchonner un qu'il lui en faut absolument un autre. Féroce gloutonnerie. Ils viennent en sachets de chez Pick'n Pay. Le tentateur a plus d'un tour dans son sac. N'y a-t-il pas un psy dans les bureaux attenant à la station-service Mobil ? Un jour, elle a même failli frapper à sa porte. Oh ! Rien qu'une petite question, docteur, au sujet de tout petits fruits. À part ça, ma tête va très bien. Je veux juste contrôler cette passion. La mater. Quand je pense qu'il m'arrive de laisser en plan, sur le feu, un chaudron de maïs, que j'abandonne mon poste, mes responsabilités pour satisfaire ma gourmandise ! Comme une vieille pute qui file en douce dans le sable, à l'autre bout de la ferme, pour une malheureuse boîte en fer-blanc. La main sur la poignée. Rayon complice de soleil sur le buffet. Des doigts qui saisissent la boîte. Le nez qui renifle. D'abord, ces petites choses ne sentent rien, mais bien vite, Dieu qu'elles embaument ! Une odeur, suave entre toutes. De vraies saloperies. Elle n'a qu'une envie, ravir ces proies. Elle se voit se dépêchant à travers le sable, sous un soleil de plomb. Les garçons feront bientôt la queue devant le réfectoire pour le déjeuner, cuillère à la main. Tentation, satisfaction, sentiment de vide. Comment se peut-il que le seul remède au péché soit de pécher davantage ?

65

TOMBES

Au lieu de remonter la route qui passe à côté de chez le directeur, j'ai fait un détour. J'ai longé la barrière avant de revenir vers la maison de Dikeledi et Festus. Les Boers sont enterrés sur les berges du Toanib, non loin d'un méandre près de la ferme de Krieger. Un fleuve fantôme, en quelque sorte. Non seulement il était, lui aussi, tari, mais certains jours, il disparaissait même, si bien que vous ne pouviez le distinguer du veld.

Elle était déjà là, assise sur l'une des trois tombes de granit noir, une dalle étroite, surmontée d'une grande stèle. C'était bien tout ce qui brillait à Goas. Comment la pierre avait-elle pu garder ce lustre après tant d'années ? Mavala était assise sur Grieta Dupreez, la fille qui ne s'était jamais mariée. Des graviers blancs entouraient Grieta. Sous son nom était gravé : *Rus in Vrede.* Repose en paix. Au-delà des tombes, dans une petite ravine qui ressemblait à une ornière, Theofilus brûlait parfois des ordures ; le sol était couvert de cendres.

Elle entassait des cailloux, les dispersait aussitôt. À mon arrivée, elle ne leva pas les yeux. « Je finissais par croire que tu ne viendrais pas.

– J'ai dû préparer un sandwich pour Pohamba. »

La main en visière, elle plissa les yeux, m'examina de la tête aux pieds.

« Alors, c'est toi le boy maintenant ?

– On alterne.

– À quoi le sandwich ?

– Dinde et chutney.

– Du chutney ?

– Oui, et alors ? »

Elle saisit la bouteille d'eau qu'elle serrait entre ses genoux et but à même le goulot. L'eau dégoulina de sa bouche et coula dans son cou, mouillant son chemisier.

« Ça te va ? dit-elle.

– Quoi donc ?

– De venir ici.

– Oui.

– Tu ne veux pas dormir ?

– Non.

– Tu as l'air fatigué.

– J'ai dû prendre l'habitude de faire la sieste.

– Alors retourne te coucher.

– T'inquiète pas.

– Je n'ai pas besoin de dormir.

– Moi non plus.

– Je n'ai jamais besoin de dormir.

– Moi non plus.

– Je voulais juste parler un peu… Sans tous les autres…

– Je sais.

– Ils sont toujours…

– Oui.

– Tu vas leur dire ?

– Non.

– Pas même à Pohamba ?

– Non.

– Il ne sait pas tenir sa langue. Les autres non plus. » Elle me regarda, détourna les yeux, puis les posa à nouveau sur moi. « Je voulais juste parler sans qu'on les ait sur le dos, dit-elle. Pourquoi est-ce si compliqué ?

– Où est le gosse ? demandai-je.

– Derrière nous. Il dort dans son siège-auto. Du moins, je l'espère. Je lui ai promis un Twix s'il était sage.

– Son siège-auto ?

– Oui, il ne me manque plus que la voiture. Tu t'assieds ?

– Ici ?

– Pourquoi pas ? Une fois morts, ces Boers font de bons sièges ! »

66

L'APÔTRE JEAN

Avec l'Apôtre Jean à la station-service Mobil de Karibib vous aurez toujours droit à la bénédiction divine, même si vous ne lui donnez pas d'argent. Voilà donc Jean, dans son fauteuil roulant sans pneus, il fait une lente et bruyante arrivée sur le bitume huileux, une main tendue et l'autre qui pilote tant bien que mal. Ses chaussures sont attachées à ses genoux pour vous rappeler qu'il n'en aura plus jamais besoin. Selon les jours, l'Apôtre Jean est ou non aveugle. Il prétend avoir rencontré le Christ quand il a sauté sur une mine là-haut, dans le nord. Vous essayez de détourner votre regard. L'Apôtre Jean roule vers vous, la paume vers le ciel et, même si vous ne lui donnez pas un sou, sa bénédiction vous accompagnera. L'Apôtre Jean n'est pas chiche de l'amour du Tout-Puissant. Ignorant que tu es. Mécréant que tu es. Oui, toi. Toi, là-bas. C'est à toi que je m'adresse. Dieu te bénisse.

67

CONFÉRENCE ANNUELLE DE LA BIBLIOTHÈQUE

Honorable Obadiah Horaseb,
bibliothécaire en chef

… selon les hindous, par exemple, derrière chaque livre il y a une paire de mains. Pourquoi, dans le contexte d'une bibliothèque, *une institution de prêt* (une idée séduisante, n'est-ce pas ?), ne pas reprendre cette idée en or ? Plus un livre sera emprunté, plus nombreuses seront les mains qui l'auront tenu, bercé. Accepteriez-vous que l'empreinte d'une âme humaine disparaisse sans jamais avoir été touchée ? Que dire de ces livres qui restent des années, que dis-je, des décennies, sans être lus, leurs mots réduits au silence, à l'attente ? Réfléchissez un instant. Des mots qui ne sont pas lus continuent-ils à parler ? Et si oui, à qui ? N'est-ce pas là le bavardage solitaire et inaudible des morts ? Un livre fermé n'est-il pas une tombe ? Pleurons ces livres qui n'ont pas été empruntés ! En voici un. Un bel exemplaire de *Bleak House*, publié en 1957 chez Black International, Hudson, New York. Dernier emprunt en date dans cette bibliothèque, 1973. Oui, 1973 ! N'est-ce pas là un crime, citoyens ? Ce livre, ces mots, qui sommeillent ? Un livre dont la première phrase est la phrase la plus hardie jamais écrite ! « Londres. » C'est tout. « Londres. » Magique ! Imaginez que vous tenez un livre entre les mains. Ouvrez-le. « Goas. » L'un de vous, mes enfants, pourrait bien être le futur artisan d'une telle évocation.

L'exemple modeste d'un homme au talent poétique limité pourrait donner à peu près ceci :

Goas. Le deuxième trimestre s'achève enfin et son altesse, le majordome, trône sur son bout de pelouse à côté de son bureau princier. Inexorable sécheresse. L'air est lourd de sable, comme si le vent venait de balayer le désert ; croiser une femme qui, tel une orque parcheminée par le soleil, s'aventurerait cahin-caha au-delà de sa clôture ne surprendrait pas outre mesure…

Je propose donc une minute de silence, non seulement à la mémoire des histoires qui n'ont pas été lues, mais aussi à la mémoire de celles qui n'ont pas été racontées. N'est-ce pas Cioran qui a écrit qu'un livre devrait à la fois guérir les anciennes blessures et en infliger de nouvelles ? Par conséquent, qu'est-ce qu'un livre qui n'est pas lu ? Une plaie qui suppure ? Un cancer ? Et en ce cas, qu'est-ce alors, je vous le demande, qu'un livre qui n'a pas encore été *écrit* ? Je crois qu'une prière silencieuse s'impose. Oui, prions pour les auteurs morts et leurs mains décharnées qui, aujourd'hui, ne sont plus qu'os et silence. Prions également pour nous, mes enfants, pour toutes les histoires qu'il vous reste à raconter.

Amen.

En ce qui concerne cet exemplaire de *Bleak House*, je prolongerai de dix jours le délai de prêt. Nos sept jours habituels seront gracieusement allongés, vous pourrez donc le garder jusqu'à deux semaines à condition de rédiger un compte-rendu. Rubrecht ? Petrus Matunda ? Petrus Goraoab ? Skinny Hilunda ? Jeremiah ? Distingués collègues ? Quelqu'un ? Theofilus ?

68

TOMBES

« Il vient haleter à ma porte.

– Qui ça ?

– Gros Porc.

– Le directeur ? Quand ?

– Appelle-le Gros Porc.

– D'accord. Quand Gros Porc vient-il haleter à ta porte ?

– Au milieu de la nuit.

– Qu'est-ce qu'il veut ?

– À trois heures du matin ? Me donner une boîte de craies neuves.

– Est-ce que la porte est verrouillée ?

– Il n'y a pas de verrou.

– Miss Tuyeni ?

– Elle a le sommeil lourd. Depuis son plus jeune âge. Un matin, mon père l'a frappée avec une bouteille.

– Alors, comme ça, il halète ?

– Oui.

– Pourquoi n'entre-t-il pas, tout simplement ? Dieu sait qu'il n'est pas timide.

– Par politesse. Il attend d'être invité.

– Alors que vas-tu faire ?

– Faire ?

– Tu ne peux pas appeler l'inspecteur ? Signale-le-lui.

– À l'inspecteur ? Qu'est-ce que tu veux que je lui dise ?

Que mon beau-frère est devant ma porte et qu'il fait un boucan du diable quand il respire ?

– Pourquoi pas ?

– Il est là-dehors, comme un chien qui souffre. Je l'écoute. Je dois reconnaître une chose : si répugnant soit-il, il a le sens du rythme. Ses euh, euh, euh m'endorment.

– Euh, euh, euh ?

– Euh, euh, euh, euh, euh… »

69

ESPIONS

Sur une pancarte accrochée au mur en face du lit de Pohamba on lisait : *Entre en ami, pas en espion.* Je le revois, à la tombée de la nuit, en ces rares jours de relative fraîcheur où, pour une fois, le ciel était plus bleu que blanc. Certaines semaines, la chaleur était si accablante qu'elle nous manquait presque quand elle s'atténuait, car plus rien ne justifiait notre flemme. Cela aurait été le bon moment pour préparer nos cours, aussi dormions-nous. Ou essayions-nous de dormir. Allongé sur son lit, faute de magazines pour poser son regard agité, Pohamba relisait cet écriteau, œuvre de l'un de ses élèves. Outre les mathématiques, Pohamba enseignait les seules options proposées à Goas, l'éducation physique, la mécanique et la menuiserie. L'éducation physique se résumait à quelques séries de sautillements complétés par des tours de terrain de foot. Quant aux cours de menuiserie, ils avaient lieu le mercredi, dans la cabane qui abritait la ronéo et faisait office de remise à outils. C'était également là que l'on fouettait les garçons qui avaient écopé d'une lourde punition. Pendant le cours de mathématiques, Pohamba donnait des problèmes que les garçons devaient venir lui montrer résolus à son bureau. Quand ils se trompaient, Pohamba se sentait trahi. *Je me tue à essayer de vous apprendre quelque chose et c'est comme ça que vous me remerciez ? Le zéro n'est rien d'autre qu'un moyen d'affronter la réalité. Combien de fois vous l'ai-je dit et répété ! Infirmez la valeur et divisez par la négation. Nos sous-parties négatives sont infinies.* Mais le mercredi, dans la remise, au milieu de ses outils et de son bois, il s'adressait aux garçons, leur expliquait des choses encore plus utiles sur la vie. Entre autres, ce conseil qui avait échoué sur cette pancarte. Il en était fier. Le jour où le jeune le lui avait donné, il m'avait appelé dans sa chambre. L'écriteau était peint en bleu, en rouge et en vert, les couleurs de la Swapo.

Allongé sur son lit, les mains croisées sur la poitrine, les pieds qui pendaient hors du lit, il l'admirait.

« Pas mal, dis-je. Qui l'a fait ?

– Le frère d'Eiseb. »

Nous l'étudiâmes un moment. Puis je m'en fus retrouver mon lit où je me mis à réfléchir aux espions, au fait de paraître une personne et d'en être une autre. Ou bien, était-on les deux ? Ou aucune ? À Goas, Pohamba était complètement lui-même. Ce qu'il voulait, ce que nous voulions tous, de temps à autre, c'était non seulement être ailleurs, mais être un autre. Un ami, en quoi était-ce un défi ?

Je me souviens surtout de lui en mouvement. Même immobile, c'était un perpétuel vibrion. Ses yeux, sa bouche, ses genoux tressautaient. Mais les instants sur lesquels je tiens à revenir sont ses rares moments paisibles. Je le revois sur son matelas défoncé, trop grand pour lui. La tête sur des oreillers qu'il avait fauchés je ne sais où. La porte de son armoire ouverte, ses chemises suspendues, enveloppées avec soin dans du plastique. Ses murs blanc cassé. Le plâtre qui s'effrite par endroits. Sur le mur de l'écriteau, une longue fissure en dents de scie court du plafond jusqu'au sol. (Parfois, nous versons de l'eau chaude dans les fissures pour exterminer les fourmis.) Il est là, les yeux rivés sur l'écriteau. Une histoire secrète de Pohamba ? Ne serait-ce pas horrible de ne pas en avoir, d'être tel que les gens vous voient ?

70

PRINSLOO

Sampie Prinsloo nous vend des légumes. Un fermier boer à l'ancienne, jovial, dans l'accoutrement traditionnel : chaussures de brousse, pas de chaussettes, short kaki. Ses jambes maigrichonnes soutiennent une bedaine rondelette. Un concombre pendille au coin de sa bouche tel un cigare. Pas de chapeau, mais une tignasse poussiéreuse. Il est aussi l'un des partisans forts en gueule de la République de Namibie. (« Je suis un dur à cuire, se plaît-il à dire. Si j'ai survécu quarante ans dans ce coin paumé, je survivrai bien au président Nujoma. ») Prinsloo a été le premier Blanc à Karibib à faire la queue pour aller chercher un nouveau permis de conduire. Sa Nissan 1400 est décorée d'autocollants patriotiques.

GLOIRE À NOS HÉROS DE L'ARMÉE DE LIBÉRATION.
NAISSANCE = LARMES DE JOIE.
POUR NOTRE NATION, POUR NOTRE NAMIBIE, KLAXONNEZ.

Une ou deux fois par mois, sa femme et lui s'arrêtent devant la barrière. Prinsloo fait brailler son klaxon, puis il descend et attend. Sa femme reste dans la voiture. Elle ne semble guère partager son enthousiasme à rencontrer les voisins maintenant que la situation a tellement changé. Les élèves se précipitent de l'internat ou du terrain de football. Prinsloo leur crie : « Allez chercher vos sous, les garçons ! »

Et eux de rétorquer : « On est pauvres, m'sieur, très pauvres. On n'a rien, m'sieur, rien de rien.

– Vous croyez que les fruits de cette terre sont gratuits ? Vous me prenez pour un coco, ou quoi ?

– Pas pour un coco ! M'sieur est très généreux. »

Prinsloo soupire, glousse, retire le concombre de sa bouche, crache, exhibe ses dents en or, sort un cageot de petites carottes, les lance en l'air. Les garçons sautent pour les attraper. Ils en font des bonds pour saisir ces carottes riquiqui ! Moins parce qu'ils ont faim, que parce qu'ils se sentent en liberté et que ce jeu est encore de leur âge.

Dankie my baas, dankie my baas !

Le cas échéant, nous passons par là, nous, les professeurs. Nous prenons notre temps. Nous sommes des enseignants respectables et nous ne sautons pas pour saisir des carottes. Les professeurs ne sont pas les singes d'un Boer. Antoinette apporte ses couteaux. Prinsloo fait également office de rémouleur. Acheteurs exigeants, nous examinons la marchandise. Prinsloo me regarde remettre une courge sur l'étal. *Quoi ? Les États-Unis n'apprécient pas mes légumes ? Ça leur plairait une bonne courge aux États-Unis d'Amérique ?* Des poivrons, des choux de Bruxelles, des oranges, du blé, des épinards, des kumquats, des citrons, des papayes, des okras, des poires, des grenades, des *eggplants*. « Des aubergines », rectifie Obadiah. Parce qu'il n'y a rien que Prinsloo ne sache cultiver. Il fait pousser du coton le long du désert du Namib. On règle à son épouse dont les petits yeux soupçonneux suivent nos transactions, derrière le pare-brise sale. Nous repartons vers nos chambres, les bras croulant sous la prodigalité inespérée, quasi miraculeuse, de la terre. Prinsloo a la chance de posséder la seule ferme de la C-32 irrigable en permanence, même s'il aime à nous faire croire que ses prouesses maraîchères sont moins le fait de la nappe d'eau que celui de ses mains magiques. Ses mains noueuses, épaisses, rouges comme ses betteraves.

71

GOAS

Goas vécut dans le calme la plupart des années difficiles qui menèrent à l'indépendance. C'est dans les paisibles années 80 que Goas entreprit de former des jeunes paysans en leur donnant des notions de mathématiques, d'afrikaans, et en leur inculquant la crainte de Dieu. Comme si les massacres d'Old Location et de Sharpeville, les émeutes de Soweto, ou l'activisme héroïque de Steve Biko en Afrique du Sud, se passaient sur une autre planète. Il est toutefois exact qu'un élève du nom de Lucas Nambela mit le feu à une salle de classe, ici, en 1985, un événement considéré à présent comme l'action anti-apartheid la plus glorieuse de l'histoire de Goas. À l'époque, on parla de terrorisme pur et simple. Le coupable fut écroué dans la prison pour mineurs de Mariental. Que notre directeur actuel ait fouetté Lucas Nambela est l'un de ces détails que l'on passe sous silence et l'une de ces contradictions qui sont monnaie courante à Goas. En ce qui concerne le directeur, la page a été tournée. La vérité politiquement correcte est que tous ici à Goas croyaient en la justice et qu'ils sont tous des survivants de l'enfer de l'apartheid. Lucas Nambela militait pour la liberté. La salle de classe à laquelle il avait mis le feu, c'était le labo de sciences. Quatre ans plus tard, à la veille de l'indépendance, le diocèse de Windhoek renouvela le matériel ainsi détruit. On leur livra paillasses, éviers dotés de l'eau courante, microscopes dernier cri. Des béchers, des ballons. Des lunettes de protection. Des produits chimiques dangereux. Des becs Bunsen. À ce jour aucun garçon n'y a touché. Le directeur tient la salle fermée à clef, comme un sanctuaire. La salle Lucas Nambela. Même Festus, le professeur de sciences, ne peut s'en servir. Le directeur a scotché sur la porte le décret suivant :

« Le matériel à l'intérieur de cette salle est très cher. Il a fallu des années après l'incident patriotique de 1985 pour l'obtenir. L'utilisation de ce matériel présente trop de risques pour le moment. Un inventaire est en cours, après quoi le laboratoire sera ouvert en certaines occasions. Nous vous tiendrons au courant. »

En attendant, nous jetons un coup d'œil pour entrevoir cette clinquante quincaillerie. Un musée du futur bien à nous, à deux pas du bureau du directeur ! Admirer par la porte vitrée le nouveau labo tenait presque du culte.

À l'autre bout de la cour, Festus enseigne la photosynthèse. Il montre parfois du doigt la salle interdite en disant : tout ce que je vous enseigne peut être prouvé sous vos yeux derrière cette porte. Une sorte de paradis en attente, somme toute. Il nous arrivait de nous demander si cela ne valait pas mieux. Les becs Bunsen se bouchent. Les béchers se brisent. Les creusets se rouillent. Les théories foirent.

72

TOMBES

Pas une nuit dont on puisse se souvenir, pour la simple raison qu'on n'en a jamais eu. Ça se passait là-bas, à côté des tombes après le déjeuner. En ces mornes débuts d'après-midi où la journée s'étiolait, tout le monde gisait épuisé sur son lit. Sans doute aurions-nous pu rabioter quelques nuits, mais, d'une part, il y avait Tomo et, d'autre part, il fallait être cinglé pour se trouver dans le veld à l'heure de la sieste. En semaine uniquement. Le week-end, c'était trop risqué. Le samedi et le dimanche on pouvait faire la sieste à toute heure aussi ne savait-on jamais qui l'on croiserait dans le veld. Nous bousculions le rythme de la vie à Goas et le petit frisson que nous procuraient ces rencontres était ce que nous avions trouvé de mieux pour pimenter notre quotidien. Nous arrivions par des chemins différents et nous n'en revenions pas de nous voir.

« Quelle surprise…

– Impossible de dormir. Quelle chaleur !

– Et comment va Grieta aujourd'hui ?

– Toujours bien morte, je crains. »

Ses mains sentaient toujours la lotion dont elle enduisait à longueur de journée les bras de Tomo. Nous nous adossions aux tombes, dans la lumière blanche. Elle entassait des petits cailloux en tas bien réguliers. Ses doigts ne connaissaient pas le repos. Assis dans son siège-auto, de l'autre côté des tombes, Tomo, protégé par une ombrelle, ivre de lait au chocolat. J'étais plus fatigué après le déjeuner que le soir. Je mentais. Mavala mentait. Nous n'avions pas besoin de sommeil, disions-nous, mais parfois il nous terrassait et, dans cette lumière, c'était comme s'endormir en plein interrogatoire.

Même en ces moments-là, elle était agitée, parlait toute seule en serrant et desserrant les poings.

73

KRIEGER

Si l'on en croit Obadiah, tous nos Blancs sont fêlés d'une façon ou d'une autre. Il serait intéressant d'aller en Amérique à seule fin d'y observer des Blancs normaux. Non pas que nos Noirs n'aient pas leurs petites manies, serait-ce l'effet du soleil ?

Nous n'apercevions Krieger, notre plus proche voisin, qu'au volant de son bakkie, roulant à tombeau ouvert. Quand il traversait Goas en voiture, c'était le sauve-qui-peut général : élèves, chèvres et professeurs décampaient. Et cela deux fois par jour, quand il se rendait au village et quand il en revenait. Son véhicule contournait l'église à toute allure, grondait dans les ornières de la route ensablée, avant de débouler au beau milieu d'un match sur le terrain de foot. Un Père Noël assassin, dont la chevelure blanche flottait au vent, et qui klaxonnait comme un maniaque en beuglant : « Salut ! Salut ! »

D'après le directeur, Krieger avait le droit de traverser le terrain de foot en voiture. Il m'arriva de remettre en question ce privilège lors d'une de nos réunions du matin au cours desquelles, pour une fois, je pris la parole, estimant que commenter l'attitude d'un Blanc relevait de mes prérogatives.

« Ça me paraît dangereux, dis-je.

– Il détient un permis qui lui donne le droit de passage, répondit le directeur. J'ai vu le document, il a été établi en bonne et due forme à Windhoek.

– Il ne peut pas contourner le terrain ?

– Pourquoi le ferait-il puisque ce document l'autorise à le traverser ?

– Pour éviter des morts et des blessés.

– N'ai-je pas dit que ce document était en bonne et due forme ? »

Soccer. Un tournoi où tous les joueurs se rencontrent. Nous avons à la main les fiches de paris de Pohamba. Ah ! La bonne vieille encre humide de la ronéo, l'indigo que l'on n'arrivait pas à faire partir, qui vous teignait les mains en violet pendant des semaines. On planait quand on la sniffait et Dieu sait qu'on ne s'en privait pas. La mise est à quinze centimes, avec un doublé au dernier match. Le score est à zéro depuis une éternité. Nous dépérissons sur nos sièges comme des géraniums qui manquent d'eau.

« Regarder du bon soccer c'est drôlement plus intéressant », dis-je.

Pohamba s'écrie : « *Football !* Voyons, vous ne pouvez pas vous fourrer ça dans le crâne, non ? C'est une insulte à notre culture. »

Je l'écarte d'un geste. Je viens de découvrir autre chose. Si l'on regarde ceux qui n'ont pas le ballon c'est encore mieux. Le moindre mouvement de leurs pieds est savamment prévu. Dans cette danse, le ballon n'est qu'accessoire. C'est la clef du mystère. Non seulement, il ne s'agit pas de marquer des points, mais il ne s'agit pas non plus de ballon. Je renifle les fiches des paris, fier et heureux d'avoir saisi le sens du soccer, oscillant entre l'ennui et le sommeil, quand soudain Krieger déboule de derrière l'église à tombeau ouvert, rugissant, klaxonnant, saluant. Son bras blanc pend et cogne contre la portière, sa tignasse blanche vole à tout vent. « Sauve-qui-peut, les garçons ! » Et les garçons s'exécutent. Ils plongent, ils trébuchent. Ils rient comme des fous. Krieger file vers la C-32. Le match reprend.

« Un de ces jours ce nazi finira par tuer un innocent », dis-je.

Obadiah hausse les sourcils, façon Sherlock Holmes. « Nazi ?

– Pourquoi pas ? Il a l'âge.

– Ce qui ne veut pas forcément dire que…

– Ici, les nazis n'ont même jamais eu à apprendre l'espagnol.

– Le principe fondamental de votre système judiciaire n'est-il pas que l'on est innocent jusqu'à preuve du contraire ?

– On n'est pas au tribunal. On est à Goas.

– C'est exact, dit Pohamba. Pas de justice ici. »

Mavala se lève. « Vous êtes tous ridicules. »

Elle plaque vingt rands sur le bureau de Pohamba. « Tu mettras ça sur United Africa au prochain match. »

Nous la regardons s'éloigner sur la route. Tomo est resté. Il creuse un tunnel sous la chaise de Vilho.

Je me tourne vers Obadiah. « Écoute, je demande un peu de compassion pour un autre peuple marginalisé, c'est tout. (Une expression qui me revient soudain du cours de sociologie 202 du Pr E. L. Cloyd, État de Bowling Green, note de fin d'année de Larry Kaplanski : C+).

– De la compassion ? dit Obadiah. Et si la compassion c'était l'argent… »

But ! Coup de tête de Kanhala.

Krieger est également célèbre à un autre titre : il tue au fusil des zèbres dans les Erongos et il fait don de leur chair à l'école. La viande de zèbre a une odeur très particulière. Âcre et faisandée. Seuls les enfants les plus carnivores la mangent. Mais elle fait une bonne viande séchée. Séchée, elle a meilleur goût et sent moins fort, mais c'est du vrai caoutchouc, il faut la mâcher pendant des heures. En fin d'après-midi, un de mes élèves de sixième, Jeremiah Puleni, passe nous vendre du zèbre séché contre quelques pièces ou de vieux crayons sans gomme.

74

TOMBES

« Parle, toi le grand silencieux.
– De quoi ? (Quoi ?)
– Parle-nous de ton pays.
– Tu veux que je te parle de Cincinnati ?
– Oui.
– Pas grand-chose à en dire.
– Allez, vas-y. »

Je lui parle de Cincinnati. « C'est tout ?

– Oui. Et à Noël, au zoo, on accroche partout des lumières blanches. C'est superbe. Et il y a Taft.

– Qui ?

– William Howard Taft. Le plus obèse de nos présidents. À tel point qu'un jour, il s'est retrouvé coincé dans sa baignoire. Il a fallu qu'ils y aillent à coups de marteau pour l'en sortir. Et puis, nom de Dieu, il y a Davey Concepcion ! Comment ai-je pu l'oublier celui-là ? Ça doit être à cause de la chaleur.

– Qui est-ce ?

– Tu vois le plus sympa avec Davey c'était qu'il n'avait rien de la superstar. Je veux dire que là on parle d'une équipe avec des gars comme Johnny Bench, César Geronimo, Tony Perez, Joe Morgan. Et Pete Rose. Ah ! Pete Rose ! À Cincinnati, il règne sur la Terre, le ciel et l'enfer. Rien à foutre de la célébrité ! Oui, mais Davey avait ce petit quelque chose d'indéfinissable. Davey c'était un homme de principes. Aucun ego, une petite batte, un gant génial, c'est tout mais quelle ardeur, quelle loyauté !

– Comme Kaplansk. Il est vice-président.

– Écoute : je foutrais le feu à cette ferme rien que pour être Davey Concepcion.

– Dis-m'en un peu plus.

– Fervent des causes humanitaires, il envoyait la moitié de son salaire chez lui, aux pauvres de la République dominicaine…

– Parle-moi de toi, s'il te plaît.

– De moi ?

– Oui.

– Il n'y a pas grand-chose à dire.

– N'importe quoi.

– J'ai été amoureux d'une fille qui s'appelait Ondée Pinkus.

– Ondée ?

– Oui.

– Pourquoi pas Neige ? Et elle, elle était amoureuse de toi ?

– Pas vraiment.

– Raconte-moi autre chose.

– Quoi ?

– Quelque chose sur ton enfance.

– Je partais garder les chèvres au petit matin.

– Menteur, va ! »

75

GRISERIE DANS UNE DATSUN

Une bouteille de Zorba sur le tableau de bord, vidée depuis longtemps. Obadiah et Kaplansk. Il ne reste d'eux que leurs voix, le reste s'est envolé, évanoui, évaporé.

OBADIAH : Je comprends que beaucoup de bénédictions talmudiques exigent d'être répétées pour ritualiser notre contact avec Dieu.

KAPLANSK : Vraiment ?

OBADIAH : Un Dieu, non pas tout-puissant maître du tonnerre, mais présent dans les moments les plus simples du quotidien. Dans le laçage et le relaçage de nos chaussures. Et même dans un rot, si tu veux.

KAPLANSK : Intéressant. Je n'avais pas…

OBADIAH : Pour ma part, je ne crois en rien du tout. Pas aujourd'hui, du moins. C'est là, bien sûr, le paradoxe. La foi, c'est comme l'amour, comme le vieux chien égaré que l'on croyait mort, on ne sait jamais à quel moment ça va vous revenir. Ce serait tellement plus simple s'il disparaissait pour de bon. Tu ne crois pas ?

KAPLANSK : Sans doute, mais…

OBADIAH : Tu veux un bonbon à la menthe ?

KAPLANSK : Avec plaisir.

76

ANTOINETTE

Pour elle, c'est presque une histoire d'amour. Elle la raconte en battant un tapis qu'elle a accroché au mapone de son jardin. Elle le bat avec une cuillère en bois de la taille d'une tête de bébé. À ses pieds, les serviettes de toilette bouillent dans la lessiveuse. Son tablier la protège comme une cuirasse.

Et vlan ! La poussière vole.

Un jour, un homme planta une fourchette dans la main de sa femme comme preuve de son amour. Toute fière l'épouse exhibait partout sa cicatrice, jusqu'à un beau matin où elle lui trancha les jambes avec une machette et il saigna à mort dans son lit.

Vlan. La poussière vole.

Même après ça, elle continuait à exhiber sa main. Les quatre petits sillons creusés dans la chair. Que Ta volonté soit faite. Sur la Terre comme au ciel.

Vlan. Vlan. La poussière vole.

77

MAGNUS AXAHOES

Il court pieds nus dans le sable mou du lit de la rivière. Il aime sentir le sable entre ses orteils. Entendre le bruit étouffé de ses pas. Certains jours, le bruit de ses pieds qui mâchent le sable est tout ce qui le fait avancer. Un bruit noble. Un jour, il courra aussi vite que Rubrecht Kanhala. Mieux vaut courir avec une épine dans le pied, car vous en oubliez la fatigue musculaire, vous ne pensez qu'à cette blessure. La douleur vous forge, elle génère l'oubli et oublier, c'est l'essentiel. Il a lu ça dans un magazine de course à pied. Un Kenyan l'a dit et c'est la vérité.

78

POHAMBA

Les chèvres se reniflent mutuellement le cul ; affalés sur le sol nous trempons des biscottes dans du thé froid et Pohamba s'est découvert un autre frère.

« Dieu du ciel, hurle Festus, une vraie pondeuse celle-là ! Elle a produit un régiment ! »

Pohamba est à plat ventre. Un élève de septième année qu'il a recruté pour une séance de chiropraxie lui piétine le dos pendant qu'il parle. « Abner, mon quatrième frère. Il travaillait chez Budget, rue Peter Mueller. C'était mon autre frère à Windhoek. Il nettoyait les voitures que ramenaient les touristes après leur semaine de chasse à l'éléphant du côté d'Etosha. Pour être sales, elles étaient sales et mon frère Abner les lavait avec autant de soin que s'il nettoyait les fesses d'un nourrisson. Il éternuait sans arrêt à cause de l'épaisse poussière mais il lavait, essuyait, frottait et vous rinçait tout ça à la lance d'arrosage. Mais ce n'est pas ce que je veux vous dire. Ce que je veux vous dire, c'est que le patron refusait qu'il utilise les toilettes pour chier. Cet homme n'était pas idiot. Il disait que mon frère pouvait pisser dans les toilettes, mais pas y chier. Pour ça, il devait aller au café d'en face.

– Comment le patron pouvait-il savoir qu'il chiait ?

– Rien de plus simple : s'il n'entendait rien, il tambourinait à la porte. »

Obadiah, hors scène, sur la gauche, derrière l'arbre sous lequel il somnolait : « Ce que le chef ignorait c'est que votre postérieur est en moyenne quatre-vingts pour cent plus propre que vos mains ! Alors…

– Alors quoi ? » dit Pohamba. Il se lève, le jeune élève qui était sur son dos perd l'équilibre et tombe en chute libre, tel un Lilliputien. « Alors quoi ? »

Nous attendons. Son frère pouvait pisser mais pas chier. Et après ?

Obadiah apparaît et, comme s'il s'agissait d'un vrai débat, en bonne et due place, il s'avoue vaincu, salue Pohamba, pourfendant la poussière de son bras gauche.

79

UNE VISITE DU CAMARADE GÉNÉRAL KANGULOHI

Antoinette trônait sur une chaise en plastique, au milieu de ses plants de tomate assoiffés et de ses radis durs comme des pierres. Nous autres, nous sommes dans tous nos états. Son visage tanné a la sérénité de ceux qui détiennent la vérité. Non seulement elle n'allait pas baiser la bague d'un général, mais elle ne l'honorerait même pas d'un regard. Deux de ses neveux étaient partis dans le nord combattre les Boers. L'un était revenu dans un sac-poubelle et l'autre n'était pas revenu du tout.

Mais là n'était pas la question. Elle prétendait n'en vouloir à aucun général pour le triste sort de ces garçons. Ils l'avaient bien cherché, et cela avant même de se fourrer dans le crâne cette idée ridicule qu'ils étaient des hommes. C'est comme ça les garçons. Ils s'en vont à la guerre et soit ils en reviennent les pieds devant, soit ils n'en reviennent pas du tout. Elle ne reprochait pas au général ce qui était arrivé aux garçons, elle lui reprochait d'être général, un point c'est tout.

Antoinette disait que nous étions tellement ignorants que nous n'aurions pas su reconnaître Jésus d'un larbin du diable. « Et je vous garantis que votre général, il est à la solde de Lucifer », ajoutait-elle. Pacifiste radicale, nonchalante, provocatrice, Antoinette pontifiait. Passant devant chez elle avec une brouette pleine, je lui demandai : « Alors comment des soldats rentrent-ils de la guerre si, par chance, ils sont encore en vie ?

– Où vas-tu avec toutes ces ordures ?

– Derrière les latrines.
– Va plus loin.
– D'accord.
– Quelle était ta question ?
– À ton avis, c'était honorable de combattre les Sud-Africains ? »

Elle fait non de la tête.

« Si ça n'avait rien d'honorable, était-ce néanmoins justifiable ?
– Disons que c'était acceptable compte tenu des circonstances.
– Alors, dis-moi, comment un soldat rentre-t-il chez lui ? »

J'étais planté là avec mes ordures. Antoinette, jusqu'à présent bien calme, sur sa chaise en plastique, se releva lentement, me foudroya du regard : « SUR SES MOIGNONS ! »

La porte de leur maison s'ouvrit soudain et Obadiah sortit, coiffé d'une casquette d'aviateur à rabat. « Bravo, ma femme ! Quelle éloquence ! Mais c'est juste des palabres tout ça et les palabres n'ont jamais fait de mal à personne. Allez, viens, mon petit chat, va mettre ta robe verte. Elle va si bien avec le venin que distillent tes yeux. »

Personne ne l'avait jamais entendu l'appeler mon petit chat. Elle-même non plus, sans doute. Elle ne cilla pas. « Au diable, ma robe verte ! »

Ainsi, Antoinette refusa-t-elle de lever le petit doigt pendant le plus grand nettoyage qu'ait jamais connu la ferme. Nous enterrâmes des bouts de métal qui traînaient par-ci par-là. Nous arrachâmes les mauvaises herbes. Nous ramassâmes la merde des chèvres, crotte par crotte.

Le directeur alla même jusqu'à donner l'ordre à certains élèves de ratisser le veld, *tout* le veld, ce qui revient à peu près à essayer de vider l'Atlantique. Et les malheureux s'exécutèrent. Le sable ondoyait dans toutes les directions, il était difficile de savoir où mettre les pieds de peur d'en abîmer les gracieuses vaguelettes. Cela me rappelait les bunkers du golf où je travaillais comme caddie avant de m'être intéressé de trop près aux filles du vestiaire.

Le général Zacharias Kangulohi (nom de guerre : Ho Chi Minh) était un ancien élève et notre grande célébrité. Garçon de ferme à ses débuts, il était devenu l'un des gros bonnets de la Swapo. Il avait vécu en exil à Londres, Dar es-Salaam, New York, Lusaka, et Stockholm. Debout devant la récente fresque de Hendrik Witbooi qui le représentait brandissant la Constitution, des drapeaux namibiens à la place des yeux, nous attendions. Chaque garçon portait autour du cou quelque chose qui lui tenait lieu de cravate. Un ruban, une écharpe, une lanière de cuir, une chaussette, une tresse faite de sacs en plastique. L'un d'eux s'était servi d'un morceau de biltong qu'il avait grignoté toute la matinée. Nous attendions. Le poing droit serré, Mavala était au garde-à-vous, en tenue camouflage, sa chemise verte boutonnée jusqu'au cou. Son pantalon ressortait en bouffant de ses bottes.

Elle avait les cheveux coupés à ras et un crâne tout rond. Ses oreilles saillaient des bords de sa casquette. Dieu, que j'avais envie de les mordiller ! Quelle que soit l'amertume que lui avait causé sa démobilisation, une dernière solde et bye-bye camarade, elle la surmontait pour l'occasion. Elle revivait à nouveau tout cela, peut-être pas la guerre, mais autre chose.

Notre invité d'honneur avait des heures de retard, et le directeur nous tenait là, en respect, à l'aide de son porte-voix. Il ne se lassait pas d'écouter sa voix amplifiée. De leur côté, les taons ne se lassaient pas non plus de se repaître à nos dépens. Ils fondaient sur nous. *Par ici la chair tendre, les amis !* Nous ne voulions plus ni d'eau froide, ni d'ombre. Nous priions simplement le soleil de nous achever plus vite. J'ai entendu dire que l'on réagissait de la même façon quand on gelait. Au-delà d'un certain stade, c'est une bénédiction. On était debout, on attendait. Quand le cortège précédant le général finit par arriver, on a cru à un débarquement d'extraterrestres : un bataillon de motocyclettes, de jeeps, une limousine, y compris une caravane.

Plantés là, nous regardâmes le cortège traverser en trombe le terrain de foot et se ranger en arc de cercle devant nous. Quand la poussière soulevée tomba sur nos visages luisants, nous nous redressâmes. Le nouvel hymne national frémissait sur nos lèvres, prêt à éclater :

Na-mi-bie
Notre pays
Namibie, nous t'aimons…

Rien. Deux minutes, cinq minutes. Des sirènes hurlèrent. Les flics sur leurs motos communiquaient par talkie-walkie, leurs machines vrombissaient, ralentissaient, repartaient. Les vitres de la limousine étaient teintées. Nous nous disions que le général était à l'intérieur en train de déjeuner. À moins qu'il ne s'octroie un petit somme dans la caravane pour se remettre du long trajet entre la capitale et Goas. Des traces de transpiration commençaient à apparaître dans le dos de la veste du directeur. Il serait bientôt bon pour l'essoreuse ! Lui qui se vantait de ne jamais travailler assez dur pour transpirer. Il était censé être un ancien camarade de classe du général. Nous ne tenions pour ainsi dire plus sur nos jambes, et si nous étions encore debout, c'est pour la simple raison que nous n'aurions pas eu la place de tomber, tant nous étions serrés les uns contre les autres. Nous entendîmes le déclic de la barrière. Nous tournâmes la tête, tous en chœur, et vîmes un petit bonhomme, haut comme trois pommes, croulant sous le poids de ses innombrables médailles, ses chaussures à la main.

« Je suis venu à pied, cria-t-il, oui, à pied jusqu'à mon cher Goas, comme le garçon de ferme que je fus jadis ! »

Le directeur s'avança vers lui, le torse tressautant sous sa veste. « Oh mon cher Zacharias ! haleta-t-il dans son porte-voix. Sois le bienvenu chez toi ! Comme c'est aimable à toi de nous rendre visite. C'est vraiment… »

Le général ne prit pas la main tendue du directeur. Au lieu de ça, et devant nous tous, il leva un pied minuscule dont il montra le dessous au directeur. « Va me chercher une épine, Charles. »

Le directeur, lui, continuait à pérorer. « … Que tu aies trouvé du temps pour ces enfants, pour nous aider, pour nous inspirer, pour nous éclairer…

– Une épine, Charles

– … Que tu reviennes dans un lieu aussi humble que notre école…

– Si tu ne poses pas ce foutu machin, je te fais fusiller. »

Et nous regardâmes stupéfaits, le directeur en personne, pas un sous-fifre, filer dans le veld, se pencher sous un acacia et en arracher une épine, une espèce de grand clou qu'il rapporta au général dans la paume de sa main, avec autant de précaution que s'il s'agissait d'un oiseau blessé.

« Enfonce-la !

– Zacharias.

– Vas-y ! »

Nous assistâmes aussi à cette scène. Le directeur enfonça une épine dans le pied du camarade général Kangulohi qui s'écria : « Tu vois ? Elle est solide la bête ! Et bardée de médailles ! Dieu sait pourtant que l'exil aurait pu ramollir un gars comme moi ! »

Il se dirigea vers nous en sautillant sur une jambe, comme une autruche, l'épine encore à moitié enfoncée dans la plante de son pied. Vint le discours. D'après lui, il avait tout appris ici même, à Goas, et ces jours-là avaient été les plus heureux de sa vie, jusqu'à ce que les Boers mettent un terme à son bonheur, et à celui de tous les autres. Il poursuivit, debout sur une jambe :

« Non, je ne vous parlerai pas de la guerre aujourd'hui. » Il leva ses bras maigrichons et expédia ses chaussures dans le sable. « Non, je ne vous parlerai pas de cette longue nuit qu'est l'exil, ni de ma douleur de ne plus voir ni ma mère, ni ma patrie pendant plus de quatorze ans. Je ne m'étendrai pas sur une telle souffrance. Pas plus que je ne dépeindrai pour vous l'enfer des prisons d'Afrique du Sud ni le carnage de Cassinga. Ni les bombes qui pleuvaient en ce jour maudit. Non, je ne suis pas ici pour vous parler du sang versé par vos frères, vos sœurs, vos pères et vos mères. »

Le général s'interrompit, nous gratifia d'un grand sourire. Cela nous déconcerta : on n'évoque pas le massacre de Cassinga avec un sourire.

Le directeur applaudit frénétiquement, nous l'imitâmes.

Le général nous ordonna de nous arrêter. « Pas d'applaudissements. Non, mes enfants, je veux vous parler du présent, d'aujourd'hui. Mes enfants, vous êtes libres. Tellement libres. Dire que vous êtes même libres de haïr ! »

L'air rageur, il entreprit de décrire un arc de cercle autour de nous, sur son pied vaillant, afin de nous montrer à quoi ressemblait la haine.

« Pourtant, je vous le dis, n'exercez pas ce droit. Gardez-le, chérissez-le, mais ne l'exercez pas. *Pourquoi ?* » Il reprit sa petite danse. « Parce que c'est trop facile ! » À cloche-pied, il attrapa le porte-voix du directeur et hurla : « Le plus difficile c'est d'aimer ! C'est pourquoi je vous le dis, à vous, enfants de Namibie, jeunes arbres d'une jeune nation, je vous aime. Vous ne pensez sans doute pas qu'un gaillard de ma trempe, un camarade comme moi, puisse dire ce genre de choses. Eh bien, moi, je les dis ! Et je ne cesserai de les répéter, quitte à choquer vos jeunes oreilles. Oui, allez dire à vos mères que Kangulohi a dit : JE VOUS AIME ! »

Il s'approcha de nous en sautillant.

« Tout ce qu'il nous reste à faire pour bâtir cette nation, ce beau pays, c'est travailler. Travailler et apprendre. Apprendre. Encore et toujours. Oubliez la haine et aimez ! »

Le général eut droit à d'autres applaudissements encore plus frénétiques. Il redemanda le silence. « L'avenir dépend de vous, rugit-il, moi, je ne suis rien. À votre tour ! »

Et dans notre ivresse patriotique, oui, nous nous sentions aimés.

Il repéra Mavala. « Permettrez-vous à un vieux général comme moi, de vous demander qui vous êtes, camarade ?

– Shikongo, monsieur. Camp de Chetequera, Angola. 1986-1989.

– Votre commandant… ?

– Elias Haulyondjaba, monsieur.

– Elias. Paix à son âme. Je tiens à vous féliciter, camarade Shikongo, du fond de mon cœur et jusqu'à la plante de mon pied blessé, pour votre engagement passé et à venir. »

Rires, applaudissements.

Obadiah s'avança. « Notre honorable invité permettra-t-il à un humble professeur de citer Archilochus, le grand poète assassiné ?

– Permission accordée. Humble professeur. »

Obadiah ôta sa casquette, il leva la tête vers le ciel et récita : « Ce n'est pas un grand et noble général, un général à cheval, fier de sa belle chevelure que j'aime… »

Qu'elle choisît le moment de gloire de son mari pour arroser la haie devant leur maison n'avait rien de surprenant dans le contexte de Goas. Elle n'était pas femme à rester dans l'ombre, pas plus que son mari d'ailleurs. Le jet de son tuyau s'éleva lentement, oh ! très lentement, au-dessus de la clôture. Un des soldats l'aperçut, il brandit son fusil.

« Halte là ! hurla Obadiah. Ne tirez pas ! C'est ma vieille femme ! » D'un geste, le général somma le soldat de baisser son arme et regarda intrigué la tête qui surgissait des buissons, comme si elle le mettait au défi de lui tirer dessus au nom de l'amour.

Si vous imaginiez Goas comme un village presque idyllique, ce qui n'était pas le cas – c'était une école dans une ferme perdue au milieu du veld – le terrain de foot aurait été notre grand-place, notre territoire sacro-saint.

Il lui fallut du temps pour le traverser à cloche-pied.

Nous étions trop loin pour entendre quoi que ce soit, mais après avoir discuté cinq bonnes minutes avec elle à travers la clôture, le général s'agenouilla et baisa le sol. On vit alors Antoinette tendre les bras, l'attraper sous les bras et le relever. Comparée au petit général, Antoinette était une géante.

Là-dessus – et vous pouvez toujours dire qu'il ne s'agit là que d'un de ces bobards qui épicent le quotidien de Goas – je l'ai vue, de mes yeux vue, poser un baiser sur sa tête. Un vrai baiser, long et humide. Qui n'avait rien du baiser d'une vieille femme. Elle en parla pendant des jours : il avait imploré son pardon pour ses fusils et même son maudit uniforme, il lui avait promis qu'à l'avenir, ce glorieux avenir, nous n'aurions plus besoin d'armée : s'il gardait encore un peu la sienne, c'était parce qu'il se trouvait encore des gens qui ne croyaient pas en l'amour. Elle dit que cet homme mentait tellement fort que les lèvres lui en tombaient, alors, que pouvait-elle faire d'autre que de les recoller par un baiser ? Que voulez-vous, ajoutait-elle, j'ai un cœur malgré tout : un condamné ne devrait-il pas avoir au moins un bon souvenir ?

80

TOMBES

« Mon grand-père ?

– Oui.

– Il était pantalonnier de son état. Il s'appelait Leo.

– Il était quoi ?

– Apprenti tailleur. Il vendait aussi des chapeaux et des manteaux. Et le tien ?

– C'était Tshaanika, il fut le dix-huitième roi d'Onganjera.

– Oh ! »

Mavala s'étira et bâilla. Sous son sein droit, une tache de vin en forme de haricot.

81

OBADIAH (CHAPEAUX)

Fedora, canotier, chapeau mou, bicorne, bonnet de cuir, panama, toque, Ascot, tuyau de poêle, cocarde, tiare, bob, chapeau de cow-boy, turban, melon, Montecristi, Stetson, borsalino… La notion même de chapellerie fait rêver. Vive le casque de Mambrino ! Des noms picaresques à souhait ! Comment croire qu'un simple bout de feutre ou de laine, voire de métal, puisse vous garantir des foudres divines – et dire que nous entretenons chaque jour de telles illusions. Nous nous couvrons la tête. Faut-il voir là un signe de défi ? De foi ? De respect ? De crainte ? Oui. Mais avant tout, mes amis, oui, avant tout, un chapeau, c'est l'amour. Il n'est pas de casque plus solide que la croyance d'après laquelle se couvrir la tête fera la moindre différence aux yeux de Dieu… Prenons le cas des juifs de Kaplansk : la kippa ? Une calotte toute mince, une simple chimère, et pourtant ils ne sortiraient pas sans elle. Comme nous tous, d'ailleurs.

« Hé ! Kaplansk, toi le païen, où elle est ta kippa ?… Kaplansk ?

– Il dort.

– Encore ? À six heures du soir ? »

82

TATIE

Lundi, fin d'après-midi. Assis sur des chaises en plastique devant sa maison, Obadiah et moi passons en revue nos existences respectives. Il y a un match de foot. Le bruit mat du ballon est en quelque sorte le battement irrégulier du cœur de Goas. Les rideaux de Pohamba sont tirés. Les pécheurs du week-end passent leur lundi à dormir. Sous l'acacia, Festus rase des élèves avec son rasoir à piles. Une chaise empruntée à une salle de classe sous l'arbre, un sac en plastique en guise de serviette, coincé sous le menton de chaque client. Festus n'est pas le plus raffiné des figaros. Il leur met la boule à zéro et ils repartent le crâne luisant.

« Voilà le moulin à paroles », grommelle-t-il. Peu après, elle s'approche, sa silhouette grandit, sans toutefois donner l'impression de bouger, elle se répand. Elle se manifeste. Elle vient vers nous, elle interpelle Obadiah : « Tous les hommes qui ont vanté mes charmes sont morts. Sauf un. Je vois un linceul sur ton visage, professeur principal.

– Mais, ma chère, dit Obadiah, je n'ai jamais au grand jamais dit une seule fois qu'une femme aussi velue que toi était…

– Joyeuse mort, professeur principal », dit-elle, puis elle file vers le terrain de foot et s'apprête à le traverser au beau milieu du match. Ayant repéré sa proie, elle accélère le pas : il s'agit, de toute évidence, de la balle de tennis usée qui a remplacé le dernier ballon de foot. *Ne prêtez pas attention à elle. Facile à dire, mais comment faire puisqu'elle veut à tout prix nous faucher la balle ?*

Une fois devant la balle, Tatie savoure cet instant. Avant de s'emparer de quoi que ce soit, elle se lèche toujours les doigts, l'un après l'autre. C'est ce qu'elle fait à présent, avec une lenteur désespérante, puis elle fond sur la balle, la saisit et la fourre dans son corsage.

« Venez les garçons, venez donc la récupérer. »

Pour la première fois dans les annales de Goas, les garçons se précipitent vers l'internat une heure avant la douche. Tatie s'en prend ensuite aux quartiers des célibataires. Obadiah et moi suivons la scène. Elle va jusqu'à la porte de Pohamba. Elle frappe. Il ne répond pas. Elle frappe plus fort avant de tambouriner des deux poings. Pas de réponse. Elle y va alors de tout son *corpus delicti*. Bam. Bam. À notre étonnement, la porte tient bon. Tatie a l'insulte facile. Elle sait que Pohamba est chez lui. Je me souviens du papier-toilette double épaisseur que nous avons apporté de la ville mercredi après avoir oublié d'en acheter pendant des semaines. (On se servait des pages de vieux livres de poche afrikaans.) Pohamba garde jalousement ce trésor dans son armoire. La porte s'entrouvre et, dans son maillot de corps fétiche couleur lilas, Pohamba épuisé, voûté, la salue. Nous autres, à l'autre bout du terrain, n'en perdons rien. Soudain Pohamba se redresse et croise les bras sur sa poitrine comme pour lui barrer le passage. Pure vantardise. Nous savons qu'il va céder. Qu'il va la laisser entrer se servir à sa guise. *Prends-le ce rouleau de Charmin, femme*. Mais voilà que cette fois le rituel de la capitulation varie : de toute évidence, il l'*écoute*. Le temps concédé au monologue est passé, et Pohamba est toujours planté devant elle. La situation est critique – et lâches que nous sommes, nous ne bougeons pas. Côté chaises en plastique, c'est le silence. Le bourdonnement du rasoir s'arrête, et nous savons que Festus n'en croit pas ses yeux, lui non plus.

Pohamba est d'un calme inhabituel, il est même serein. Avachi dans l'encadrement de la porte ; il est sous le charme. C'est là que j'établis un lien évident – mais que je n'avais jamais perçu jusqu'ici – entre voler et soliloquer. Quand Tatie nous soûle de mots, elle chaparde un peu de notre temps de vie, peut-être est-ce pour cela qu'elle n'a jamais vraiment vieilli comme tout le monde. Notre temps lui profitait. Pohamba sourit. Il rentre dans sa chambre. C'est une façon différente de céder. Il le fait de son plein gré, joyeusement, comme attendri. Adieu l'amie. J'ai été ravi de…

D'autre part, je ne peux m'empêcher de me demander et si ça marchait ? Et si elle parvenait à nous les chiper ? Ces désirs qui nous tourmentent. La porte se referme sur l'énorme cul de Tatie, comme la portière d'un bakkie chargée de sacs de farine de maïs. Un peu plus tard une main – pas celle de Pohamba, une grosse patte toute cerclée de bracelets – apparaît à la fenêtre de Pohamba. Elle tient une balle de tennis. Ses doigts s'écartent et la balle, tel un crâne minuscule, tombe dans la poussière.

83

TOMBES

Elle ne cessait de se moquer de moi, car j'avais toujours froid aux pieds, les pieds littéralement glacés. Elle trouvait comique que la chaleur du désert n'y fasse aucune différence, que je puisse être trempé de sueur et avoir les pieds gelés. Elle m'a demandé un jour si je voulais qu'elle souffle dessus, et je lui ai répondu : « Non, laisse-les tranquilles, n'y fais pas attention. » Elle a voulu savoir comment s'expliquait pareil phénomène. Je viens d'Amérique du Nord, ai-je répondu, en fait, je suis Esquimau. Qui plus est, je transpire des pieds et, ensuite, ils refroidissent trop vite. Ma réponse ne l'a pas satisfaite.

« Sont-ils moches ? D'affreux lapins albinos ? Pourquoi les Blancs n'aiment-ils pas leurs pieds ? S'il te plaît, juste un coup d'œil…

– Jamais.

– En chaussettes, rien qu'en chaussettes, baissées en accordéon. »

84

LE DIRECTEUR ADJOINT

Le bruit court à la ferme que Ganaseb, le vieil ami d'Obadiah, est mort en ville. Un élève est venu me prier de me rendre à la Datsun. Au lieu de siroter avec plaisir, selon sa bonne habitude, Obadiah tient le fond de la bouteille dans sa paume, comme pour faire cul sec.

« Bien entendu, dit-il, interrompant ses libations. Tu assisteras à l'enterrement.

– Mais je ne connaissais pas Ganaseb.

– Aucune importance. Il a enseigné ici. Vous appartenez donc tous deux à la même famille, que tu choisisses ou non d'accepter cette responsabilité, nos familles n'étant, dans le fond, que des responsabilités. Tu me suis ? À propos, as-tu écrit à ton père pour lui dire que tu lui pardonnais ses torts ?

– Quand sont les obsèques ?

– Ganaseb avait de la chance, vois-tu. Pas comme nous. Il savait s'évader de Goas et ne l'apprécier que dans sa tête, seule façon de survivre ici. Ah ! Si tu l'avais entendu évoquer les longues nuits dans le veld, l'air pur des solitudes, les ardentes rousseurs des crépuscules !

– Il faut que j'aille ouvrir la bibliothèque.

– C'est toi le bibliothécaire ?

– Le sous-chef.

– Qui est le chef ?

– Toi.

– Dans ce cas, je déclare cette journée jour de deuil. Toutes les institutions publiques doivent être fermées par égard pour lui.

– J'ai un groupe de lecture.

– Qu'est-ce que vous lisez ?

– *Le Livre de la jungle.*

– Ces inepties ! Minute, dit-il. Ce n'était pas n'importe qui Ganaseb, il était le directeur adjoint. Il n'a jamais remis les pieds ici depuis son départ. Nous nous retrouvions en ville. » Il me saisit le bras. « Et veux-tu savoir l'atroce vérité ?

– Quoi ?

– Cet homme avait une Volvo. »

Le prêtre nous emmena à Karibib à l'arrière de son bakkie. Les femmes paraissaient presque trop à l'aise dans leurs robes noires, comme si l'uniforme de la mort était toujours prêt dans leur penderie. Antoinette attrapa Tomo par le cou, comme une poupée de chiffon. Mavala portait les tartes qu'Antoinette avait préparées pour la veuve de Ganaseb. Voyant que Pohamba essayait de glisser la main sous le papier alu pour grappiller des bouts de croûte, Mavala cacha les tartes sous sa robe, mais cela ne le découragea pas. Au moment de partir, quelques garçons pourchassèrent notre voiture en criant :

« Professeurs, achetez-nous des chips Lion ! » Du revers de la main, Antoinette leur imposa silence. Tour à tour, ils abandonnèrent la partie, riant et se jetant dans les bras les uns des autres.

Ganaseb s'était tant et si bien affranchi de Goas qu'il avait même déserté l'église catholique. Aussi la paroisse luthérienne du coin était-elle bondée, impossible de contenir tout ce monde. Des vieilles pleuraient sur les marches. De jeunes garçons se balançaient aux fenêtres. Les parfums rivalisaient de lourdeur. Obadiah mena notre petit groupe dans l'allée, en disant : « Pardonne-nous, mon vieil ami, pardonne-nous. » Nous nous faufilâmes au troisième rang. J'évitais de regarder Mavala, coincée entre Vilho et Dikeledi. Elle évitait elle aussi de me regarder. À cette époque, tout ce qui nous concernait nous procurait, à l'un et à l'autre, de doux frissons. J'aimais être assez près d'elle pour la toucher tout en prétendant que c'était accidentel. J'essayais dans cette foule de distinguer l'odeur de sa transpiration.

Enfin le service commença. Obadiah me traduisit des passages de l'homélie prononcée en afrikaans. « Il dit que Ganaseb a simplement changé de demeure. Il a quitté sa modeste maison de Karibib pour le Royaume des cieux. Mais il reste bien présent dans nos cœurs. »

Recroquevillée sur elle-même, une femme devant nous était secouée de gros sanglots. Salace, Obadiah joua des hanches. « Une des petites amies de Ganaseb, chuchota-t-il. Il n'entrait pas que dans son cœur... » Il glissa la main dans la poche intérieure de son manteau pour prendre sa flasque. Antoinette passa une main féroce devant moi et referma ses doigts sur le poignet d'Obadiah qu'elle enserra durant toute la cérémonie.

Prières, hymnes, discours, pleurs et témoignages sans fin. Une fois Ganaseb honoré comme il se doit, nous retrouvâmes le soleil et suivîmes le cercueil d'un pas traînant. Le défunt dépassait du coffre de sa Volvo. La route du cimetière était jonchée de feuilles de laitues desséchées.

Après l'enterrement, nous nous rendîmes au Dauphin où Pohamba acheta des bières pour les hommes, des Coca pour les femmes (par égard pour Antoinette) et des œufs durs pour tout le monde. Les femmes firent table à part (Tomo rampait à leurs pieds). À les voir assises là, toutes trois, magnifiques à leur manière, vous auriez dit une espèce de kabbale, un conseil de guerre. Antoinette présidait, elle s'efforçait de ne pas juger son entourage avec trop de sévérité, d'être une bonne chrétienne et d'aimer, d'aimer... Dikeledi n'ouvrait pas la bouche, mais rien ne lui échappait. Il était rare qu'elle se rende en ville. Je ne l'avais jamais vue avec des lunettes. Mavala fourra un œuf entier dans sa bouche.

« C'est drôle, dit Vilho. Un homme meurt et on bouffe tous des œufs. »

Pohamba prit la salière, la secoua sur la tête de Vilho. Puis il se mit à parler boutique.

« Maintenant que Ganaseb n'est plus là, dit-il, Karibib va recruter un nouveau professeur, non ?

– Erreur, professeur, dit Festus. Ils regrouperont deux classes. Et Kapapu deviendra le nouvel adjoint. Soit Kapapu, soit Tjaherami.

– Combien d'élèves peut-on mettre dans une classe ?

– Autant qu'ils voudront.

– Et si Hangula devenait adjoint ?

– C'est un Ovambo. Les Herero contrôlent la région. Et le bruit court qu'il a voté pour l'ADT, l'Alliance démocratique de Turnhalle. »

Mavala tendit le bras par-dessus la table et posa la main sur celle d'Antoinette. M'ayant surpris à l'observer elle articula en silence : *Où est O. ?*

Je haussai les épaules. *Je n'en sais rien.*

« Attends... Kapapu n'est pas herero. Il est damara, non ?

– Oui, mais sa femme est herero.

– Ah. Et Ngavirue ?

– Ngavirue est herero, mais personne ne l'aime. »

Dehors, le père se mit à klaxonner. D'impatients petits rappels sacerdotaux. Une fois réunis à l'arrière du bakkie, nous constatâmes que l'un de nous manquait à l'appel. Antoinette maugréa. Point n'était besoin d'ajouter une autre humiliation à cette plongée dans la décadence. Festus et Pohamba firent le tour des débits de boissons. Vilho alla jeter un coup d'œil dans les toilettes publiques qui empestaient. Antoinette s'assit droite comme un i contre la roue de secours. Ramenant les pans de sa robe sur elle, elle pointa un doigt autoritaire vers le cimetière.

Mavala et moi descendîmes en courant la route creusée d'ornières. C'était bon de courir avec elle. J'aurais aimé continuer. Arrivé à la tombe de Ganaseb, je repérai un vieux mocassin esseulé à côté duquel il gisait, face dans le sol poussiéreux, sans connaissance. Mavala le secoua. Il ne bougea pas. Elle le secoua à nouveau. Une main molle lui fit signe de s'éloigner.

« On ne dérange pas les morts.

– Il est l'heure.

– L'heure ? L'heure de quoi ?

– Allons-y, dit Mavala. Le prêtre s'énerve. »

Il se redressa et brossa sa manche poussiéreuse contre son front. Englués de larmes et de sueur ses yeux n'étaient même plus rouges, mais d'un brun visqueux. Il resta quelques instants à contempler le tumulus encore frais.

« J'ai osé, dit-il.

– Osé quoi ? demanda Mavala.

– J'ai pissé sur lui.

– Pourquoi ?

– Et pas un petit pipi, je te garantis, un grand ! J'aurais bien voulu vous montrer, mais ça s'est évaporé. Ça aussi ça sèche. » Il rit, asthmatique, assoiffé.

« Ah ! Je peux dire que je l'aimais celui-là ! »

Nous l'avons relevé en le prenant sous les bras. Il ne pesait pas lourd, pas assez lourd pour un homme de sa taille. Du regard, il fit le tour du cimetière, des rangées de stèles en carton, des tournesols en plastique et des chiens endormis. Nous repartîmes sans nous hâter, l'après-midi touchait à sa fin. Du jazz nous parvenait de l'une des maisons près de la route. Les allées et venues des taxis soulevaient des nuages de poussière. Une vieille femme passa, elle serrait, haletante, une miche de pain contre sa poitrine. Au moment où nous arrivâmes au débit de boissons, le prêtre lança le moteur. Festus s'esclaffa à la vue du costume d'Obadiah couvert de poussière pendant que tous trois nous nous entassions à l'arrière avec les autres.

85

POHAMBA

Toujours au même endroit. Devant nos portes. Cadavres de moustiques – matinée sanglante. Assis sur une grosse pierre, Pohamba se brosse les dents. Il parle comme s'il avait fumé du dagga, mais cela fait au moins un mois qu'on n'en a plus. Il crache du coin de la bouche, sans me regarder.

« Alooooors.

– Alors quoi ?

– C'était bon, *ja, bassie ?*

– Quoi ?

– Les après-midi, *ja ?* La sieste. Pas de petit dodo pour *Bassie* ?

– Pourquoi parles-tu comme ça ?

– Le veld ? Plein d'épines, mais bon, *hein ?* Pas sommeil. Oh *Bassie* y a vécu des aventures croustillantes, il est heureux ! »

Il se brosse encore un peu les dents, tire la langue, la tord, la nettoie.

« Que veux-tu que je te dise ?

– Que tu me dises ? »

Il me regarde comme s'il ne m'avait jamais vu de sa vie. Il me menace de sa brosse à dents. « Pas un mot. » Et il poursuit tout bas, dans un grognement : « *Monsieur, je regrette, mais il s'agit d'une information confidentielle, classée top secret.* » Il fourre de nouveau la brosse dans sa bouche.

Une poule passe en se pavanant, Pohamba se lève et, sa brosse à dents dans la bouche, tente de lui régler son compte, mais la rate. Sa tong atterrit dans l'acacia. La poule s'ébroue, puis reprend sa promenade comme si de rien n'était. Pohamba rentre dans sa chambre se rincer la bouche.

86

UN PIANO POUR GOAS

Prenons-nous-en à présent à Sylvia, la mère de Kaplansk. Lors d'une réunion de la Ligue des électrices du grand Cincinnati, chapitre d'Avendale, elle le mentionna en passant à Ruthie Goldblatt, qui en fit part à Kitty Levine, qui le répéta à Bebe Pomerantz. Ce qui suffit amplement. Le fils de Sylvia enseigne dans une adorable petite école, quelque part au fin fond de l'Afrique. J'ai oublié où. En *Nou mi Babie ?* Peu importe, ils ont désespérément besoin de dons. Désespérément besoin. Des dons de quelle sorte ? Oh, de toute sorte ! Un don est un don ! Et qui plus est, Bebe, ajoute Kitty, Sylvia dit que ces enfants n'ont rien, mais *rien*. Eh bien ! si mes souvenirs sont bons, j'ai un vieux piano à la cave, dit Bebe Pomerantz. Ce devait être celui de la sœur de la mère de Miles. Elle est morte jeune, la pauvre. Ils disent qu'elle avait remporté des prix.

Géniale, cette idée ! Envoyons-leur Chopin ! Envoyons-leur Debussy !

Quatre semaines plus tard, une caisse en bois de plus de deux tonnes atterrissait tel un météore au bureau de poste de Karibib en fanfare. Elle avait fait tout le trajet depuis la baie de Walvis dans son propre camion et le directeur du bureau de poste avait lui-même prévenu le principal de l'arrivée d'une « énorme caisse ».

Mavala annonça la création à Goas d'une section musique. Elle chargea des élèves qui avaient été punis de débarrasser la réserve. Le piano fit la une du *Goas Harbinger*.

Obadiah écrivit :

Ce qui est important, mes amis, mes frères, habitants de Goas, au sujet de la musique et de notre nouveau piano dont l'arrivée est imminente, c'est qu'ils incarnent l'infinie variété des créations divines. Quatre-vingts touches ! Donnez-moi ces quatre-vingts touches et je répéterai pour vous le miracle de la Création. Au nom de Goas, je souhaite exprimer à la mère de Kaplansk qui a beaucoup souffert, une vraie sainte, notre profonde gratitude pour ce don incomparable à l'égard de notre modeste institution…

Theofilus nous emmena, Festus, Pohamba et moi le chercher dans le camion du prêtre. Notre retour rappelait celui de combattants victorieux. Debout sur la caisse, Pohamba tournoyait en pianotant *Tea for Two* sur la tête de Festus. De partout les garçons accoururent pour aider à soulever la caisse, deux élèves de huitième se firent même piétiner. Le prêtre et le directeur allèrent jusqu'à accepter de figurer l'un à côté de l'autre lors d'une petite cérémonie en l'honneur du piano. Debout, le container à leurs pieds tout-puissants, aussi bedonnants que s'ils avaient été « enceints », les deux hommes refusaient de se regarder. L'Église contre l'État dans la bataille de la panse. Le directeur déclara que la musique était un grand facteur d'équilibre, l'avenir de la démocratie africaine. Le prêtre y voyait plutôt la voie du salut pour nos âmes pécheresses. Mavala pleura de joie, quant à Tomo, il trottina jusqu'à la caisse et y planta ses dents.

Toujours est-il que toute la nuit, oui, toute la nuit nous avons essayé. Sans doute au fond de nous-mêmes, étions-nous des optimistes, y compris Pohamba. Sans doute au fond de nous-mêmes, partagions-nous le regard bienveillant que portait Vilho sur l'humanité. Toute la nuit nous avons cogné, scié, cloué, collé, prié, espéré. Nous avons enfin quitté la nouvelle salle de musique à huit heures du matin pour tenir une conférence de presse dans la cour et annoncer qu'on ne pouvait pas davantage transformer en piano le bordel qui était dans la foutue caisse que redonner vie à un bel oiseau fringant à partir des plumes du coq auquel on avait tordu le cou pour le dîner. Mavala fondit à nouveau en larmes, de rage cette fois.

« Qui êtes-vous pour faire traverser l'océan à une merde pareille ? »

Je me suis retrouvé à prendre la défense de Bebe Pomerantz et des bonnes gens de Cincinnati, dans l'Ohio. Se pouvait-il que tout ce fatras, ces planches, ces touches, ces fils métalliques, ces pédales en cuivre, ait été, dans une vie antérieure, un piano digne de ce nom ?

« Une traversée difficile ? » avançai-je.

La nuit tombée, nous nous rendîmes à la version namibienne de Stonehenge, un alignement de blocs de granit dénué de tout mystère, où nous fîmes rôtir une chèvre sur les vestiges du piano. Festus lui trancha la gorge, pendant que je lui coinçais la tête entre mes genoux et me délectais de ses vagissements, comme s'il s'agissait de Bebe Pomerantz. Et nous avons bu à la seconde destruction du piano. Chaussée de ses escarpins, perchée sur un des rochers, serrant un bout de viande, Mavala déclara : « Ce soir, je maudis Cincinnati, je la maudis au-delà de…

– Elle est déjà maudite », achevai-je.

Ivre et furieuse, ne tenant aucun compte de nous, Mavala se contorsionnait dans la fumée rabattue par le vent, à la lumière mouvante du feu. Au lieu de me lever et de la laisser abreuver mes oreilles d'injures, j'ai préféré me terrer dans ma honte de citoyen de l'Ohio et j'ai écrit :

Chère mère de Kaplansk, toi qui as tellement souffert,

Je regrette, mère. J'ai tant de regrets à ton égard, aussi comprends, s'il te plaît, que c'est encore plus contrit que d'habitude que je viens te dire que aussi longtemps que je vivrai – et cela s'applique également à ma dépouille – je ne remettrai jamais ne serait-ce qu'un orteil à Cincinnati, dans l'Ohio. Rassure-toi, je suis en bonnes mains. Elle s'appelle Mavala Shikongo. Tu m'as toujours dit et répété que tu étais la première à admirer ceux qui ont de l'audace. Je pense à ta passion pour Geraldine Ferraro. J'aimerais que tu rencontres ma destinée, ma destination, ma désintégration. Une ancienne combattante de la guérilla. Elle peut vous démonter un AK-47 en dix-sept secondes. Elle est puéricultrice. Aie la gentillesse de grandement remercier Bebe pour le piano.

Avec tout mon amour,
Kaplansk

Les autres jours, c'était moins le soleil qui se levait que le veld qui surgissait des ténèbres. À moitié réveillé, un escarpin dans la main gauche, je contemplais l'horizon sanguinolent. Les autres s'étaient débrouillés pour rejoindre leur lit. Seuls Obadiah et moi avions dormi à la belle étoile. Du piano, il ne restait que quelques clés tailladées et noircies, qui avaient survécu à l'holocauste.

Je secouais Obadiah pour le tirer de son sommeil et nous prîmes le chemin du retour. J'avais fourré la chaussure de Mavala dans mon pantalon. Un vent matinal inhabituel soufflait sur le veld, des bourrasques de sable ralentissaient nos pas, nous avions l'impression d'être en apesanteur.

87

TOMBES

Elle mord dans une poire et s'arrête de mâcher pour me reprocher de ne pas avoir d'argent. Étant donné que les Américains sont censés avoir de l'argent, j'ai dû me dire qu'en venant ici, je n'aurais aucun mal à faire fortune – exemple typique du colonialiste, je ne suis venu ici que pour piller.

« Qu'y a-t-il à piller par ici ?

– C'est ce que je n'arrive pas à comprendre.

– De toute façon, j'ai de l'argent.

– Combien ?

– Un peu.

– Où ça ?

– Placé en actions.

– Des actions ! Carnivore de capitaliste ! *Il est placé en actions*... Tu pourrais quand même avoir un plus gros *enogo*. N'est-ce pas ce qu'ils disent, là-bas en Amérique, que les Noirs ont des pénis gigantesques ? Les gens croient à des conneries pareilles ?

– Mon grand-père était pantalonnier. Je suis un prolo.

– Alors tu n'as pas de commentaire à faire sur cette histoire de pénis ? »

Étouffés pour ne pas réveiller Tomo, les mots s'évanouissent, ils roulent sur la nappe que nous cachions parmi les rochers. Une vieille nappe à carreaux. Donnée par Antoinette pour que Pohamba et moi mangions un peu moins comme des chacals. Chaque fois que nous allions là-bas, il nous fallait en secouer le sable. Peu à peu, nous nous sommes équipés en douce, cachant notre butin derrière les tombes. Un oreiller, un drap-housse, un parasol qui nous donnait encore plus chaud, une bombe contre les fourmis, des livres de la bibliothèque. Des après-midi de déshabillage à la hâte, qu'on ne pouvait appeler des escapades – nous ne partions ni loin ni bien longtemps. Mavala se déboutonne lentement. Un bouton après l'autre. Elle pousse chaque petit bout de plastique dans sa fente. En regardant le veld, pas moi. Soudain elle se relève et se débarrasse de sa robe. D'un coup. Elle bâille. Aucune revendication quant à nos rapports sexuels, elle se plaint juste de ceux que nous n'avons pas eus. Nous espérions des moments plus forts, mais nos rapports étaient hâtifs, incommodés par la chaleur et le sable. Elle ouvre un préservatif avec ses dents. Enfin nous étions seuls avec les criquets pèlerins que nous veillions à ne pas écraser en leur roulant dessus.

« Davey ?

– Ouais ?

– Davey Concepcion ?

– Ouais.

– Touche-moi.

– Où ?

– Ici.

– Ici ?

– Et un peu plus bas.

– Et ici. Attends, Davey, doucement, Davey, trop vite, Davey… »

88

SA MAJESTÉ LA LOI

La court vous dict, que le Faquin qui a mangé son pain à la fumée du roust, civilement a payé le Roustisseur au son de son argent… Ordonne la dicte Court que chascun se retire en sa chascuniere : sans despens, et pour cause.

Rabelais

Le progrès, se plaisait à répéter Obadiah, c'est un système judiciaire efficace qui repose uniquement sur les principes d'équité absolue de la justice. Un jour, il reçut une lettre officielle du cabinet de maîtres Tuhadeleni, Enkono, Sheehama & Associés, Windhoek.

Cher Monsieur,

Nous avons l'honneur de vous informer par la présente que le véhicule mentionné ci-après, une Datsun 180B, 1979, VIN # 3972268377AC12, actuellement en votre possession et sous votre garde, fait l'objet d'une requête déposée auprès du tribunal d'instance de Windhoek, concernant ledit véhicule. Par acte du 31 mai 1991 émanant de S. Vivier par l'intermédiaire de Maîtres Tuhadeleni, Enkono, Sheehama & Associés, Windhoek, nous vous précisons que l'action susdite et dûment enregistrée est la conséquence d'un impayé concernant une réparation estimée à 32 185,11 rands remontant au 11 avril 1977. Veuillez consulter le décret n° 59 (a), qui prévoit l'immobilisation d'un véhicule quand les critères en sont réunis comme dans le cas présent où la somme due n'a pas été entièrement et immédiatement honorée. Veuillez également consulter l'affaire Alamagamated Engineering / Ministère du Travail (1949) (3) SA (A) 337 661, puisque la personne ayant fait valoir son droit de rétention a un intérêt direct et substantiel eu égard à l'objet du droit de rétention ci-dessus mentionné. Voyez aussi à ce sujet : Tokien Butchery (1974) (4) SA (T) 893.

Nous nous sommes assis dans la Datsun et nous avons lu et relu cette lettre.

« Je crois qu'ils veulent de l'argent », dis-je.

Obadiah retira ses lunettes. Il souffla sur un des verres après l'avoir à moitié fourré dans sa bouche, le retira de là et l'essuya. Il fit de même avec l'autre, puis il appela un élève de septième, Nashikoto, puni pour avoir arrosé le poulailler au jet d'eau et tenté de noyer les poulets.

« Va chercher du renfort. »

Nashikoto revint quelques minutes plus tard avec d'autres garçons. Nous descendîmes de la voiture ; Obadiah, en peignoir, s'assit sur le capot, lut la lettre et conclut :

« Bénie soit cette nation, ses magistrats, son ministre de la Justice, sa Constitution. Mais avant tout, prions pour maîtres Tuhadeleni, Enkono, Sheehama & Associés et rendons grâce pour le poème qu'ils ont adressé par pli recommandé à Obadiah Horaseb. *Amen.* »

Il descendit alors de sa tribune, le capot de la Datsun, contempla quelques instants sa chère voiture. « Allez-y, enterrez-la », ordonna-t-il.

Ça a pris le reste de l'après-midi. Étrange mausolée de la forme d'une Datsun. Observez la majesté du *corpus juris*, dit Obadiah, les bras tendus, les paumes vers le ciel, la justice en personne.

89

POHAMBA

Des mois depuis le déluge de Dikeledi. Les rares touffes vertes qui ont résisté jusqu'à l'été ne sont plus que souvenirs. Seules poussent dans le veld ces bizarres toiles d'araignée qui semblent flotter. Le matin, en signe d'accueil, elles nous caressent le visage, humides de rosée. À part ça, les jours sont longs et secs, et les vaches n'ont plus que la peau sur les os. Tout le monde dit qu'il fait trop chaud, même pour la saison.

Les mains dans le dos, Pohamba fait les cent pas, du brasero jusqu'à sa porte, de l'acacia jusqu'à sa porte. Il me regarde des pieds à la tête. Assis, adossé à un pneu, j'essaie de lire. Il continue ses allées et venues. Un samedi sans une goutte d'alcool, aucun moyen de se rendre à Karibib, son ennui vire à la colère. Putains de Boers, dit-il. Putains, *poutains* de Boers ! Certes, la relation de cause à effet depuis les débuts du colonialisme, en passant par l'apartheid – et en allant jusqu'à se demander ce que fout cette école dans ce trou perdu –, justifierait de blâmer les Boers pour le manque de transports locaux, mais aujourd'hui, pardonnez-moi, j'essaie simplement de lire un peu, c'est tout. Je lance mon sachet de thé aux poulets.

« Écoute, dit-il, ce qui est arrivé à un ami de mon oncle Johannes. Un soir, on frappe à sa porte à une heure tardive. Comme un coup de marteau sur votre crâne quand vous rêvez. L'homme se lève pour aller ouvrir. Visite nocturne de la police militaire. "Que puis-je faire pour vous, messieurs ?" "Kaffir, nous avons appris par nos services de renseignements que ton fils appartenait à la Swapo. Nous allons maintenant punir le géniteur d'un terroriste." Et les voilà qui traînent le vieil homme hors de chez lui, l'attachent à une chèvre retenue par sa longe à un arbre. Ils retournent à l'intérieur. Et sa légitime depuis quarante-huit ans ? Pourquoi ne vas-tu pas écrire ça, Kaplansk ? Pourquoi ne vas-tu pas chercher un crayon pour écrire ça ? Eh ! bien, si tu veux savoir, ils lui ont fourré un chiffon dans la bouche. Et lui est dans la cour marié à une vieille bique. »

Pohamba suçote ses dents, il me regarde. Je suis affalé contre la porte. Nous restons là un moment. Je relis la même phrase : *Je voulais acheter trois chevaux acceptables pour ma britzka. Je voulais acheter trois chevaux acceptables pour ma britzka. Je voulais acheter trois…*

« Tu ne veux pas aller en ville dit-il enfin. Si on se met en route, on pourrait se faire une bonne soirée.

– Non merci.

– Qu'est-ce que tu lis ?

– Toujours ce bouquin de Tourgueniev.

– C'est un Russe ?

– Ouais.

– Un coco ?

– Je ne crois pas. Disons, socialiste sur les bords.

– Riche ?

– Je ne sais pas. Sans doute.

– Tous les socialistes sont riches. C'est pour ça qu'ils sont socialistes.

– Il soutenait les serfs.

– Tu n'aimes pas mon histoire ? Tu en as de meilleures histoires à lire ?

– Si, je l'aime bien ton histoire. »

Pohamba s'avance vers moi, il lève un pied chaussé d'une tong à hauteur de mon visage. Il vacille. Je laisse tomber le livre dans le sable.

« Vas-y, cogne ! » Il agite le pied sous mon nez. « Il soutenait les serfs, dit Pohamba. Bravo pour lui ! »

90

LES CLANDESTINS

Ils surgirent du veld un vendredi alors que nous nous rendions à la réunion du matin par une impitoyable canicule. La leçon de morale portait ce jour-là, si je m'en souviens bien, sur l'importance d'une bonne hygiène dentaire dans une démocratie émergente. Le directeur nous lut un article du *Namibian* sur le taux affolant de caries en Ombalantu. « Les citoyens doivent se servir de fil dentaire. Une nation se doit de veiller à sa santé buccale. Pour ma part, je préfère le fil dentaire ciré. Maintenant, regardez-moi. »

Nos yeux étaient encore à peine ouverts, la caféine n'ayant guère d'effet sur nous le vendredi. Là-dessus, on frappa à la porte, ce qui nous surprit car les élèves se seraient bien gardés de perturber ce rituel. Le directeur se concentrait sur un endroit particulièrement stratégique au fond de sa bouche. « Ouvrez », ordonna-t-il, pointant le doigt vers Mavala. Il n'aimait rien tant que lui donner des ordres en public. Par curiosité plutôt que par obéissance, Mavala s'exécuta. À leur vue, elle tomba à genoux, sa tasse de café à la main. Plus tard, elle dit qu'elle ne savait pas pourquoi, juste qu'ils avaient quelque chose de poignant. Ils n'étaient pas débraillés. Le plus inquiétant c'était justement qu'ils avaient l'air presque trop propres. Ils firent semblant de ne pas voir les bras ouverts de Mavala. Ils parurent tout de suite comprendre que celui avec la cravate qui se passait du fil entre les dents était le chef. L'un des deux garçons était grand et dégingandé, les bras très maigres et les mains très longues.

L'autre, court sur pattes, nous jaugeait du regard. Nous étions des privilégiés. Nous ne savions pas ce que c'était de souffrir. Tout ce qui comptait pour nous dans la vie, c'était notre café et notre sandwich aux œufs et aux tomates de la pause du matin. On ne se voit jamais aussi clairement que dans les yeux d'enfants qui ne sont plus des enfants.

Pas une fois la fille ne leva les yeux qu'elle garda fixés sur ses pieds crevassés par le soleil et pleins d'ampoules, mais pour ainsi dire trop propres. Ce n'était semblait-il pas par crainte. Elle donnait l'impression d'avoir dépassé toute peur. Elle portait une robe bleu ciel ornée de volants joliment brodés qui, d'après Mavala, aurait pu être sa robe de première communiante. Sans doute le grand garçon était-il son frère. Ils avaient les mêmes petits yeux inquiets. Il se tenait près d'elle, le bord de ses pieds nus touchant les siens. L'autre garçon s'adressa au directeur.

« Nous bonjour professeur.

– Bienvenue, mon enfant. D'où venez-vous ?

– Nord, professeur.

– Loin au nord ? »

Le garçon hésita.

« La frontière.

– De l'autre côté ?

– Oui.

– Vous fuyez ?

– Oui.

– Quoi ? »

Le garçon hésita à nouveau.

« Les combats, professeur.

– Savimbi ? »

Le garçon se garda bien de prendre parti, même dans un autre pays, même aussi loin au sud qu'à Goas.

« Juste les combats, professeur.

– Des parents ?

– Aucun.

– Comment êtes-vous arrivés ici ? Qui vous a amenés ?
– Nous avons marché, professeur.
– Marché ! Depuis l'Angola !
– Oui.
– Impossible ! s'écria le directeur. C'est à huit cents kilomètres ! »

Le garçon demeura impassible. Il semblait évaluer le directeur, et conclure qu'il n'était pas idiot, juste grandiloquent.

« Nous avons marché, professeur », répéta-t-il posément.

Pour la première fois, le directeur regarda leurs pieds.

« Vous avez faim ?
– Non, professeur.
– Vous avez besoin d'un endroit où dormir ?
– Non.
– Que voulez-vous alors ? »

Cette fois le garçon n'hésita pas.

« L'école.
– Quoi ?
– Nous voulons aller à l'école, professeur. »

La vérité pure et simple. Ni de quoi manger, ni où dormir, juste l'école. Le directeur haussa les épaules, satisfait qu'ils soient venus le voir lui plutôt que le prêtre. Si le père avait abrité ces agneaux, le directeur se serait trouvé à la limite de la juridiction de la ferme pour la police de Karibib et ces trois-là auraient pu être déportés illico et réexpédiés à la guerre civile, au Dr Savimbi, à l'arrière d'un camion à bestiaux.

« Il y a de la place dans notre auberge, les enfants », dit-il.

Pendant environ une semaine, ils vinrent tranquillement assister à nos cours. Quand on manquait de chaises, ils s'asseyaient par terre. On leur donna des crayons et du papier, mais ils n'écrivaient pas grand-chose. Ils passaient de classe en classe, telles de bienveillantes versions de ces inspecteurs redoutés qui, une fois par trimestre, arrivaient à Goas sans crier gare pour nous évaluer d'après la vieille échelle du système éducatif bantou allant de *Goed* à *Swak*. Ils commençaient, en général, par la classe de Mavala et terminaient chez les cinquièmes de Pohamba. Ils récoltaient ainsi ce que nous pouvions leur offrir en matière d'éducation, et qui dépassait sans doute leurs attentes. Ils ne parlaient ni aux élèves, ni même entre eux. Même le courtaud, sa première audace passée, se mit à vivre comme n'importe quel autre élève. Mavala se hasarda un jour à lui parler, curieuse de savoir comment ils avaient échoué là, essayant de le mettre à l'aise, mais il se détourna sans mot dire.

Dehors, près des tombes, elle remarqua : « Il ne parle que quand c'est nécessaire. Moins on en dit, mieux on se porte.

– Tu ne dis rien. »

Elle haussa les épaules. Un simple mouvement d'épaules pour s'allonger, le sable crissa.

« Je n'ai rien à dire.

– Je ne te crois pas. »

On ne sut jamais leurs noms, ni quoi que ce soit de ce qu'ils avaient vécu. Bien sûr, le poste de radio d'Obadiah et les journaux vieux d'une semaine nous en donnaient une vague idée. Nous aurions pu imaginer bien des choses si nous en avions eu le courage. Des soldats lançant des bébés en l'air et leur tirant dessus sous les yeux de leurs mères. Mais qui peut concevoir pareille barbarie ?

Ils ne s'attardaient jamais. Tous trois arrivaient à l'école le matin après le second tintement du triangle et s'en repartaient sitôt le dernier cours terminé. À la récréation, ils allaient tous seuls dans le veld.

En classe, silencieuse ou pas, la jeune fille monopolisait l'attention. Il était clair qu'elle faisait fantasmer les garçons. Son regard, rivé sur le tableau, reflétait une certaine tristesse. Elle semblait inconsciente de l'effet qu'elle produisait sur ses camarades. Le seul moment où elle extériorisait le moindre sentiment était lorsqu'elle regardait son frère. Parfois, en cours, elle lui caressait la joue, les autres se pâmaient d'envie. L'autre garçon était à l'évidence capable de se prendre en charge. Elle semblait, en revanche, inquiète pour son frère, timide par nature, qui ne la quittait pas d'une semelle : qu'allait-il advenir de lui ?

Après leur départ, un garçon découvrit qu'ils avaient vécu dehors, en retrait de la route. Theofilus devait être au courant. Sans doute leur donnait-il de quoi manger, et eux-mêmes l'acceptaient-ils de la part d'un être aussi discret que Theofilus. Il ne nous l'a jamais dit. Mais quand ils étaient parmi nous, personne, pas même la plus forte tête des cinquièmes, ne les avait suivis jusqu'à l'endroit où ils s'en retournaient dormir. À mon avis, la seule explication plausible était que, sans que l'on sût pourquoi, tout Goas reconnaissait que cette infime parcelle du veld était leur chez-eux temporaire, au milieu de ce territoire où ils étaient des clandestins.

Ils nous quittèrent aussi soudainement qu'ils étaient venus. Personne ne les chassa.

91

LE PARC AUX SERPENTS

Nous avons loué un bakkie à Felix Desconde. Aux dires de Pohamba, Desconde était l'homme le plus riche de Karibib, et il possédait un parc de Toyota qu'il louait à des taux usuraires. Desconde possédait également l'épicerie, la quincaillerie, sans oublier la marbrerie à la sortie de la ville. Homme du peuple, il voulait vivre avec les siens, aussi construisit-il une maison de deux étages, un simulacre de château doté d'un garage pour quatre voitures, entouré de barbelés acérés et gardé par huit chiens.

Nous étions tous du voyage. À l'instant où nous quittions Goas, Tatie accourut – du jamais-vu – et s'abattit sur nous. En la voyant arrimée par les seins au hayon du pick-up, nous n'eûmes pas d'autre choix que de la hisser à bord. Nous roulions dans un bruit de ferraille sur la C-32, quand nous aperçûmes miss Tuyeni qui se promenait dans le veld. On prêtait de moins en moins attention à elle, sans doute encore moins qu'à Tatie.

Seule, elle ressemblait davantage à Mavala que lorsqu'elles étaient côte à côte. Elles avaient les mêmes épaules. Vilho suggéra de lui proposer de se joindre à nous, mais la radio faisait un tel bruit que Pohamba ne l'entendit pas. Miss Tuyeni ne tourna pas la tête quand nous la dépassâmes, au lieu de cela, elle se baissa, retira sa chaussure et la secoua pour se débarrasser d'un petit caillou.

Situé au bout de la C-32 en direction d'Otjimbingwe, le parc aux Serpents d'Erongo était géré par un vieux couple de Polonais. Comment ils avaient échoué dans une attraction touristique le long d'une route où jamais un seul touriste ne se fourvoyait demeurait un mystère. Toujours est-il qu'ils étaient déjà là bien avant l'indépendance. Une Mercedes en triste état était garée devant un bungalow aux fenêtres condamnées. Ils étaient lilliputiens, ces Polonais, à croire qu'ils avaient fondu au soleil. La Mercedes leur servait de guichet pour la vente des billets et sans doute leur servait-elle aussi de logis. Ils étaient assis dedans à notre arrivée. Le parc aux Serpents comportait sept ou huit cages en verre qui n'avaient pas été nettoyées depuis des années si bien qu'on avait du mal à voir les serpents. Les cailloux et le sable à l'intérieur des cages rappelaient le paysage extérieur. Dans l'une d'elles, on entrevoyait derrière le dépôt vert sur la vitre deux vipères entrelacées façon bretzel.

« Crois-tu qu'elles s'ennuient plus d'être en cage ou d'être ensemble ? demanda quelqu'un.

– Ensemble.

– En cage.

– Ensemble. »

Nous passâmes à la cage suivante, un python géant solitaire et aussi immobile qu'un pneu.

Je ne me souviens pas de grand-chose d'autre, si ce n'est de la chaleur, du flou général de cette journée d'ébriété et des reflets du soleil sur les cages.

Au retour, Mavala coiffa le chapeau d'Obadiah, une espèce de béret à damier, parfait pour voyager en Écosse, disait-il. Il s'envola et fila comme un frisbee dans le veld, mais Pohamba refusa de s'arrêter. Après tout, c'était son voyage. Il avait loué le camion. Il avait tout organisé pour nous. Épuisés, assommés par la chaleur, nous le décevions, car nous n'avions plus envie de nous amuser, il n'allait donc pas s'arrêter pour un foutu béret écossais !

92

CLOISONS

« Hé ! Roméo, quel goût elle a ?

– Je refuse de répondre.

– Dis-moi, est-ce qu'elle satisfait tes appétits ?

– Crève !

– Tu veux donc que je me tue ? Et mes élèves qu'est-ce que tu en fais ?

– J'assurerai tes cours.

– Et le pape ?

– Il s'en fichera, un mécréant de moins.

– Tu crois que je n'ai jamais connu le grand amour, Roméo ? »

Ce n'est pas une question, c'est un aveu public. Je le laisse en suspens dans l'obscurité. Qu'il se le cloue sur le front. La nuit est un trou dans lequel je tombe, ses cloisons sont comme du papier à cigarettes. Sa voix me rappelle l'objectif d'un appareil photo équipé d'un haut-parleur, comme si je me trouvais dans une version technologique rudimentaire de *1984*. J'attends qu'il ajoute quelque chose. Peut-être a-t-il fini par s'endormir. Pas une plainte des ressorts du lit. Pas un bruit de respiration. Rien.

93

TOMBES

Tous les deux allongés sur Grieta, elle dans un sens, nous dans l'autre. La tête renversée de Mavala pend de la pierre tombale. Une épine lui a égratigné la joue gauche. Elle mange du fromage. Elle me le tend.

« Non merci.

– Tu n'aimes pas le cheddar ?

– Si. Mais je viens de déjeuner.

– Qu'est-ce que tu as mangé ?

– Du thon et de la soupe au chou.

– Qui a préparé la soupe ?

– Dikeledi nous l'a fait porter.

– *Dikeledi, Dikeledi, Dikeledi*. Vous, les hommes, vous nous aimez muettes. Pourquoi est-ce que j'ai faim comme ça ? Ces foutus préservatifs. Si je suis enceinte, je ne veux pas d'un enfant qui soit de la couleur du beurre rance.

– C'est à ça que je ressemble ? »

Elle m'embrasse le menton.

« Pardon, mais ça varie selon l'éclairage.

– Je me demande bien pourquoi j'écoute toutes ces conneries, alors que je pourrais être dans un vrai lit. Seul. Tranquille.

– Pourquoi es-tu venu ici ?

– Ça m'a paru une bonne idée à l'époque.

– Quoi ?

– De venir sauver les petits Noirs.

– Viens ici, professeur.
– Non, *viens, toi,* professeur.
– Dis-m'en davantage sur Neige Pinkus.
– Ondée.
– Neige est une garce. »

Nos jambes sont entrelacées. Elle tient toujours le morceau de fromage.

94

TOMBES

« J'ai envie de lui cracher dessus.

– Sur qui ?

– Grieta.

– Pourquoi ?

– Tu veux vraiment savoir pourquoi ?

– Oui.

– Écoute. On m'a rapporté cette histoire à leur sujet. Une caravane de chariots à bœufs en provenance de l'État libre traverse le Kalahari. Le grand voyage vers l'inconnu. Leur deuxième jour sans une goutte d'eau. Ils sont perdus dans le désert. Un de leurs bébés meurt. Pas le temps de s'arrêter, le père prend l'enfant et le jette dans le veld, non par cruauté, mais pour sauver les autres gosses et parce qu'il faut avancer. C'en est trop pour la mère qui s'élance pour aller récupérer son enfant mort. Ils s'arrêtent donc, juste assez pour creuser un petit trou et réciter un *Notre-Père*. Au moment de repartir, un autre enfant meurt. On remet ça. *Notre-Père*. Cette terre a fait des Boers de vrais indigènes, pas vrai ?

– Ça en a tout l'air.

– Mais quand ils nous ont vus, ils ne se sont pas reconnus en nous.

– Alors tu craches ou pas ?

– Moi, je crache.

– Et nous ?

– Quoi, nous ?

– Ce que nous faisons, nous. Ici. Ce n'est pas de la profanation ?

– C'est rien ça, chéri. »

Là-dessus, elle s'éloigna de moi en se roulant dans le sable, laissant ses ondes tièdes parer sa nudité.

95

TOMBES

« Regarde-moi. Dis-moi ce que tu vois.

– Tu arrives à dilater les narines comme ça, sur commande ? J'ai toujours…

– Tu veux dire que tu n'y arrives pas, toi ? C'est facile, voyons, il faut juste…

– Mais j'essaye, j'essaye.

– Chhuut. Tais-toi et regarde. »

Ses ongles s'enfoncent dans mon bras, une mort vernie de rose… « Regarde. »

Au lieu de cela, je m'approche d'elle. Elle devient floue. Je m'approche encore, nos visages se heurtent.

Mavala se lève et s'en va, au pas. Une deux, une deux, elle balance les bras, lève mécaniquement les genoux. Elle s'enfonce dans le veld. Elle enlève tout, blouse, collier, soutien-gorge, jupe – laissant derrière elle des petits tas sur le sentier aux chèvres. Elle pénètre dans le veld, en direction de la C-32, traverse une rivière de sable, ne s'arrête pas. Je lui cours après, ramasse ses affaires. Elle ne se retourne pas, mais poursuit son chemin en hurlant : « Lépreuse ! Laissez passer la lépreuse ! »

96

DR SAVIMBI

La Namibie n'a jamais eu les honneurs de la BBC. Qu'auraient-ils dit ? *Calme relatif aujourd'hui dans cette nation qui a récemment acquis son indépendance…* Nous devions donc nous contenter des nouvelles de l'Angola et de l'Afrique du Sud, assez sanglantes pour alimenter les informations radiophoniques.

Une nuit, je rêvai que la BBC avait annoncé que Jonas Savimbi avait été assassiné, déchiqueté par une grenade à main. Le lendemain matin, je claironnai dans toute l'école : « Savimbi est mort !

– Qui te l'a dit ?

– Je l'ai entendu, hier soir, à la BBC. »

Vive la BBC ! La BBC ! Le soleil se lèverait-il si la BBC n'existait pas ? La Terre continuerait-elle de tourner ? La marée de monter ? De descendre ?

De sa classe, Mavala cria : « Ce foutu Bantoustan a enfin eu ce qu'il méritait !

– Ça va être la fin de la guerre là-bas, dit Pohamba.

– Et maintenant, nos nomades clandestins vont s'en retourner chez eux », acheva Vilho.

Ce soir-là, nous nous réunîmes chez Antoinette et Obadiah et nous attendîmes. Obadiah faisait tremper ses pieds dans de l'eau salée, pour soulager ses cors. *Bip, bip, bip. BBC, les informations. Treize heures, heure de Greenwich. Les gros titres de l'actualité, Wynford Vaughn-Thomas. Depuis deux jours, la capitale de la Slovénie, Ljubljana, a été le terrain d'affrontements entre troupes fédérales et manifestants qui exigent la création d'un État slovène indépendant... En Angola, le Dr Jonas Savimbi, leader rebelle de l'Unita, a une fois de plus violé le cessez-le-feu, on nous informe que ses hommes se dirigent maintenant vers Huambo. Le président du Zaïre, Mr Mobutu Sese Seko, a reconduit son engagement en tant que médiateur dans ce conflit... Galilée gracié. Le Vatican a annoncé aujourd'hui la réhabilitation de Galilée, condamné pour hérésie. Il a également confirmé que la Terre était bien ronde.*

Obadiah éteignit la radio.

« Bien joué, Kaplansk, dit Pohamba.

– Vas-tu m'en vouloir de rêver ?

– On m'a puni toute ma vie pour ça, dit Pohamba.

– Prenons un verre, dit Obadiah qui nous servit un peu de Zorba. Je porte à votre attention la question suivante : quelle médecine, ce Méphistophélès de docteur pratique-t-il, au nom du ciel ? »

Nous réfléchîmes.

La gastrologie ?

La démonologie ?

La scientologie ?

« Aaaaaaaha ! » Obadiah leva les pieds et nous les montra. Puis il les reposa, se leva et se mit à piétiner dans la cuvette, éclaboussant tout ce qui se trouvait autour de lui. « Ah ! Il les fait marcher ses troupes ! Imaginez un peu les dégâts que toute cette violence et ce saccage peuvent causer à vos plantes de pied. Notre homme est podologue ! Halte là, messieurs, montrez vos petons au gentil docteur ! »

97

ANTOINETTE ET OBADIAH

Quand nous parvenait à Goas le récit d'une vraie catastrophe, Antoinette accusait les morts de commérages. Sœur Ursula, adjointe au dispensaire d'Usakos, appela le directeur pour lui dire que l'un de nos élèves, Nicholas Kombumbi, un garçon de huitième, avait été tué lorsque le bakkie qui le ramenait d'un week-end à Windhoek chez ses parents s'était retourné sur la C-32.

Antoinette s'effondra dans le sable, se couvrit les oreilles de ses mains, et supplia les morts de cesser leurs racontars. Ça suffit, monstres que vous êtes ! Arrêtez ça !

Son quotidien était très organisé : récurer les casseroles, laver le linge, faire mettre les garçons en rang, les nourrir, les punir. Pour peu que cette routine fût perturbée, elle abdiquait, s'isolait quelque temps.

Obadiah et moi l'aidâmes à se relever. Il s'efforçait toujours de compatir quand elle s'écroulait sous le poids des malheurs d'autrui. Ses propres malheurs, dont lui, Obadiah, était responsable, lui semblaient alors secondaires. Son calme retrouvé, nous nous assîmes tous trois sur le banc contre la clôture du jardin et nous observâmes l'agitation face au bureau du directeur. Debout, le téléphone à la main, il appelait devant tout le monde les parents du jeune garçon – des condoléances cérémonieuses, mais non dépourvues de sincérité. À un moment, en dépit de sa prédilection pour la bienséance, il se laissa tomber sur la marche menant à son bureau, s'affaissa contre le chambranle de la porte, éloigna le combiné de son oreille. À la vue de cette scène, Antoinette repartit dans ses imprécations contre les morts et la malveillance et la mesquinerie de leurs ragots. Obadiah se mit en colère, il en avait ras le bol.

« Nous sommes perdus, dit-il. La superstition mènera ce pays à la ruine. Il y a eu un problème, c'est évident. Peut-être le conducteur était-il ivre, peut-être aussi, étant originaire de Windhoek, ignorait-il les dangers de nos routes de gravier. La mort de ce garçon peut s'expliquer de façon rationnelle. La police enquêtera sur les vraies causes de l'accident et elle établira un rapport officiel. »

Les yeux rivés sur le directeur qui n'avait pas encore réagi aux gémissements que nous pouvions presque entendre de là où nous nous trouvions, Antoinette se pencha pour ramasser une pierre. Elle la caressa en silence. Allait-elle ou non l'écraser sur la figure d'Obadiah ? Au lieu de cela, elle s'agenouilla et se mit à frapper le sol. Avec lenteur, méthode, un coup après l'autre. Obadiah resta assis, raide comme la justice, sans la regarder. Il l'écoutait et, impuissant, observait la foule muette.

98

GOAS

Nos clôtures, contrairement à celle en barbelés coupants de Krieger (il l'avait, disait-on, installée lui-même quand il ne renversait pas les enfants avec sa voiture), étaient un assemblage de bric et de broc : enjoliveurs, tôle, contreplaqué, pièces détachées, ressorts de lit, couvercles aplatis au marteau, boîtes en plastique, briques, peaux de chèvre, boîtes de conserve compressées, vieux meubles, qui, malgré les constants rafistolages de Theofilus, ne nous protégeaient guère et ployaient au vent. Même si les vaches ne s'éloignaient guère de la ferme, tout prédateur – chacal, babouin, hyène, renard du Kalahari, nos amis les hérissons nains, léopard, lapin carnivore, phacochère voire quelque saisonnier rapace embauché par une ferme voisine – était le bienvenu à Goas. Pitoyables, certaines ne prétendaient même plus servir à quoi que ce soit. On appelait « clôtures volantes » ces fabrications artisanales strictement inutiles installées en ces endroits où la terre plongeait dans un lit de rivière asséché : une espèce de cordon de sécurité autour du néant, seule authentique mascotte de Goas.

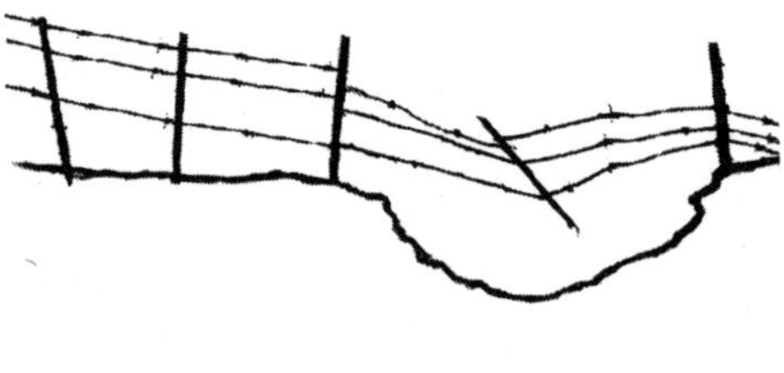

99

VILHO

À l'extérieur de l'église de Goas. Après l'enterrement de Nicholas Kombumbi, Vilho et moi sommes assis l'un en face de l'autre sur les bancs qui allaient jadis avec la table que nous nous sommes appropriée pour notre pique-nique. Dieu qu'elle a dû être lourde à soulever ! Un bloc de béton. Elle doit se trouver quelque part dans le veld, même si personne n'a fourni d'explication satisfaisante quant à sa disparition, si ce n'est que la voler était un défi que les élèves de cinquième de Pohamba ont relevé avec joie. Vilho et moi agitons dans le sable nos chaussures du dimanche. Nous avons décidé de ne plus en parler. Le jeune Nicholas était son élève. Pas le meilleur, mais pas le pire non plus, aussi ne le connaissait-il pas très bien. À présent, il a l'impression de ne pas s'être montré à la hauteur avec lui. La médiocrité du garçon avait en quelque sorte empêché Vilho de voir en lui un être doté d'une âme. Et voilà qu'il s'en va au paradis, méconnu de ceux qui sont censés entretenir son souvenir. J'ai renoncé à enlever ça du crâne de Vilho. Nous regardons le prêtre verrouiller la porte de l'église. Il nous salue d'un solennel signe de tête avant de disparaître derrière le grand portail du presbytère. Deux chèvres efflanquées errent à l'aventure. Vilho tente de se rappeler ne serait-ce qu'un détail au sujet de ce garçon. La dépouille est déjà en route pour Karibib, escortée par des voitures et des bakkies dans lesquels sont entassés la famille et les proches. En cette fin d'après-midi, le vent siffle à nos oreilles. Vilho cesse de remuer les pieds, on dirait qu'une idée lui est venue. Son visage se fige. Il n'y a pas de deuil sans souvenir, et il semble faire des progrès sur ce point. Tous les autres sont partis se coucher, ou sont passés chez Obadiah prendre un verre avant d'aller dormir.

100

NOËL À GOAS

Après-midi de Noël, lumière chaude et grise. Ceux qui ont un endroit où aller sont partis. Antoinette et Obadiah, chez leurs enfants à Windhoek. Festus et Dikeledi, dans leur famille à Gobabis. Le directeur et miss Tuyeni dans le nord. Ils ont filé à pied, en voiture, en camion, en bakkie ou en charrette à ânes. À la ferme c'est le calme plat. La nuit, même quand les garçons dorment, leur respiration anime cet endroit. Aujourd'hui, nous errons comme des âmes en peine, écoutant nos pieds fouler le sable. Le vent est tombé. Il n'y a pas de service religieux. Le prêtre est parti célébrer la messe à Otjimbingwe. Abandonnés de tous, nous nous rendons à l'église, nous asseyons dans le silence ponctué des échos de nos toux respectueuses. Mavala chantonne : « Je suis la résurrection et la vie, dit le Seigneur. Qui croit en Moi, même s'il meurt, vivra. Qui vit et qui croit en Moi aura la vie éternelle. »

Je remarque tout bas : « Ce n'est pas ce que l'on dit aux enterrements ? Aujourd'hui, c'est Noël.

– Il y a bien quelqu'un qui est mort, non ? murmure-t-elle. Et l'élève de Vilho, qu'est-ce que tu en fais ? Comment s'appelait-il ?

– Kombumbi.

– Oui, Kombumbi. Et les autres, tant d'autres. » Elle enfouit son visage dans ses mains.

Ni crèche, ni messe de minuit… Juste Mavala, Tomo, Tatie, Pohamba et moi, sans oublier une poignée de garçons qui, pour une raison ou pour une autre, n'avaient pu rentrer chez eux. Notre présence dans cette église ne s'expliquait que par l'absence du prêtre.

Fraîcheur de l'église dans la pénombre malgré la chaleur à l'extérieur. Une caverne en ciment où l'on entrepose fourrage et pièces de moteur diesel. Un bout de tissu poussiéreux broché d'or recouvre l'autel. Pas de sacristie, juste cette pièce. Une chasuble en velours pend à un clou. Rien sur les murs, juste un christ unijambiste qui se balance au-dessus de l'autel et dont les fréquentes chutes lui valent d'être recloué sur sa croix par Theofilus. Le plus curieux, c'est que ce bâtiment avait été conçu pour être une église, il n'avait pas été construit puis aménagé en lieu de culte, ce qui aurait pu justifier certains détails. De temps à autre, la brise faisait claquer le morceau de plastique qui remplaçait un carreau.

Mavala ne joua pas de l'orgue. Elle se contenta de chanter. Elle ne resta pas longtemps. Elle se leva, se signa et sortit. Elle devait faire la cuisine pour les quelques élèves qui étaient restés.

Pohamba et moi préparâmes des spaghettis. Il passa la soirée à me raconter ses Noëls à Otavi, avec son immense famille. Ils étaient parfois si nombreux qu'il leur fallait louer une salle. Des spaghettis froids pour Noël ? Comment était-ce possible ? Je me demandai pourquoi il n'était pas allé rejoindre les siens cette année. La maison en haut de la route, sans le directeur. J'étais tiraillé entre mon envie d'aller la rejoindre, et son besoin à lui de ne pas être seul, il m'implorait presque de rester avec lui, tout en continuant à raconter ses Noëls à Otavi, à se lamenter sur ce Noël qui ne ressemblait à rien. De la musique, de la danse, des cochons rôtis, et de la bière.

« Et du foie, nous mangeons toujours du foie pour Noël à Otavi.

– Du foie ?

– Pourquoi ne vas-tu pas la rejoindre ?

– T'en fais pas.

– Elle est toute seule pour Noël.
– Non, elle a Tomo. T'en fais pas. »

Nous restons tous deux près du feu, jusqu'à ce que la chaleur tombe et que l'air frais nous réveille.

Troisième partie

UNE BANALE SÉCHERESSE

101

TOMBES

« Je suis une distraction, dis-je.

– Est-ce que j'ai dit ça ?

– Une aire de repos.

– Non.

– Une trêve dans ta vie agitée.

– J'ai dit non.

– Une oasis.

– Si tu veux... Disons, une oasis.

– Un oreiller où poser ta tête.

– Oui.

– Non, je suis une tombe.

– Celle de Grieta ?

– Oui.

– De quoi est-elle morte ?

– De vivre ici.

– C'est ça !

– Et de faim aussi.

– Les Blancs ne meurent pas de faim, voyons.

– N'importe quoi !

– Cite-moi un seul Blanc qui soit mort de faim.

– Les Irlandais. Les juifs. Les Russes. Les Polonais quand ils ne tuaient pas les juifs. Les mormons. Je suis presque sûr que des mormons sont morts de faim.

– Bravo Kaplansk ! Ça arrive aussi aux Blancs de souffrir ! De quoi d'autre est-elle morte ?

– De sa virginité.

– Tu veux dire qu'elle est morte de ne pas avoir eu d'homme dans sa vie ? C'est stupide.

– On a recensé des cas de ce genre. Regarde ta sœur.

– Son problème, c'est précisément d'en *avoir* un.

– Oui, c'est vrai. Mais il est à genoux devant toi.

– Quel homme n'est pas à genoux devant moi ?

– Vilho.

– Vilho ne compte pas.

– Festus.

– Tu crois que Festus me rejetterait ?

– Et toi, tu coucherais avec Festus ?

– Oui, pour dix mille rands.

– Pour dix mille rands, je coucherais avec eux deux.

– Qui ça, eux deux ?

– Dikeledi et Festus.

– Tout ça parce que tu veux Dikeledi. Pour l'avoir, tu prendrais Festus par-dessus le marché.

– Festus occuperait tout le lit. Laisse tomber Dikeledi. Il n'y a que toi.

– Il n'y a que moi. »

102

CLOISONS

L'heure de la réunion du matin approche, Pohamba cogne au mur.

« Je me suis souvenu de quelque chose quand je dormais, dit-il.

– Ça ne peut pas attendre ? »

Je l'entends se retourner. Je l'imagine les mains sous la nuque, qui parle au plafond et sabote joyeusement le sommeil des autres.

« Tu m'as demandé de te parler de l'indépendance. Figure-toi que j'étais au Dolphin le jour des élections. La radio était allumée. Tu connais la patronne ? La femme de Tangeni ?

– La pocharde ?

– Oui, sauf que c'était bizarre. Ce jour-là, elle n'était pas soûle. Il y avait beaucoup de bruit dans la rue, tout le monde faisait déjà la fête, mais dans le bar c'était calme, on était seuls, la patronne et moi. Aux nouvelles, on plaçait en tête la DTA. Ça ne concernait que le sud, vu que les bureaux de vote fermaient plus tôt là-bas. Moins de gens, moins de voix à compter. Tout ce que les gens avaient retenu, c'était que la DTA avait gagné et que la Swapo avait perdu. *La DTA a gagné, la Swapo a perdu.* Tu veux savoir ce qui s'est passé ? Eh bien ! j'ai tout suivi, depuis le comptoir, assis sur mon tabouret. Au lieu de se mettre à crier et à jurer, pas un mot, les gens se sont assis sur la chaussée. Les taxis se sont arrêtés, les chauffeurs et clients sont descendus et les ont rejoints. La femme de Tangeni s'est moquée d'eux en riant si fort qu'elle a failli s'étrangler. Je l'entends encore ! »

Bien sûr, l'information se révéla erronée. Grâce aux centaines de milliers de suffrages dans le nord du pays, la Swapo remporta la victoire. Mais Pohamba veut savoir, il exige une explication, à travers la cloison, à cinq heures du matin. « Pourquoi diable est-ce que je vois tout ce monde sur la chaussée à cet instant ? Alors que je suis dans ce foutu plumard, dans cette foutue Goas ? Dis-moi… »

Je ne réponds pas.

Silence aussi dans l'autre chambre : Vilho ne répond pas non plus.

103

HISTOIRES DE SÉCHERESSE

Le *Namibian* en parlait déjà depuis des mois, s'appuyant sur des rapports d'experts et des statistiques. Les isohyètes des précipitations moyennes de l'année enregistrent une dangereuse baisse... Les tendances de la circulation atmosphérique et océanique qui vont de pair avec... Le changement et la variabilité du climat restent stationnaires... Le bassin hydrographique diminue...

Mais la sécheresse est un non-événement négatif, elle ne fait pas vendre.

Nous ne lisions pas ces articles. Chaque année, c'était la même chose. La seule question était de savoir quelle région serait la plus touchée. Pas de sécheresse faisait la une. Une sécheresse extrême faisait également la une. Tout le reste se trouvait en page 6, après la rubrique sportive. Existe-t-il sur cette terre un désastre moins passionnant ?

104

SALLE DE COURS

Moi, commandant en chef des troupes allemandes, j'adresse cette lettre au peuple herero. Les Herero ne sont désormais plus sujets allemands. Ils ont massacré, ils ont volé ; ils ont tranché le nez, les oreilles de soldats blessés, ils les ont mutilés. Et maintenant, par lâcheté, ils refusent de continuer à se battre... Tous les Herero doivent quitter le pays. S'ils n'obtempèrent pas, je les y contraindrai par les armes. Tout Herero trouvé à l'intérieur des frontières allemandes, qu'il soit armé ou non, avec ou sans bétail, sera abattu. Je n'accorderai le droit d'asile à aucune femme et à aucun enfant, ils seront reconduits parmi les leurs ou exécutés. Telle est ma décision concernant le peuple herero.

Le lieutenant-général du tout-puissant Kaiser,
Lothar von Trotha, 1904

J'attends le nouveau manuel d'histoire que doit m'envoyer le ministère de l'Éducation. Son arrivée a été retardée. Il semblerait que le travail de révision ne soit pas encore achevé.

À partir de l'ancien texte j'ai, entre autres, appris à mes élèves que l'Empire romain avait fait découvrir le concept de société civilisée aux pays de l'Europe occidentale – à la Grande-Bretagne, la Hollande, l'Allemagne, etc. Aussi, quand ils s'installèrent au Cap, les fondateurs de l'Afrique du Sud apportèrent-ils avec eux tous ces admirables éléments de la civilisation.

Le plus médiocre des professeurs doit savoir prendre une

décision et se jeter à l'eau, fût-ce en plein désert. Si stupide que je sois, j'ai néanmoins réussi à trouver ce que j'ose appeler une façon honorable de tuer une heure de cours : *l'invitation stratégique d'un conférencier*. Je sors la grande artillerie pour évoquer la bataille de Waterberg.

« Chers élèves, je vous présente un homme que l'on ne présente plus. Cet homme n'enseigne pas l'Histoire, il la subit. Quand l'Histoire suscite une question, c'est à cet homme qu'il incombe de trouver la réponse, d'établir qui a massacré qui, qui a trahi qui et pour quel motif… Les garçons, je cède la place à votre ancien maître de huitième, le professeur principal Obadiah Horaseb. » Applaudissements pour Obadiah, qui entre, l'air solennel, coiffé d'un casque colonial.

– Asseyez-vous. Asseyez-vous. C'est trop d'honneur, je ne suis qu'un homme, du sang corrompu coule dans mes veines. Si j'ai bien compris, les garçons, nous allons parler de Waterberg. Tout d'abord, permettez-moi de préciser qu'avant le colonialisme, cette terre n'était pas peuplée d'anges ; il y avait ici autant de violence qu'ailleurs. Et pourtant, à l'arrivée des diables blancs – sauf votre respect, professeur Kaplansk – la situation s'est dégradée. D'autant plus que ces aventuriers, ces marchands, ces missionnaires ont prétendu venir à nous au nom du Seigneur. Allez, passons à la leçon d'aujourd'hui, si vous le voulez bien. Et vous le voulez bien.

– Oui, monsieur le professeur principal.

– Nous sommes en 1901, et le peuple herero – combien d'Herero sont parmi nous aujourd'hui ? – sept, non huit, très bien. Donc, le peuple herero, après des décennies de violence, d'esclavage et de misère, finit par se révolter et défie la plus grande force militaire que l'homme ait jamais connue. L'armée allemande. Vous voulez savoir ce qui les a incités à réagir ce jour-là ? C'est une question à laquelle un vieux bougre comme moi ne saurait répondre. C'est une question pour des érudits. Je me contenterai de dire que vient immanquablement un jour où trop c'est trop. Eh bien, savez-vous ce qu'ils ont fait les Herero, ces valeureux guerriers, quand leurs soldats, ainsi que des milliers de femmes, d'enfants et d'animaux se sont retrouvés piégés sur le plateau du Waterberg, encerclés de tous côtés sauf un, oui qu'ont-ils fait ? Je vous le demande à vous, fils des fils des fils de ces braves, oui, qu'ont-ils fait ? »

Une main se lève, timide. Celle de Magnus Axahoes.

« Mon petit, tu n'es pas Herero que je sache ?

– Non, professeur.

– Damara ?

– Oui, professeur.

– Un Damara connaît la réponse ! Il n'y a pas de tribalisme ici à Goas. Le Premier ministre, M. Geingob, en serait fier. Dans cette ferme, chacun de nous connaît aussi l'histoire du voisin. Quelle est la réponse, mon petit ?

– Ils sont partis dans le désert, professeur. »

Là-dessus, Obadiah se dirige vers Magnus, il s'agenouille et murmure à son oreille.

Il se relève face aux élèves, maigre et dégingandé dans son manteau en tweed, les bras le long du corps, les mains toutes molles. Obadiah m'a dit un jour qu'il ne croyait pas au pouvoir des mains pour communiquer. Si votre voix n'est pas capable de transmettre le message, n'espérez pas combler cette lacune avec vos pauvres mains.

« Oui, ils sont partis dans le désert. Mais la mer ne se fend pas devant les Herero. Pas de mer. Juste le sable du Kalahari. Bienvenue au XXe siècle de l'Apocalypse. Et le peuple meurt, par milliers, par dizaines de milliers, le peuple meurt. Mais sachez, vous qui êtes mon avenir, mes espoirs, sachez bien qu'ils en étaient conscients. Dès qu'ils ont commencé à s'enfoncer dans le désert, les Herero ont su qu'ils n'avaient d'autre issue que la mort. Alors, ne pourrait-on voir dans leur décision un choix héroïque ? »

105

TOMBES

Elle s'ennuie, elle tient à la main une de ces paires de ciseaux d'écolier, à poignées en caoutchouc. Elle trouve ridicule qu'ils en fassent pour gauchers.

« Pourquoi pas ? »

Elle me regarde. Les sourcils de Mavala. Même quand son visage est impassible, ils paraissent arqués. Elle pointe les petits ciseaux vers ma tête. « Parle.

– De quoi ?

– De n'importe quoi. Dis quelque chose.

– Je n'ai rien à dire, rien de rien.

– Quel genre de nom c'est, Larry ?

– Français, je pense.

– Tu es français ?

– Non.

– Dis autre chose.

– Sur l'école ?

– Même ça.

– Obadiah est venu nous faire un cours sur Waterberg.

– Et qu'est-ce qu'il a dit le gourou ?

– Que c'était héroïque.

– Quoi donc ?

– Que les Herero aient choisi le désert plutôt que de se faire descendre par les Allemands.

– Il appelle ça héroïque ?

– Oui. Bibliquement héroïque.

– Et toi, qu'aurais-tu fait ?
– Je n'en sais rien.
– Tu aurais marché dans le désert.
– Pour ne pas me faire descendre par les Allemands ? Ouais, c'est possible.
– Et ça, c'est héroïque ?
– Un peu.
– Tu vois, il essaie toujours de rendre les choses poétiques. Soixante-dix ans plus tard, les Boers ont pris un gosse et lui ont fourré le pot d'échappement d'un hélicoptère dans la bouche. Tu veux savoir la suite ?
– Dis-moi.
– Le gosse a explosé. Ils ont retrouvé des débris de son corps à dix kilomètres de là. À ton avis, ça fait de lui un héros ?
– On va se disputer pour ça ?
– À ton avis, ce garçon était-il ou non un héros ?
– Lui n'a pas eu le choix. C'est là toute la différence, je n'ai rien à ajouter.
– Et moi je dis que ça fait partie d'une mentalité qui subsistera tant que de stupides vieillards raconteront des histoires prônant ce genre d'héroïsme. »

Elle se lève, s'époussette du revers de la main, comme si elle s'apprêtait à partir. Elle ne part jamais si tôt. Aucun de nous deux ne part jamais si tôt.

« Tu t'en vas ?
– Tu trouves ça bibliquement héroïque, toi, d'avoir un pot d'échappement coincé dans la bouche, oui ou non ?
– Et toi, tu veux savoir s'il y a ou non des hélicoptères dans la Bible ?
– Il y a des chars.
– Alors comment tu raconterais Waterberg, toi ?
– Je dirais que c'était une stratégie militaire. Que les Herero voulaient survivre pour se battre un jour de plus.
– Sans munitions ni eau ? Avec des femmes et des enfants ? N'est-ce pas aussi chimérique que de voir en eux des héros ?
– Oui, mais au moins, dans cette version, le gourou ne peut

pas pleurer sur leur sort. De mon point de vue, ils avaient toujours en tête de se venger et de tuer les Allemands.

– Tu accepterais de venir parler à mes élèves ?

– Non.

– Tu accepterais de venir plus près de moi ?

– Non. »

106

TOMBES

« Maintenant, je les vois. J'ai compris. »

Elle tripote ses orteils. Elle ne daigne pas me regarder. « Ce n'est pas parce que tu t'apitoies sur leur sort que tu te mets forcément à leur place, dit-elle.

– Je ne m'apitoie pas sur leur sort. Je dis juste qu'il est plus noble de crever dans le désert plutôt que sous les balles des Allemands. Écoute. Cette histoire est un mythe. Dès que tu commences à la raconter, tu n'y vois plus clair. Pour qu'elle existe – je n'ai pas dit *pour qu'elle ait un sens*, mais *pour qu'elle existe* – tu ne dois pas la raconter, tu dois la voir, c'est tout. Essaye donc de l'imaginer.

– J'essaye. Tu les vois ? souffle Mavala. Dans leur délire, ils ne se souviennent plus de l'emplacement secret des trous de sonde, et ceux dont les Allemands connaissent l'emplacement sont gardés par des soldats qui ont l'ordre de tirer. Du coup, ils se mettent à creuser – n'importe où. Pas de baguette de sourcier, pas de sixième sens. Ils n'ont même plus soif. Ils ont juste un cri en travers de la gorge. Et ils creusent, et ils creusent. Et que se passe-t-il ? »

Je me relève, m'assieds et lui saisis le bras pour l'empêcher de se tripoter les pieds.

« Ils ont creusé leurs propres tombes. J'ai compris.

– Non. Tu vas trop vite. Lorsqu'ils ont commencé à retirer la terre avec leurs mains, ils cherchaient l'eau. Je parle du moment où ils ont compris le pourquoi de ces fosses et non pas de celui où ils s'y sont retrouvés. Je parle du moment où ils y ont plongé leur regard. Qu'ont-ils vu ? »

107

ABRAM

Il vécut quelques mois là-haut, près de chez Tatie et de ses chiots. Ses orteils sortaient de ses chaussures. Un côté de son visage était mutilé, était-ce dû à une crosse de fusil ou à une balle, jamais il ne confirma l'une ou l'autre hypothèse. Il arriva comme bien d'autres vagabonds avant lui. Il disait qu'il était ouvrier agricole, qu'il avait passé toute sa vie dans les environs de Khorixas. Après les élections, son patron avait dû vendre la ferme et il s'était retrouvé sans feu ni lieu. Une de ces histoires par trop familières. De là, il avait cheminé vers le sud, jusqu'à Goas. Le prêtre l'avait embauché pour donner un coup de main à Theofilus avec les chèvres.

Personne ne le croyait. Sa maîtrise des langues nous le rendait suspect. Il parlait toutes les langues du pays, sans exception aucune. Il s'adressait à chaque élève de Goas dans sa langue maternelle, ce qui le rendit vite célèbre. Certains jours, il menait les chèvres dans la cour, veillant à ce qu'elles ne piétinent pas l'Irlande, il ne tardait pas à être entouré de garçons qui le suppliaient de leur parler dans leur langue.

Il parlait aussi portugais.

Comment ne pas céder aux ragots ? Un ouvrier agricole venant d'aussi loin que Khorixas et qui parlait portugais ? Il n'en fallait pas davantage. Ça voulait dire qu'il se trouvait à la frontière pendant la guerre. Et s'il se trouvait à la frontière pendant le conflit – et ne souhaitait pas s'en vanter – une seule réponse s'imposait quant à son rôle là-bas. Il avait été leur sbire.

Dans un premier temps, personne n'y prêta attention. La guerre était encore trop proche. Il n'était pas le seul à Goas à cacher quelque chose. Et il semblait bien connaître sa place. Il se repentait, comme tout bon traître. Envers l'Église, envers Dieu, envers quelqu'un. À présent, il regardait des chèvres chercher un malheureux brin d'herbe par cette sécheresse. Un homme peut-il tomber plus bas ?

Le directeur ne voyait pas les choses ainsi. Peu lui importait qu'Abram ait ou non trahi des combattants de la liberté pendant le conflit. Ce qui l'ennuyait, c'était que le nouveau berger puisse être plus malin que lui. Il ne pouvait accepter qu'un ouvrier agricole se promène la tête haute. Il se moquait pas mal qu'Obadiah fût brillant – si c'était ça être brillant – pourvu qu'il reste un fichu pochard. Ce nouveau venu, Abram, lui, ne touchait pas à l'alcool. Toutefois, l'homme était employé par l'Église, aussi le directeur n'était-il pas habilité à le renvoyer.

« Professeur Festus ?

– Oui, monsieur le directeur ?

– Pourriez-vous venir dans mon bureau un instant ?

– Avec plaisir. »

Il ne fallut pas longtemps à notre sympathique homme de main. C'était un samedi soir. Nous buvions au coin du feu. Après quelques bières, Festus demanda : « Abram ?

– Professeur.

– J'ai une question indiscrète à vous poser.

– Laquelle ?

– Nous vivons dans une nouvelle nation, n'est-ce pas ?

– Oui, professeur.

– L'une de celles dans lesquelles il est possible pour chacun de réussir ?

– Je suppose, professeur.

– Alors, permettez-moi de vous poser cette question : pourquoi restez-vous un esclave ? N'avez-vous donc pas d'autre ambition que de garder des chèvres ? Le camarade Nujoma dit que chacun doit fournir sa part d'efforts. Mon frère, pourquoi ne vous réveillez-vous pas ? »

Quelqu'un raviva le feu du bout de sa chaussure. Aucun son ne sortit de la bouche d'Abram. Son rire semblait provenir des profondeurs de son ventre. C'était perturbant. Nous ne l'avions jamais entendu rire. Après une longue gorgée de Pepsi, il se mit à rire, cette fois le son sortait de sa bouche. L'homme n'était pas bien grand, mais ce rire, dans l'obscurité, le rendait imposant. Nous nous écartâmes du feu. Festus va finir par se faire descendre, pensai-je.

« Il est intéressant que ce soit un homme noir tel que vous paraissez l'être, professeur, qui me pose pareille question », dit Abram.

Quelqu'un murmura *amen*.

Là-dessus, Abram jeta dans le feu la canette de Pepsi à moitié pleine, ce qui provoqua des grésillements, puis il s'éloigna dans la nuit. Ses pas mesurés et lents résonnaient sur les rochers. Lorsqu'il fut hors de portée de voix, Festus s'enhardit à nouveau.

« Vous avez vu comme il nous menace ? Ça ne vous saute pas aux yeux ? » Festus s'interrompit et suçota ses dents. « L'homme est un assassin.

– De qui veut-il la peau ?

– Je parie que c'est celle du directeur.

– Et moi celle du prêtre. Mieux vaut un diable qu'on connaît…

– Non, laissez-les vivre tous les deux. Tatie.

– Oui, Tatie !

– Qui est pour ? » demande Pohamba.

Les oui l'emportent, seule une bouche demeure silencieuse.

« Vilho ?

– D'accord. Tatie, déclare Vilho. Dans certaines circonstances, Dieu Lui-même fermerait les yeux… »

Obadiah me pinça le coude. « Qui a gâché une bonne bière ?

– C'est un Pepsi. Celui d'Abram.

– Ah ! Qu'il brûle son Pepsi ! »

Tout de même. Abram, un *assassin ?* Le seul mot ne siffle-t-il pas sa part de vérité ? Tel l'apprenti sorcier, celui qui répand la rumeur n'a-t-il pas souvent peine à en calmer le ballet tragique ? Le bruit était lancé, il courait. Abram, le nouvel ouvrier agricole, avait été à la solde des Boers, membre d'un commando pendant la guerre. On ne s'ennuie jamais à traquer les félons. Et on peut leur faire confiance pour l'avoir bien entraîné. Quelle meilleure recrue qu'un polyglotte pareil ! Capable de s'infiltrer dans n'importe quelle partie du pays. Pour quelle autre raison lui aurait-on ainsi mutilé le visage ? Le voilà dans la cour. Le meurtrier. Regardez-le. Il en est réduit à garder des chèvres. En sécurité, sur le seuil de leurs salles de cours, les garçons rient en silence, leurs bouches s'ouvrent et se ferment tels des poissons moqueurs.

À présent, je me demande s'il n'aurait pas été plus facile pour lui de vivre avec la peur. Il avait l'air de bien nous aimer, Pohamba et moi. Il venait souvent partager avec nous un peu de ses décoctions. Mais en fin de compte, nous ne lui étions pas d'un plus grand secours que Festus.

Tout en rédigeant un plan de cours, son bloc-notes en équilibre sur ses genoux, Mavala déclara que ces on-dit à propos d'Abram avaient sans doute un fond de vérité ou cachaient autre chose. Je commençai à la tripoter. Elle me repoussa.

« Qu'est-ce que tu veux dire ?

– Oh, ça peut être n'importe quoi. Peut-être qu'il a frappé sa femme. Peut-être qu'il a donné un coup de pied à un chien.

– Et c'est comme ça qu'il doit payer ? »

Elle ne leva pas le nez de son bloc.

« Il y a eu pire comme injustice, tu ne crois pas ? »

Jeudi. Les chèvres squelettiques errent sans berger dans la cour desséchée. Aux dernières nouvelles, Abram travaille à la carrière de Pawkwas.

108

TOMBES

Antoinette dirait que nous cabriolions dans la puanteur du péché. Elle ne s'en étonnerait pas, et ne nous condamnerait pas pour autant. Elle s'y attendait. Comme elle s'y attendait de la part de tout le monde. Que diantre finissent par faire les gens si ce n'est par s'avilir ? Elle répétait qu'à moins d'une vigilance de chaque jour, de chaque heure, de chaque instant, nous ne contrôlions pas plus nos péchés que le vent, car nous étions nés pécheurs. Elle ne prétendait pas valoir mieux que nous. Elle n'était qu'une humble servante de Dieu et des garçons. Car tenir le diable en échec, c'est un boulot comme les autres. Et pour des fainéants comme nous qui ne recherchions que le plaisir, il était clair que tôt ou tard nous céderions aux désirs du Malin. Chambres closes l'après-midi, Mavala et moi dans le veld. On ne pouvait pas appeler ça une escapade car nous ne partions ni bien loin, ni bien longtemps, ne fermions pas les yeux et nous moquions pas mal d'avoir les genoux dans le sable, le dos sur des cailloux ou sur des crottes de chèvre desséchées.

« Tels deux babouins dans le veld.

– Comme s'il n'y avait pas de lits dans cette ferme !

– La fille qui a combattu, celle avec le bébé et…

– Mais oui ! Je m'en souviens. Et le bénévole. D'où venait-il ce bénévole ? »

Ainsi notre couple devenait-il plus ou moins une légende, même si nous ne passions qu'une heure par jour ensemble en semaine, une heure et quart si nous en avions l'audace. On en parlerait pendant des années parce que cela sortait de l'ordinaire. Cela nous donnait l'impression d'être vaguement célèbres.

Que vit cet enfant quand il nous surprit épuisés, luisants de sueur, sous un soleil de plomb ?

Je revois Mavala écartant les orteils pour saisir du sable et le jeter sur Grieta, après quoi nous nous endormîmes. C'était chronométré. Huit minutes de sommeil et Tomo fondrait sur nous. Un bruit de pas. Je me réveille et je vois le gosse reculer à toute vitesse, le visage de Magnus Axahoes, mon élève de sixième. Dégoûté ? Triste ? Il pivote sur ses talons, sa chemise sortie de son pantalon vole autour de lui, comme une cape.

« Ça n'a aucune importance, dit-elle.

– Non. Pourquoi est-ce que cela en aurait ? »

109

POHAMBA

Milieu de journée dominicale. Pohamba chante sous la douche. Une douche sans porte. Le robinet goutte. L'eau chaude est rare. Elle ne coule qu'au beau milieu de la journée, quand c'est bien la dernière chose dont on ait envie, mais elle est si rare, qu'il serait malvenu de ne pas l'apprécier. Le plaisir de gâcher de l'eau en période de sécheresse. *S'il te plaît, s'il te plaît, s'il te plaît, s'il te plaît,* miaule Pohamba au milieu de ses prodigues ablutions.

Sur un rocher près du robinet, un élève de huitième attend. Valet de chambre improvisé, il s'ennuie. Une serviette de toilette sur le bras, une tasse de thé froid à la main.

110

TOMBES

Un après-midi de torride solitude. Nos chaussures, toutes les quatre, alignées sur la tombe. Nous, sur la nappe, épaule contre épaule.

Elle essaie de se gratter le dos.

« Tu peux m'aider ? »

Je change de place pour la gratter.

« Plus fort, dit-elle.

– À ton tour, dis-je.

– Quoi ?

– Raconte-moi quelque chose. N'importe quoi. Parle-moi de ta mère, par exemple.

– Ma mère ? Ça fait cinq ans que je ne l'ai pas vue.

– Raconte...

– Elle raffole des sacs à main. Ou du moins, elle en raffolait.

– Des sacs à main ?

– Oui, elle disait toujours qu'une femme bien ne devrait jamais se montrer en public sans sac à main. Même au marché d'Ondangwa. Dieu sait pourtant que ces femmes bien dont elle parlait y étaient rares. De quelles dames pouvait-il bien s'agir ? Ma sœur et moi, nous nous promenions la tête haute parce que mon père était directeur adjoint, parce qu'il travaillait dans un bureau. Un homme sans principes, mon père. Mais j'*adorais* le marché. Brèmes, barbeaux, lait fermenté. Haricots secs, manioc, choux. Les beignets nageant dans l'huile bouillonnante. Ce dont je rêvais, c'était d'un gros gâteau enveloppé dans du papier tout gras. À la première bouchée, vous auriez cru mordre dans une pêche, mais c'était encore meilleur. Un seul ne me suffisait jamais. Tuyeni me donnait parfois la moitié du sien.

– Raconte-moi d'autres choses.

– Ne t'arrête pas. Continue à gratter.

– Et toi à raconter.

– Elle ne nous lâchait jamais le poignet, avec tous ces hommes autour de nous. Et ils reluquaient les filles du directeur adjoint. Tous ces hommes toujours et partout, tu as remarqué ?

– Je l'ai remarqué ici.

– Et puis c'était la guerre et ma mère allait et venait comme si elle n'en savait rien. Quatre ans plus tard, je suis partie. Tuyeni dit qu'après mon départ, ma mère ne remit plus les pieds au marché. *Partie où ? Se battre pour qui ? La fille d'un directeur adjoint ?*

– Et Tuyeni ?

– Quoi, Tuyeni ?

– Ta sœur.

– Elle est mariée maintenant, ce n'est plus une sœur. »

111

TOMBES

Nous partageons un paquet de chips. Du moins, j'essaye, car Mavala les mange presque toutes, entre deux couches de vernis sur ses ongles de pied. J'adore l'odeur du vernis.

« Rien d'autre ? dit-elle. De toute ta vie ?

– Bon. Je me souviens d'avoir un jour traversé un aéroport en courant : j'allais rater mon avion. Il y avait devant moi une jeune femme, accompagnée d'un enfant de cinq ou six ans. Elle devait prendre le même avion que moi et courir avec un enfant n'est pas facile. Je suis arrivé par-derrière, j'ai attrapé l'autre main de l'enfant et nous l'avons soulevé en l'air tout en courant. Le bambin était aux anges : pense donc, il volait avant même d'être dans l'avion ! Pendant tout ce temps nous n'avons pas échangé un seul mot.

– C'est ça le grand souvenir de ta vie ?

– En gros, oui.

– Vous êtes arrivés à temps pour votre avion ?

– Oui.

– Et après ?

– C'est tout. Elle m'a remercié. Je crois que je me suis incliné devant elle. Je ne l'ai jamais revue.

– Tu t'es incliné ?

– Pourquoi pas ? Pourquoi ne me serais-je pas incliné ?

– Papa, mari, seul… Tout ça a pris combien de temps ?

– Environ quatre minutes. Rentre avec moi.

– Où ?

– Je trouverai un boulot, j'irai à l'université. Je ne peux pas rester sans rien faire.

– Et moi ? Qu'est-ce que je ferai ?

– Tu pourrais reprendre des études. Tu disais que cela te tentait. Pourquoi ne te remettrais-tu pas à la comptabilité ?

– Et Tomo ?

– T'inquiète pas.

– Notre bénévole a perdu la tête.

– Pourquoi ?

– D'abord, tu as pensé au visa ? Et ensuite, le gosse ne peut pas te souffrir.

– Je le savais. Tout le temps…

– Je plaisante, Davey ! Il mord tout ce qu'il aime.

– Alors on se marie. Un mariage, ça ne ferait pas de mal à Goas ! »

Elle manque de s'évanouir, elle se tient le ventre, se contorsionne dans le sable. À cet instant précis, Tomo se met à faire la sirène, de l'autre côté des tombes, comme s'il n'avait pas dormi et avait tout entendu.

« Passe-moi le vernis.

– Pourquoi ? dit-elle.

– Je veux le renifler de plus près.

– Ne sois pas jaloux.

– De qui ? »

Elle détourne son regard. Puis, les yeux mi-clos, elle m'embrasse.

« Dis-moi.

– C'est l'heure, non ? »

112

TOMBES

Le veld remue, aride et jaunâtre. Il faut regarder longtemps pour s'apercevoir qu'il s'agit d'un troupeau d'antilopes bondissant avec un ensemble parfait. Une vision unique, réelle, un privilège. Un instant de grâce. *Vertes collines d'Afrique*... Pas une colline verte dans tout ce fichu pays. Qui a besoin de quoi que ce soit de vert ? Les antilopes s'en vont en bondissant vers les Erongos dont les ombres s'étirent au loin.

« Regarde là-bas », dis-je.

Il ne nous reste plus rien du dagga subtilisé aux réserves de Pohamba. Mavala partage avec moi sa dernière Van Ryn. Ses genoux renflent la nappe de deux petites bosses. Tomo est sur le point de se réveiller, je le sais rien qu'à sa façon de ronfler. À présent, il ne nous lâche plus. Promesses et bonbons font de moins en moins d'effet. Hier, il a envoyé par terre la bouillie que Mavala venait de saupoudrer de cannelle et de sucre roux. Elle me tend son mégot pour une ultime bouffée.

« Quoi ? Tu veux aller faire un safari ? Il y a ces excursions qui partent de Windhoek, pourquoi est-ce que tu ne...

– Fiche-moi la paix. »

Elle lève la tête et présente son visage au soleil, les yeux mi-clos.

« Déjà trois heures ? »

Elle ne répond pas.

Le soleil cogne, s'acharne. Elle se retourne.

« Au camp, dit-elle, on se soûlait au schnaps à la pêche et on partait en jeep à la chasse à l'antilope. On ne tirait pas, c'était une des règles du jeu qui consistait à en séparer une du troupeau, puis à lui foncer dedans. Un gars de notre unité avait appris ça d'un fermier Boer. L'avantage des Boers, c'est qu'ils ont bon dos. La viande d'antilope est la plus tendre des viandes. On dit qu'elle a meilleur goût quand elle est saignante, mais ce n'est pas vrai.

– Tu tiens ça de Pohamba ? »

Je l'observe. Elle s'enfonce l'ongle du pouce dans la joue.

« Ce n'était pas facile. Tu sais, ce genre de slalom entre les antilopes. Il fallait faire gaffe de ne pas rentrer dans un arbre. C'était d'autant plus difficile qu'on faisait ça la nuit, sans les phares, à cause des raids aériens...

– Vous faisiez ça la nuit ?

– Oui.

– Il y a certaines choses que j'aimerais bien faire la nuit. »

Elle se couvre la bouche de la main. Peut-être grimace-t-elle, c'est difficile à dire avec le soleil qui nous éblouit.

« Je suis sur la touche ? »

Elle ne lève pas la tête.

« Tu crois que je ne sais pas que je suis sur la touche ? »

Elle ne répond pas. Elle regarde en direction de l'endroit où bondissait l'antilope.

« Un jour, c'était moi qui conduisais et je l'ai percutée, mais pas assez fort, juste blessée. Elle est repartie en titubant. Je l'ai pourchassée et percutée à nouveau. Silence. J'aurais voulu qu'elle pousse un cri, un gémissement, quelque chose, n'importe quoi. Mais rien. Comme si c'était normal... Comme si toute sa vie, elle s'était attendue à se faire écraser par une jeep pleine de marxistes beurrés au schnaps à la pêche. »

Elle tourne son visage vers le soleil, et reste ainsi un moment. J'ai sommeil. Je tends le bras vers elle. Elle se crispe.

113

OBADIAH (trois heures du matin)

Des mots à la faveur d'un croissant de lune. L'histoire, la nuit, à la lueur d'une lampe de poche, c'est le plus doux des péchés. Tournez la page et vous trouverez encore et toujours d'autres horreurs. En 1827, à Moordkoopie, au sud d'Okahandja, un chef orlam ordonna que l'on tranche les mains et les pieds de deux cents prisonnières à seule fin de récupérer leurs bracelets en argent. Ces femmes étaient les épouses, les filles et les concubines de son grand ennemi. N'aurait-il pas été plus simple de hurler : « Très bien, mesdames, ôtez-moi ces beaux bracelets ou je vous tue ? Est-ce que je me répète ? » À quel moment faut-il s'arrêter quand il y a toujours une page à tourner ? Pourquoi faut-il toujours que ce soit les innocents qui payent ?

Theophrastus prétendait que lancer une pierre exige moins d'énergie que lancer une poignée d'air. Je suis bien placé pour le savoir. Je tiens des grands discours dans ma tête, et ne les écoute pas moi-même. Et ma femme ? Pendant que je marmonne, elle dort, et même en plein sommeil, elle saisit et pétrit les couvertures pour ne pas avoir l'impression de perdre son temps. Comment dire que, même dans son sommeil, votre épouse a les mains qui œuvrent ?

Parle-moi, tu ne veux pas me parler ? Je veux la comprendre cette douleur dans tes mains. Tu as toujours une pomme de terre dans ta poche. Tu crois que je ne t'ai pas vu la frotter ? Être nés est-ce là notre seule faute ? Ma femme a des pieds et des mains. Une robe toute fine flotte sur son corps amaigri. Parle-moi. Parle-moi de cette douleur dans tes mains.

114

ANTOINETTE

Tu veux que je te dise ça avec des mots. Avec toi, il faut toujours des mots. Eh bien en voici des mots :

Mes mains sont Ses mains, et je n'appelle pas ça douleur. Maintenant, viens te coucher.

115

HISTOIRES DE SÉCHERESSE

JUGE MCHUGH : Je suis venu voir comment vous viviez. J'ai appris que vous aviez beaucoup souffert de la dernière sécheresse, mais j'espère que vous vous en remettrez vite.

FREDERICH MUKAUAMBI : Nous accueillons monsieur le juge. Nous sommes heureux de voir monsieur le juge parmi nous aujourd'hui. Nous n'avons pas de pluie et le bétail n'a plus rien à manger. Les gens réclament de l'eau à cor et à cri. Nos réservoirs sont à sec. Ne pourrions-nous pas nous déplacer vers l'est ?

JUGE MCHUGH : Non. La terre à laquelle vous pensez est occupée et il n'y en a pas d'autre disponible. Européens et indigènes sont tous dans la même situation et ils doivent s'en remettre à la Providence... C'est tout ce que nous pouvons faire.

LOT OPPOSEMAB : Nous n'avons rien à ajouter.

Il est alors permis de fumer.

Extrait des minutes de la réunion trimestrielle à la réserve indigène d'Otjimbingwe, présidée par le Juge M. J. McHugh, Esq., le 16 février 1949.

116

TOMBES

Un bon mot circule dans Goas : comment sais-tu que les histoires de guerre de Mavala Shikongo sont vraies ? Parce qu'elle n'en raconte jamais.

« Parle-moi de la guerre, dis-je. Maintenant.

– D'accord. » Elle réfléchit, passe deux fois la langue sur ses lèvres.

« La guerre, oui, je m'en souviens. Tu es une femme m'ont-ils dit. Une femme ! Les hommes tenaient de grands discours selon lesquels nous étions l'âme et la force du mouvement. Ce qui, en langage de commandant, se traduisait par : "Mesdames, votre kalachnikov est le prolongement de votre bras. Maintenant, allez faire la lessive et instruire les gosses. Attends, ma chérie, avant de partir, apporte-moi un thé. Avec trois sucres !"

– Ce n'est pas une histoire de guerre, ça !

– Ah bon ? Tu en veux une autre ? Un jour, on m'a envoyée repérer le camion de ravitaillement. Une bonne mission pour une femme. Il avait plusieurs jours de retard. Nous nous nourrissions de bouillies revenues à la poêle et de tablettes de chocolat. Parfois l'Unita tendait une embuscade aux camions, nous ne savions donc jamais si le ravitaillement arriverait, ni à quel moment. Au bout d'environ trois kilomètres à pied depuis le camp, j'ai attendu, adossée à un arbre jusqu'à ce qu'un homme, un des nôtres, surgisse de la brousse. Ce n'était pas un responsable, mais une nouvelle recrue. Il venait d'arriver du Kavando. J'avais trois grades de plus que lui. Il a levé son pistolet vers moi et m'a ordonné de jeter ma kalachnikov. Je lui ai assuré qu'il n'avait pas besoin d'une arme. Camarade, lui ai-je dit, nous sommes tous dans le même pétrin. De longues journées au camp, de longues nuits au camp. Sans doute a-t-il pris cela pour une insulte, avec lui c'était par la force ou rien. Du coup, il est parti.

– Vraiment ?

– Oui.

– Tu ne plaisantais pas ?

– À quel propos ?

– Tu sais, de te donner à lui.

– Je n'en sais rien.

– Est-ce que tu y croyais, toi, à cette camaraderie ?

– Écoute, je suis fatiguée.

– De quoi ?

– De parler.

– Je te pose juste une question.

– D'accord. Je l'ai tué. Quand il s'est retourné, j'ai ramassé mon arme et je l'ai abattu. Préfères-tu cette histoire ? Ou t'en faut-il une autre ? J'en ai plusieurs versions. »

Je contemple un moment le paysage aride, les entrelacs des empreintes à travers le veld. Je la secoue.

« Ce type, c'était le père de Tomo ? »

Elle tourne la tête vers moi. « Comment tu… Non… Mon Dieu, non. » Elle sourit, un sourire évasif que je ne lui connais pas. Celui que les gens arborent quand ils se remémorent un visage, le visage d'un autre ?

« Pourquoi ne me racontes-tu rien ?

– Mais, c'est ce que je viens de faire.

– Dis-m'en davantage.

– Non. »

117

HISTOIRES DE SÉCHERESSE

Un matin, premier appel du triangle. Encore ensommeillé je vais jusqu'au robinet : pas d'eau. Je cogne à la cloison de Pohamba. « Pas d'eau.

– Pas une goutte ?

– Vérifie avec ton robinet. »

Il essaye. « Tu as raison, pas une goutte d'eau. »

À son tour, Vilho crie à travers la cloison : « Il n'y a pas d'eau.

– Allons-y, chantons en chœur. Il n'y a pas... suggère Pohamba.

– C'est la sécheresse, dit Vilho. Le niveau de l'eau dans les réservoirs...

– Comment allons-nous faire pour le café ? grommelle Pohamba.

– Je le prendrai sec directement sorti de la boîte, dis-je.

– Theofilus ! vocifère Pohamba. Theofilus ! »

Plus tard ce jour-là, nous découvrîmes que Theofilus avait dévié notre réseau d'eau potable pour tenter de sauver les vaches. Un acte d'amour si audacieux qu'il ne valut même pas à son auteur les réprimandes du directeur, ni les semonces du prêtre, à Swakop pendant la crise. En fin de compte, le directeur en appela aux autorités et le conseil municipal de Karibib envoya un camion-citerne à la ferme. Nous en profitâmes pour prendre un peu de bon temps à boire de l'eau et à nous asperger avec le tuyau relié au camion. Personne ne se lava de la semaine. Disons que l'atmosphère des salles de classe devint un peu fétide mais sans plus. Cela nous apprit à mieux connaître les autres et à mieux nous connaître nous-mêmes. J'étais originaire de l'Ohio et la mort m'était toujours apparue comme quelque chose de glacial : les restes de mon grand-père au cimetière de Wallnut Hills en février, la neige qui poudre son nom gravé dans la pierre. J'en ai désormais une vision différente.

Autant dire qu'il s'ensuivit des jours et des jours de puanteur, là-bas près des tombes. Nous avions l'impression de nous décomposer, sable et cailloux nous collaient au corps, notre nudité était écaillée de pièces de monnaie, de boutons, de gousses de cacahouètes, de rognures d'ongles de pied.

« Professeur, vous sentez mauvais.

– Moi, je sens mauvais ? »

118

LES CHIOTS

Une occasion de faire une petite fête se présenta : Tatie s'effondra sous l'effet de la chaleur alors qu'elle tentait de retirer l'enjoliveur de la voiture du directeur. Il était trois heures de l'après-midi. Festus la vit tomber comme une masse, le visage dans le sable. Il attendit qu'elle bouge. En vain. Il courut dans toute la ferme, annonçant à qui voulait l'entendre qu'elle était morte. Mais Tatie n'avait ni rendu son dernier souffle, ni dit son dernier mot. Theofilus la conduisit à la clinique à Usakos. Pourquoi n'y avait-elle pas songé avant ? Des draps propres, des comprimés, des infirmiers aux petits soins. Pourquoi vivre ailleurs ?

Ses chiots en souffrirent. Ils se mirent à errer comme la meute de loups qu'ils étaient ou presque, à se repaître de nos ordures, boîtes de sardines vides, ultimes poussières au fond d'un carton de lait en poudre. Antoinette commença à leur laisser des restes derrière le réfectoire. Leur peau marbrée était écorchée par les ronces et ils avaient le regard triste. Ils ne s'approchaient plus assez de nous pour que nous les caressions, comme si l'absence de Tatie avait mis un terme à toute relation avec des mains humaines. La nuit, ils pleuraient haut et fort la perte de leur mère, celle qui les avait volés, choyés, lavés et repus de viande hachée pourrie. Ils se ressemblaient tant que nous aurions été incapables de les distinguer par des noms – Antoinette les appelait ses affamés – mais chacun en avait pourtant un, dans le genre Shaka, Beethoven ou Raspoutine.

Ainsi avait-elle baptisé Houdini celui qui était borgne et particulièrement bien membré. Ils ne cherchaient toutefois pas à rivaliser avec leurs saints patrons, ils n'avaient pas l'audace de leur bienfaitrice et, à notre étonnement, ils ne chapardaient pas. Ils se contentaient de ramper, timidement, à contrecœur, comme s'ils ne voulaient importuner personne avec leur faim.

« Si cette femme ne revient pas, dit Antoinette, il faudra les noyer.

– Dans quelle eau ? » demanda Obadiah.

119

TOMBES

Elle déboutonne et reboutonne son chemisier tout en parlant. Depuis le début de notre heure, elle n'a cessé de raconter.

« Je n'étais pas la seule jeune mère dans le camp. Il y en avait d'autres. Je me souviens avoir admiré leur calme, leur façon d'allaiter leur bébé en chantonnant. Je n'y suis jamais arrivée. Je pouvais apprendre bien des choses. Mais il me manquait ce merveilleux instinct maternel. Alors je me suis dit que c'était des vaches.

– Des vaches », je répète.

Elle s'assied et me regarde. Que faisais-je avec elle dans le sable ? Goas dort encore, mais c'est le moment où le silence s'étiole, se fragilise.

« Est-ce que tu te sens apaisée ?

– Non », répond-elle.

J'écoute sa respiration, sa main qui joue avec les gravillons. Adossés à la tombe de Grieta, nous n'avons pas devant nous les montagnes, mais la plaine brûlée par le soleil, les rochers, les touffes d'herbe ployant sous le vent. Je m'approche d'elle. Elle se déroule lentement vers moi.

120

POHAMBA

Appuyé contre le mur à l'extérieur de sa chambre, il corrige des devoirs. Des divisions. Son stylo rouge s'en donne à cœur joie. Il n'apprécie guère les copies sales et parfois baisse la note, même si la réponse est bonne. En ce début d'après-midi, l'angle du soleil plaque au sol son ombre replète. Une brique maintient sa porte ouverte, mais la lumière est si aveuglante que sa chambre paraît un trou obscur. Stylo en l'air, il contemple un instant le veld, comme s'il sondait le temps, non la distance. Cette terre brûlée ne lui appartient pas. Il vient d'Otavi où il pleut toujours au moins deux fois après le 15 février. Il reprend son stylo et ses impitoyables biffures.

121

CAMARADE YANAYEV

Et il ne se passe toujours rien par ici. Nous marchons dans le veld, les ronces craquent sous nos pieds. Emportées par des rafales de vent, les herbes desséchées ont lézardé le sol. Le soleil est écrasant, les semaines passent, monotones. Et puis un événement : Obadiah perd son chapeau du TransNamib. On fouille la ferme de fond en comble : aucun suspect. Après un interrogatoire serré, les élèves de cinquième nient toute implication. Ensuite, à la radio, dernières nouvelles : Gorbatchev a été assassiné. Une heure plus tard, il est ressuscité, mais écroué pour trahison, dans sa datcha en Crimée. La BBC annonce : *Les sept lignes de téléphone de la datcha ont été coupées, nous dit-on.*

Là-dessus, un dénommé Gennady Yanayev déclare que la chance va tourner en faveur des prolétaires soviétiques.

« Ça a tout l'air d'un putsch.

– Un putsch croustillant ? demande Pohamba.

– Yanayev ? Qui diable est ce Yanayev ? »

Et la pause du matin nous vaut un sermon d'un Obadiah tête nue : « Aussi, je vous demande : qui délivrera notre Daniel de la férocité des lions ? »

Les empires chavirent. Quoi qu'il en soit, les chèvres rentrent du veld sur leurs pattes flageolantes, et elles ne se rendent toujours pas compte qu'elles sont affamées.

122

HISTOIRES DE SÉCHERESSE

Il arrive, dit-on, que les chèvres deviennent folles. Elles refusent alors de suivre leur berger et s'enfuient en plein désert où elles errent tels les célèbres chevaux sauvages du Namib jusqu'à ce qu'elles meurent dans une noble solitude, affranchies de l'esclavage et d'une nature inhospitalière…

Nos chèvres n'eurent jamais cette chance. Quand elles ne le reconnurent plus, Theofilus les embarqua dans le camion et les emmena à une ferme plus au nord, près de Tsumeb. Mais le père refusa d'y envoyer les vaches : le coût par tête de bétail dépassait les moyens de notre pauvre église, dit-il à Theofilus.

Du coup, les vaches se débrouillent toutes seules. Elles meurent de faim à petit feu. Pauvres gourdes. Elles ne perdent pas la tête, elles ne vagabondent pas. Elles broutent tout bêtement là où il n'y a plus rien à brouter. Quand elles ont soif, elles plongent leur mufle dans les abreuvoirs vides et reniflent.

123

DES TOMBES

Il y a maintenant des après-midi où nous ne pouvons supporter de nous toucher. Pendant une heure, nous nous tenons à distance, elle sur la tombe, moi sur la nappe. Les rares brins d'herbe sont si secs qu'ils percent la nappe comme des crayons fraîchement taillés. J'asperge un scarabée avec du Doom, curieux de voir combien de temps il lui faudra pour mourir.

« Je ne sais pas pourquoi, commence-t-elle.

– Pourquoi quoi ?

– Pourquoi parfois le matin, je suis dans mon lit et tout ce dont j'aie envie, c'est d'être dans mon lit. Comment peut-on désirer ce qu'on a déjà ?

– Mon grand-père disait que les morts passent leur temps à regretter de ne pas pouvoir payer des impôts ! »

Le scarabée n'a pas encore succombé. « Ce n'est pas le travail. C'est le boulot qui m'attend au saut du lit. Tous ces gosses. Regarde Tomo. Il va bientôt se réveiller et il va s'amuser à tirer sur mes draps. Peut-être est-il déjà debout. En des moments comme celui-ci je suis dans mes pensées, je ne vois pas ce qui se passe.

– Je comprends. Tomo. Ce n'est pas facile.

– Comme je viens de le dire, le problème, ce n'est pas lui. C'est ce dont j'ai envie...

– Mais que veux-tu, au juste ?

– Est-ce que je ne viens pas de te l'expliquer ? »

124

LE RÊVE DE PHARAON

Pour redonner de l'espoir aux vaches, Antoinette leur lisait la Genèse. Elle emportait sa Bible dans le veld et leur faisait la lecture.

« Et Pharaon dit à Joseph : "Dans mon rêve, il semblait que je me tenais au bord du fleuve : et voici que montèrent du Nil sept vaches grasses de chair et belles d'aspect, qui pâturèrent dans les joncs." »

(Les vaches, c'est vous, expliquait Antoinette.)

« Mais voici que sept autres vaches montèrent après elles, efflanquées, très laides d'aspect et maigres de chair, je n'en ai jamais vu d'aussi laides dans tout le pays d'Égypte. Les vaches maigres et laides dévorèrent les sept premières, les vaches grasses. »

Les vaches l'écoutaient, leurs yeux à peine visibles, elles avaient enfoui leurs têtes dans la terre jusqu'à en être aveuglées.

Ce qu'elle avait laissé de côté, me confia-t-elle par la suite en tripotant le bidon de paraffine pour alimenter le réchaud, c'était ce qui s'était passé quand les vaches maigres eurent dévoré leurs grasses congénères. Elle tend la main vers sa bible posée sur le comptoir, et qu'un stylo maintient ouverte à la bonne page.

Elle lit : « Et lorsqu'elles les eurent avalées, on ne s'aperçut pas qu'elles les avaient avalées, car leur apparence était aussi laide qu'au début. Là-dessus, je m'éveillai. »

Le réchaud, cercle parfait de flammes bleues. Des particules noires mouchettent le feu. Antoinette referme le livre.

Cette nuit-là, nous écoutâmes depuis nos lits leurs meuglements râpeux. C'était le seul moment où elles pouvaient exprimer au Créateur leur mécontentement d'être aussi laides.

125

LE THÉÂTRE DE GOAS

Nouvelle tradition à Goas. En l'honneur de l'indépendance, Obadiah écrira une pièce de théâtre pour célébrer Cassinga Day, le 4 mai. Ainsi, chaque week-end, se cloîtrait-il dans la remise réservée à la ronéo, en seule compagnie de la volumineuse machine à manivelle, des produits chimiques et des araignées. Quelques élèves y transportaient sa bibliothèque personnelle. Ces jours-là, il ne prenait que des biscottes et du thé froid. Par la vitre crasseuse, nous l'observions tapi sous une montagne de livres ouverts dont il émergeait de temps à autre, perdu dans ses pensées. Si vous passiez alors qu'il prenait l'air devant sa porte, il vous disait : « Eh bien oui ! je suis perdu dans mes pensées. » Pour peu que vous riiez, il vous regardait. Ce n'était pas votre visage qu'il regardait, mais votre cœur. Il le sondait comme s'il y manquait quelque chose. Nous ne comprenions rien aux problèmes d'autrui.

On frappe à la porte. « Professeur ?

– Entre. »

Un garçon, un élève de cinquième du nom de Tonderai, connu dans Goas pour être le messager des professeurs, pénètre timidement dans l'antre de l'écrivain.

« Oh ! Muse, je croyais que tu m'avais abandonné ! Je dois avouer que je m'attendais à quelqu'un de plus grand.

– Professeur, sœur Ursula a téléphoné. Tatie sera de retour demain. »

Obadiah retire le capuchon d'un stylo qu'il tend à l'enfant.
« Tue-moi.
– Comment, professeur ?
– Avec cette lance… Vas-y. »

126

SUR LA COLLINE AU PIED DE LA CROIX

Je grimpe jusqu'à la croix en haut de la colline et j'y surprends Vilho. Il est seul, il lit et ne me dit rien. Je ne lui dis rien moi non plus.

Quand Vilho lisait, il plissait curieusement les yeux. Sans doute relisait-il des phrases. Il tenait le livre tout contre son visage et restait longtemps à la même page. Dans cette ferme peuplée de lecteurs, il devait être le seul à se délecter de littérature.

Je m'assieds désœuvré et, en guise de livre, me mets à lire les noms des garçons gravés sur les pierres au pied de la croix : Absalom Shipanga 1981, Phillemon Silvanus 1977, Nestor Nashongo 1974, Titus Mueshihua 1986, Matundu Kapute 1977, Erwin Mbando 1970, Rodney Goaseb 1987, Adonis Gowab 1984, Abraham Haifiku 1973, Petrus Van Weyk 1973, Johannes Isack 1977, Rueben Holongo 1979, Ihepa Enkono 1982, Stephanus Nami 1981, Andreas Kati 1975, Joseph Manasse 1977, David Visser 1974, Phineas Shivute 1982.

Au bout d'un moment Vilho me regarde par-dessus son livre : « Sais-tu quel jour nous sommes ?

– Jeudi

– Jeudi saint.

– C'est quoi, le jeudi saint ?

– Le jour dans l'Évangile de saint Jean où les disciples lavent les pieds des plus pauvres.

– Des plus pauvres par rapport à qui ?

– Combien as-tu sur toi ? » demande Vilho.

Nous vidons nos poches et jetons les rands sur le sable. Quatre rands soixante, en tout. Le jour se retire comme un autre traître. Nous ne nous lavons pas mutuellement les pieds. Nous restons assis pieds nus dans cette silencieuse grisaille. Absalom Shipanga. Phillemon Silvanus. Nestor Nashongo. Titus Mueshihua. Matundu Kapute. Erwin Mbando. Rodney Goaseb. Adonis Gowab. Abraham Haifiku. Petrus Van Weyk. Johannes Isack. Rueben Holongo…

127

LA RÉUNION DU MATIN

Rien de tel ne nous est jamais arrivé. D'habitude c'est la hâte qui prévaut. Le siège d'Obadiah est vide à la réunion du matin. Le directeur envoie un garçon qui, de retour, attend, debout, d'être invité à parler. Il appartient à la classe d'Obadiah. Short en lainage gris, chemise boutonnée jusqu'au cou, son uniforme est correct. J'ignore son nom. Il est inquiet, ses lèvres tremblent. Il se tient sur un pied nu. De l'autre, il se gratte le mollet.

« Eh bien ?

– Le professeur dit qu'il est malade, monsieur.

– Malade ?

– Oui, monsieur.

– Il est au lit ?

– Non, monsieur.

– Où est-il alors ?

– Sur sa voiture, monsieur.

– Tu veux dire sur le tas de sable ?

– Oui.

– Qu'est-ce qu'il a ?

– Je ne sais pas, monsieur.

– Va voir. »

Nous attendîmes donc en silence, le directeur se racla plusieurs fois la gorge : comment aurions-nous pu discourir au petit matin sans Obadiah ? Le directeur se targuait de sa supériorité tant hiérarchique qu'oratoire. Une joute au quotidien dont il se déclarait invariablement vainqueur.

L'élève revient.

« Alors ? »

Le garçon hésite.

« Parle !

– Le professeur dit que ce sont les douleurs de la création. »

À la pause, nous allâmes prendre de ses nouvelles. Un nuage, blafard et paresseux, planait au-dessus de nos têtes, peu prometteur. Je le regardai se dissiper au-dessus des Erongos. Obadiahl trônait au sommet du monticule sur une chaise de cuisine dont un des pieds clouait la pièce de théâtre au sol.

« Ça va comme vous voulez, professeur ?

– C'est horrible.

– Alors, vous avez fini ? »

Il enfouit son visage dans ses mains. « Fini ? murmura-t-il, fini ?

– Oui, avez-vous…

– Finir ou ne pas finir n'est pas la question. Je capitule. »

Il découvrit son visage et fixa chacun de nous un long moment, mais on aurait dit que nous n'étions plus que des souvenirs et qu'il se sentait déjà seul.

Là-dessus, il déclara : « Ils mentent. Cela n'a rien à voir avec donner la vie. Donner la mort ? Oui. Ils vivaient dans mon esprit et ils sont venus au monde, bleus et difformes. » Il se frappa la poitrine. « Je suis un assassin.

– Qui avez-vous tué ?

– Ignatius et les autres.

– Qui ça ? »

Il hocha la tête. Nous le rejoignîmes sur son monticule jusqu'à ce que le triangle nous rappelle au travail.

128

THÉÂTRE À GOAS

L'Admirable et Lamentable Tragédie d'Ignatius Mumbeli
ou La valise,
de Mimnerme

Ignatius, un soldat inconnu	*Erastus Pohamba*
Kosmos Indongo, vétéran de la politique	*Obadiah Horaseb*
Izelda, épouse d'Indongo	*Antoinette Horaseb*
Paradise Gowab, une couturière	*Mavala Shikongo*
Policier boer numéro un, barbu	*Larry Kaplansk*
Policier boer numéro deux, imberbe	*Larry Kaplansk*
Policier boer numéro trois, chauve	*Larry Kaplansk*
Auntie Wilhelmina	*Auntie Wilhelmina*
Festus Festus Galli, secrétaire général des Nations unies	*Festus Uises*
La valise, gracieusement prêtée par	*Mavala Shikongo*
Le détachement de Casques bleus	*Élèves de cinquième*
Son et effets spéciaux	*Élèves de sixième*
Spécialiste des rafraîchissements et conseiller spirituel	*Vilho Kakuritjire*
Décors et mise en scène	*Theofilus ! Nowases*
Lumières	*Theofilus ! Nowases*
Secrétaire	*Theofilus ! Nowases*
Costumes	*Theofilus ! Nowases*
Premier machiniste	*Theofilus ! Nowases*
Second machiniste	*Theofilus ! Nowases*
Conseiller littéraire	*Theofilus ! Nowases*

Les acteurs tiennent à remercier les Moteurs Desconds, les viandes et volailles Schmidsdorf, et le royaume de Suède pour leur aimable patronage.

SCÈNE 1 : *Le drap s'ouvre sur la cuisine exiguë d'une maison typique du quartier d'Owambo à Katatura, banlieue de Windhoek. Une table bancale, un placard vétuste, une vieille bouilloire sur la cuisinière. Dans la mesure du possible, un cafard devrait aller et venir sur la table. À défaut de cafard – ils ne sont jamais là quand on a besoin d'eux – un dessin de la bestiole en mouvement fera l'affaire. Kosmos Indongo dans un élégant complet blanc, coiffé d'un panama. Sa belle épouse, vêtue d'une robe toute simple, surveille la bouilloire. Tout au long de la scène, elle couve son mari de tendres regards. Un coup sec retentit à la porte.*

INDONGO : *Entrez***.

MUMBELI (*en coulisses*) : Monsieur ?

INDONGO : J'ai dit *Entrez*, c'est du français, ça veut dire entrez. *Entrez !*

La porte s'entrouvre.

MUMBELI (*vêtu du pull bleu des cheminots*) : Bonsoir, monsieur. (*Il fait un signe de tête à Izelda qui regarde tendrement son mari.*)

INDONGO (*un homme d'action peu enclin aux civilités*) : Eh bien, mon brave, souhaitez-vous aller vous battre ?

MUMBELI : Oui, monsieur.

INDONGO : C'est très dangereux.

MUMBELI : J'accepte le danger. Chaque nuit, je rêve que…

---

* En français dans le texte. *(N.d.T.)*

INDONGO (*frappant le cafard*) : Les rêves sont la porte ouverte aux mensonges, mon garçon.

MUMBELI : Vous dites ?

INDONGO : J'ai passé des dizaines d'années à rêver. Ce ne sont pas les années qui nous vieillissent, ce sont les rêves. Bizarre. Ils semblent pourtant si inoffensifs le matin. (*Izelda regarde tendrement son mari.*) Comment t'appelles-tu mon garçon ?

MUMBELI : Ignatius Mumbeli.

INDONGO : Puisse ton nom rester à jamais gravé dans nos mémoires !

MUMBELI : Ce n'est pas mon nom qui est important, c'est mon pays.

INDONGO (*souriant*) : Bien dit. Moi aussi j'ai attendu assez longtemps. Deux guerres mondiales. Deux puissances coloniales. Deux organismes internationaux. Un nombre incalculable de résolutions aussi inutiles qu'inefficaces. Les arrêtés du Tribunal international. À qui appartient-il ce Tribunal, je vous le demande ? Ne faisons-nous pas partie du monde ? Ils ont déçu ma confiance. (*Il tire une arme de sa poche et la pose sur la table.*) Et vous pensez malgré tout qu'au départ j'aime cette arme du premier acte ?

MUMBELI (*se saisissant de l'arme*) : Non, monsieur.

INDONGO : Mon garçon, je vous confie cette valise de grande qualité. Remplissez-la de beaucoup de choses, y compris des munitions, mais surtout de courage.

MUMBELI : Je vous remercie, monsieur. Je m'engage à la remplir non seulement du strict nécessaire tel que chaussettes, maillots de corps, pulls et petits souvenirs, mais aussi de…

POLICIER BOER NUMÉRO UN (*hurlant*) : Ah ! Est-ce une réunion en violation de la loi, SA 771, paragraphe 10, applicable aux territoires sous mandat ? Suis-je en retard ? Vos papiers ? Où sont vos papiers ? Vostek ! Blicksem ! (*Indongo et Mumbeli courent autour de la table poursuivis par le policier boer numéro un qui agite son fouet. Finalement, Mumbeli saisit le fouet et, avec Indongo, poursuit le policier, la confusion est telle qu'on ne sait plus qui poursuit qui. La bouilloire à la main, Izelda regarde.*)

La lumière baisse.

SCÈNE 2 : *Living-room d'une maison typique dans le quartier de Damara à Katatura. Deux chaises bleues.*

PARADISE (*cousant une écharpe*) : Alors mon preux chevalier, tu es venu me dire adieu ? (*Elle se met à pleurer.*)

MUMBELI (*posant sa valise au milieu de la scène*) : Ne pleure pas, ma chérie.

PARADISE : Voudrais-tu que je feigne la gaieté ?

MUMBELI : Oh, dans un monde meilleur que celui-ci…

PARADISE : Hélas. (*Ils se prennent par la main.*)

MUMBELI : Hélas.

PARADISE : La fierté que j'éprouve à ton sujet est une demeure bâtie sur l'amertume. Pourtant, mon cœur est déchiré. Va, mon bien-aimé ! Sache que je t'attendrai. (*Une pause, puis tout bas* :) Très belle cette valise.

MUMBELI : Il faut toujours juger un homme à son bagage.

PARADISE (*levant l'écharpe*) : Je t'ai tricoté cette écharpe. Fais-en bon usage.

MUMBELI : Chérie, elle est magnifique. (*Une pause.*) Mais je ne suis pas sûr d'avoir la place.

PARADISE : Ta valise est pleine ?

MUMBELI : Oui. Je n'y ai pourtant mis que le strict nécessaire, des sous-vêtements, des pulls, mais aussi des… (*La porte s'ouvre.*)

LE POLICIER BOER NUMÉRO 2 : Que se passe-t-il ? Une Damara et un Ovambo qui forniquent ? C'est une infraction pure et simple à la loi sur la Division des races, SA 193, paragraphe 18, clause 15 (2) C, applicable aux territoires sous mandat. Vos papiers, où sont vos papiers ? Oh, quel beau travail cette écharpe ! Votre savoir-faire ne cesse de m'émerveiller, jeunes femmes indigènes. Vous êtes vraiment douées ! Puis-je ? (*Mumbeli refuse et poursuit le policier boer numéro 2 en tenant l'écharpe comme un fouet…*)

La lumière baisse.

SCÈNE 3 : *À la frontière. Une clôture de fil barbelé traverse la scène. De l'autre côté, un panneau indique :* Angola. *Mumbeli regarde* Angola, *puis il se tourne lentement (il semble crouler sous un fardeau et tient une arme à la main) et parcourt la salle d'un œil attendri comme s'il s'agissait d'un pays bien-aimé.*

MUMBELI : Mon histoire ? Vous aimeriez la connaître mon histoire ? C'est *maintenant* que vous me demandez ça ? Eh bien, figurez-vous que je n'en ai pas. J'ai été tué à la frontière. Oui, j'ai eu autrefois une histoire. Je m'appelais Ignatius Mumbeli. J'avais une mère moi aussi. Vous aussi ? C'est drôle comme tous… La mienne était femme de ménage chez des Blancs, dans un village. Je me revois l'attendant sur la véranda pendant qu'elle pliait les draps. On les lavait le mercredi. Les autres jours, on les aérait. Ma mère passait la serpillière avant et après le dîner. À genoux. Avant et après le dîner. Elle cirait leurs chaussures. Elle a élevé quatre de leurs enfants plus nous cinq. Un jour, l'un d'eux est mort. Je m'en souviens. Il s'appelait Jan. Elle est rentrée à la maison et l'a pleuré. À présent, permettez-moi de vous demander quelle mère va me pleurer ? J'avais une amoureuse. Hélas, faute de temps, je ne puis vous en parler plus longuement. Elle s'appelait Paradise. Ses parents, voyez-vous, étaient des optimistes…

AUNTIE (*qui est entrée en passant par une fenêtre sur le côté gauche de la scène*) : Viens ici dans mes bras, mon ange.

MUMBELI : Mère, êtes-vous un fantôme ?

AUNTIE : Pas un fantôme, mon garçon, je suis ton imagination.

OBADIAH : [Coupez ! Coupez ! Coupez ! Faites-la sortir d'ici !]

LE POLICIER BOER NUMÉRO 3 (*une arme à la main et un sac en plastique plaqué sur le crâne pour faire chauve*) : Ah ! Un terroriste ! *Dummkopf !* Où crois-tu aller ? Qui t'a délivré un laissez-passer pour quitter le territoire sous mandat, hein ? (*Le policier boer numéro 3, Mumbeli et Auntie se battent. Le policier boer numéro 3 tire sur Mumbeli. Mumbeli tire sur Le policier boer numéro 3. Mumbeli meurt. Le policier boer numéro 3 meurt.*)

AUNTIE : (*remarquant la valise*) : Hmmmm. (*Elle s'en empare et sort à pas de loup.*)

FESTUS FESTUS GALLI (*traînant derrière lui un détachement de Casques bleu, s'arrête devant les corps*) : Allons, allons. Nettoyez-moi ça, les gars. Oh, tant de victimes crient au massacre. [*Il consulte son texte.*] Ou serait-ce le massacre qui crie victimes ?

La lumière s'éteint.

129

NOTES DE LA DERNIÈRE ET UNIQUE RÉPÉTITION

Le réfectoire. Le soir.

MAVALA : Cela m'est égal de jouer une couturière, mais une chose est sûre, je suis trop grande pour être une Damara.

POHAMBA : *Herr Direktor,* ne pensez-vous pas que les personnages devraient s'embrasser dans la scène 2 ? Quand ils disent « hélas ». Ce serait le moment idéal.

KAPLANSK : Dois-je vraiment dire « les jeunes femmes indigènes » ? Je suis prêt à dire n'importe quoi dans une langue que je ne comprends pas, mais « jeunes femmes indigènes », c'est trop.

POHAMBA : Cela ne veut pas dire que tu ne le penses pas.

KAPLANSK : Pense quoi ? Qu'est-ce que tu insinues ?

POHAMBA : J'insinue mon cul.

Antoinette fronce les sourcils et sort.

FESTUS : Peut-être qu'à la fin le discours de Mumbeli est trop long ?

OBADIAH (*qui ne sait plus à quel saint se vouer, à bout de nerfs, ultime tentative, fini tout cela, les choses ne se désagrègent pas, elles implosent*) : Même Festus se pose en critique. Ici, nous passons notre temps à discuter. N'êtes-vous pas fichus de comprendre ça ? Pensez-vous que nous puissions jamais avoir un véritable échange ?

130

TOMBES

« J'ai quelque chose à t'avouer.

– Quelque chose d'épouvantable ?

– Von Swine est au courant.

– De quoi ?

– De nous...

– Ce n'est pas si épouvantable que ça.

– Écoute. Hier soir, après la répétition, au lieu de haleter selon sa bonne habitude, il a frappé à la porte. Cela m'a intriguée, il n'avait jamais frappé auparavant. Je suis allée lui ouvrir. Il s'est contenté de sourire. Puis il est reparti. C'est la première fois que je lui ferme la porte au nez.

– Le gosse lui a donc dit. Ou bien Festus. De toutes les façons, c'est le dernier à...

– Qui l'a dit à Festus ?

– Personne. Je dis juste que nous ne sommes pas très prudents... Tu crois qu'il va le répéter au prêtre ?

– Pourquoi pas ? Vous savez, père, ça fornique dans le veld et pas que chez les chèvres...

– Les chèvres sont parties.

– C'est vrai.

– A-t-il dit quelque chose ?

– Non, il a souri, c'est tout.

– Quel genre de sourire ?

– Comme s'il se réjouissait.

– De quoi ?

– De mon succès. Que j'aie prouvé, une fois de plus que… Du coup, je l'ai rappelé.

– Comment ça ?

– Je l'ai invité à entrer.

– Quoi ?

– Oui. Et il est revenu, il a poussé un soupir et il a frotté son visage bouffi. "Je n'arrivais pas à dormir, m'a-t-il dit. J'ai pensé que tu avais peut-être du mal à t'endormir toi aussi." Jusque-là, le ton était cérémonieux. Et voici qu'il commence à retirer sa ceinture. Quand il se retrouve en caleçon, j'appelle ma sœur en hurlant. Ah ! Je me suis égosillée ! Tu ne m'as pas entendue ?

– Non.

– Tuyeni ! Et le type ne savait plus où se mettre. À son tour, Tomo se met à brailler. Et Tuyeni se précipite, Dieu sait pourtant qu'elle a le sommeil lourd. »

Mavala se retourne et laisse courir son doigt du creux de mon bras jusqu'au poignet.

« Attends.

– Le temps presse.

– Dis-le simplement.

– Eh bien, elle est entrée dans ma chambre, et devine ce qui s'est passé !

– Lui, pris au dépourvu, en petite tenue, dans ta chambre, en pleine nuit ? Elle a dû piquer une crise.

– Eh bien, non. Elle m'a regardée comme elle le faisait quand nous étions petites. Comme si j'étais sa sœur chérie, mais incorrigible. Puis elle l'a pris par la main et l'a fait sortir comme un enfant. C'était sublime. Alors, mari et femme ont laissé la traînée avec son braillard de gosse. »

131

TOMBES

La lumière se coule à l'oblique dans ce ciel impénétrable derrière lequel le soleil demeure invisible. Les tombes se soulèvent, monstrueuses. Le vent est si constant qu'on n'en prend conscience que lorsqu'il tombe. Elle passe le bras autour de mon cou.

« Serre-moi fort.

– D'accord.

– On y va ?

– Maintenant ? Il nous reste au moins vingt minutes. Pourquoi ?

– Ne me pose pas de question. Tu veux bien ? Tiens, prends ta chaussette. »

132

WUNDERBUSCH

« *Myrothamnus flabellifolia* : une petite plante ligneuse, parfumée. Elle résiste à la sécheresse en se mettant en dormance, période au cours de laquelle, faute de chlorophylle, les feuilles se flétrissent, brunissent, se dessèchent, tombent en poussière entre vos doigts. Quant aux branches, elles se redressent en touffes verticales. À la première pluie, la plante ressuscite. Les branches reprennent leur position normale, les feuilles retrouvent leur souplesse et la verdeur de la chlorophylle circule à nouveau. Pareille métamorphose s'opère en moins d'une heure, elle peut être activée par l'arrosage des plantes ou leur brève immersion dans une bassine d'eau. Ce pouvoir de régénération a valu à cette espèce le nom de "plante miracle" (en allemand, *Wunderbusch*). Les indigènes l'utilisent dans la préparation d'un thé à l'arôme délicat, et son nom varie selon les diverses ethnies. Ainsi, les Herero l'appellent-ils *Ongandulwaze* et les Nama *!godogib*. »

133

LE TÉLÉPHONE DE LA FERME

À peine le triangle aura-t-il retenti pour la deuxième fois que le téléphone de la ferme sonnera. Son bruit rappellera, comme toujours, une chaîne que l'on traîne sur l'asphalte. Le directeur décrochera dans son bureau. Miss Tuyeni décrochera, elle, dans leur cuisine. Le prêtre, dans son bureau. Et Krieger, chez lui. S'ensuivra un chœur de *Allô* ? et de *Qui est à l'appareil ?* Qui est à l'appareil ? Qui demandez-vous ? Le directeur, s'il vous plaît. Lui-même ! Ce sera Prinsloo, et il dira au directeur (et à tous ceux qui écoutent) qu'il a vu la fille, le professeur, celle qui porte des minijupes, descendre la route C-32 à une heure incongrue du matin : l'horizon était encore sanguinolent. Étrange, n'est-ce pas pour un mercredi ? S'agirait-il d'un autre de ces nouveaux jours fériés ? Moi qui croyais que nous venions tout juste d'en avoir un ? Elle avait une valise. Elle n'a pas levé le pouce, aussi ne me suis-je pas arrêté. Bref, j'ai pensé que vous apprécieriez d'être mis au courant.

134

UN MATIN À GOAS

Ce n'est pas encore l'aurore, cette étrange lumière promesse de jour. Dans la cuisine du réfectoire, Antoinette tranche le pain brun du petit déjeuner, des tartines surmontées d'une portion congrue de beurre que les langues des garçons essaieront d'étaler pour en tirer le maximum de profit. Ils mangent lentement leur pain du matin. Mavala frappe à la porte vitrée. Antoinette lève la tête, sans surprise, parce qu'elle ignore ce que c'est que d'être surprise. Elle ouvre la porte et laisse entrer Mavala qui porte Tomo, assoupi dans son siège de voiture. Mavala le pose dans le coin de la cuisine que la grisaille du petit matin n'a pas encore envahie. Elle laisse près de lui son cheval en peluche et quelques-unes de ses petites voitures. Un sac en plastique bourré de vêtements et de couches. Bientôt il dira davantage de mots. Suivront les phrases. Il est si beau quand il dort, comme elle aimerait se blottir contre lui. Elle se penche vers lui. Du bout des doigts, elle lui caresse le visage. Puis elle se relève et murmure à l'oreille d'Antoinette et Antoinette écoute… Mais comme toujours ces deux-là se comprennent au-delà des mots et, à cet instant, elles se comprennent au-delà des promesses de Mavala, ces promesses qu'elle s'entête à répéter.

Hochant la tête, Antoinette racle ce qu'il reste de beurre dans le pot. « Je vais mettre du lait à chauffer », dit-elle.

135

AUTOUR D'UN CAFÉ

« Elle est bonne comédienne, celle-là.

– Sacrée sortie de scène.

– Oh, elle reviendra.

– Bien sûr qu'elle reviendra.

– Où est-elle allée ?

– À Windhoek. Où veux-tu qu'elle aille ?

– À Jo'burg, pardi ! La ville de l'or ! On peut se faire du fric là-bas. À Jo'burg, Elle pourra y mettre à profit ses talents de comédienne. Laisse tomber Windhoek.

– Moi, je dis qu'elle reviendra.

– Je suis sérieux, cette fille a tout pour devenir une bonne comédienne.

– Je croyais qu'elle voulait être comptable.

– Quand même, c'est épuisant.

– Quoi donc ?

– De partir. Quelles que soient les circonstances.

– Revenir aussi, c'est fatigant.

– Mais le petit…

– Oui, c'est vrai, le petit… »

136

RÉUNION DU MATIN

Lors de la réunion du matin, le directeur ne mentionne pas son nom. Il débite ses contes édifiants sans regarder une seule fois la place vide de Mavala, d'habitude entre Obadiah et Vilho. Ils ont gardé cet espace, en souvenir d'elle ou en hommage, je ne sais pas. Le directeur ne semble pas vouloir s'en prendre à moi. D'abord parce qu'il sait qu'il ne me tirera pas les vers du nez, et ensuite parce que s'il s'agit d'un jeu, et c'est le cas pour lui, alors nous sommes tous deux perdants.

Au bout de huit jours d'absence – ce qui représente apparemment la durée au-delà de laquelle il y a délit – il se décide à distribuer des copies ronéotypées d'une lettre dactylographiée. Nous restons là, debout, à les renifler. Pas de conte édifiant aujourd'hui : il nous lit la lettre, préférant ne pas y aller par quatre chemins :

Monsieur le Ministre Adjoint Tjoruzumo,

J'ai le regret de vous informer, Monsieur, de la vacance d'un poste à pourvoir immédiatement à l'école primaire Don Bosco (ferme de Goas RC), dans le district d'Erongo.

Niveau : classe de huitième.

Cause de la vacance : le Pr Mavala Shikongo a abandonné son poste le 5 mai de l'année en cours, sans préavis ni explication. De plus, elle a laissé son fils, Tomo (nom de famille inconnu), âgé de deux ans, à l'Assistance publique.

Requête : je vous serais reconnaissant de bien vouloir nous envoyer un professeur remplaçant dans vos meilleurs délais.

N'hésitez pas à me contacter à l'adresse ci-dessous pour de plus amples renseignements. Je vous prie d'agréer, Monsieur le Ministre Adjoint, l'assurance de mes sentiments dévoués.

CHARLES KOMESHO, DIRECTEUR
ÉCOLE PRIMAIRE DE GOAS, RC
BOÎTE POSTALE 79
KARIBIB

Tuyeni écouta en regardant droit devant elle. Pas un mot. Même si nous étions persuadés qu'elle tenait les rênes du couple, jamais elle ne manifesta ses sentiments. À la voir impassible comme une déesse, comment aurait-on pu la détester ? Peut-être était-elle parvenue à ses fins. Peut-être cette mise au ban de sa sœur ne lui suffisait-elle pas encore ? Cette femme aux orbites creuses était impénétrable. Le départ de Mavala ne semblait pas l'affecter outre mesure. Réunion du matin, regards perdus.

« Ma femme n'est pas l'Assistance publique », dit Obadiah.

Le directeur déglutit. Puis il se frotte les mains, comme s'il s'apprêtait à manger. « Son logement, sa nourriture, et même, si l'on y réfléchit bien, professeur principal, son mari, sont aux frais de l'État.

– Le nom de famille du petit est Shikongo, monsieur le directeur.

– Vous croyez donc, professeur principal, que j'ignore le nom de mon bâtard de neveu ? »

137

CLOISONS

Il aimait à voir dans son amour pour elle un trésor dont il conservait toute la pureté. J'étais celui qui l'avait souillée. Il était fier de ce qu'il considérait comme un refus de sa part à lui, fier de ne pas avoir donné suite à ses sentiments, fier de continuer à l'aimer, mais de loin. Lui, au moins, il était resté propre.

Coup de pied contre la cloison.

« Tu dors ?

– Oui.

– Tu aurais mieux fait de la laisser tranquille.

– De la laisser tranquille ? C'est toi qui me donnes des leçons sur les femmes ? Tu peux parler ! J'aurais mieux fait de la laisser tranquille. Je dors. Nous aurions mieux fait de la laisser tranquille. Nous aurions tous mieux fait de la laisser tranquille.

– Il n'y a pas de "nous" dans cette histoire.

– D'accord. Je... J'aurais mieux fait, moi, de la laisser tranquille.

– Qu'est-ce qu'elle fuit ? Ce gros lard inoffensif ?

– Je n'en sais rien.

– Tu ne lui as jamais demandé ?

– Demandé quoi ? Je ne savais pas qu'elle allait partir.

– Tu te crois inoffensif, toi ?

– Je dors.

– Et quand est-ce que tu pars, *toi ?*

– Je n'en sais rien.

– Retourner dans l'O-hi-o. Ça doit être bien. Ferme les yeux et envole-toi. Waouh !

– Tu veux m'accompagner dans l'Ohio ?

– Je veux aller à Dallas.

– Tu n'as pas le choix, c'est ou l'Ohio ou rien.

– Qu'est-ce qu'elle voulait ?

– Elle me disait qu'elle n'en savait rien.

– Qu'elle n'en savait rien ?

– C'est ce qu'elle disait.

– Ce n'est pas toi qu'elle voulait ?

– Non.

– Et pourquoi ne pars-tu pas à sa recherche ?

– Où ça ? »

La réponse semble le satisfaire. Il pète comme pour signaler la fin de notre conversation. Un long et triste soupir que ce pet. Je me retourne dans mon lit pour essayer de dormir. Un peu plus tard, il cogne de nouveau au mur.

« Que faisiez-vous là-bas dans le veld ?

– On parlait.

– C'est de ce genre de parlottes qu'est né Tomo. Tu n'es pas inoffensif, camarade. Aucun d'entre nous ne l'est. »

138

TOMO

J'éprouvais le besoin inattendu d'être près de lui. Je m'asseyais dans le jardin d'Antoinette et le regardais tout détruire autour de lui. N'était-il pas beau dans sa fougue cyclonique ?

Un dimanche soir, chez Antoinette, devant du poulet, du riz et des radis du jardin, le sujet de sa présence ici, dans leur maison, et non pas dans celle du directeur, fut enfin abordé. Antoinette et Obadiah avaient pour habitude d'attendre le dîner dominical pour se disputer et parfois même, ils invitaient des spectateurs.

« On peut dire tout ce qu'on voudra de Tuyeni, n'empêche que c'est la tante du gosse, dit Obadiah.

– Sa tante, s'esclaffa Antoinette. Sa tante !

– Aux yeux de la loi, elle est sa plus proche parente. Qui sait, ces deux-là pourraient nous accuser de kidnapping.

– De kidnapping ? Ils vivent à deux pas d'ici.

– Aux yeux de la loi…

– La loi ! La loi de qui ? Je ne leur ferai pas le plaisir de m'accorder leur aimable permission.

– À vrai dire, nous ne sommes pas de la famille. Bien sûr qu'à une autre époque, ce genre de choses était courant, mais de nos jours il faut… » Il laissa tomber sa phrase. Nous continuâmes à dîner sans mot dire, un silence ponctué du craquement des radis sous nos dents. Que ce bruit puisse résonner si fort à nos oreilles et la pièce être aussi calme, voilà qui ne manqua pas de m'étonner.

139

CLOISONS

« Tu sais quoi, mon vieux ?

– Quoi ?

– Eh bien moi aussi, je l'ai sautée.

– Va te faire foutre.

– Une nuit, bibi se l'est faite.

– Tu n'arrêteras donc jamais ?

– Quoi, mon vieux ?

– D'être un trou-du-cul de menteur.

– J'en ai marre.

– T'en as marre de quoi ?

– D'entendre tes conneries.

– De toute façon, si je puis me permettre, "anus" est plus approprié.

– Il faisait chaud. Très chaud. Je n'arrivais pas à dormir. Elle non plus. Elle m'a dit qu'elle avait envie d'un homme, d'un vrai, pas d'un...

– Pas d'un quoi ?

– Rien... Rien... Rien... Dors, mon vieux, dors... »

140

DE L'AUTRE CÔTÉ DE LA ROUTE

Nous marchons en plein veld de l'autre côté de la route C-52, au sud de chez Prinsloo. Un dénommé Schwicker était jadis agriculteur là-bas. Une pancarte trouée de balles et décolorée par le soleil sur laquelle est écrit FERME DE 18 000 HECTARES À VENDRE émerge du fossé le long de la route tel un bras qui sortirait d'une tombe. Obadiah disait qu'il nous fallait découvrir de nouveaux horizons, que nous n'avions pas encore tout vu. Le veld est aussi plat ici qu'à Goas.

« Ce que les gens ignorent, dit Obadiah, mais que les vaches, elles, savent, c'est que tant qu'il y a de l'herbe, ou quelque chose qui lui ressemble, tout va bien. Cette terre desséchée possède plus d'éléments nutritifs qu'une végétation verdoyante. Mais l'eau… Sans eau…

– Elle n'est pas près de revenir, dis-je.

– C'est drôle. J'ai toujours vu l'eau comme une femme. Toi aussi ? »

Il s'arrête, je m'arrête. Il pose une main compatissante sur mon épaule et dit, solennel : « Jimmy Carter.

– Quel rapport ?

– C'est sa faute.

– Quoi ?

– Son optimisme.

– On ne peut pas simplement marcher ? Sans rien dire, juste marcher ? »

Il renifle, enlève ses lunettes, pince son nez, remet ses lunettes et tourne son regard vers l'est, puis l'ouest.

« Tu vois, Carter était le seul de vos présidents à être assez fin pour comprendre que nous n'étions pas des communistes *stricto sensu*. Il y en avait de vrais de vrais. Joe Slovo, peut-être. Chris Hani. Mais pour la plupart, ils voulaient juste jouer aux cocos parce qu'à l'époque, ça ne changeait pas grand-chose.

– Je t'en prie...

– La guerre était tout ce qui importait. Et ça coûte cher. Un jour, nous serions indépendants et tout s'arrangerait. Avec Jimmy Carter, par le biais d'Andrew Young, ce Noir aux Nations unies... Il y avait de l'espoir. Mais l'espoir, c'est pas donné ! Ensuite il y a eu votre star de cinéma. Encore dix années de guerre. Et quand les combats ont enfin cessé, Sam Nujoma a dit : "Un coco ? Qui, moi ?" Parce qu'à ce moment-là, l'argent venait d'ailleurs. Tu vois ? C'est pas compliqué !

– Mais...

– Bien entendu, des gens y ont cru ! Ta Mavala par exemple... Et quand on y repense, n'était-ce pas une bonne chose ? Une maison, un boulot. De quoi nourrir tout le monde ? Qui peut dire le contraire ? Mais où est notre homme maintenant ?

– Qui ça ?

– Andrew Young !

– Je n'en sais rien.

– Évanoui dans la nature, pas vrai ?

– Comment veux-tu que je le sache ?

– Un homme aussi important qu'Andrew Young et tu ne sais pas ce qu'il est devenu ? »

Je m'arrête. Il continue de marcher. Un vieillard qui parle pour ne rien dire, et qui ne dit rien tout en parlant. Quand je serai parti d'ici, ce vieillard parlera toujours et il n'en dira guère plus. Je fais demi-tour et hâte le pas, je me dirige vers la route. Il se met à brailler.

« Tu trouves ça honorable, toi, de rester inconsolable ?

À cause d'une fille en minijupe ? Tu crois que c'est ça, être anéanti ? »

Je suis sur la route. Le gravier s'étend sur le veld telle une langue interminable. Je lui crie en retour : « Ce n'est pas ce que je voulais dire. C'est juste que je… »

Il grimpe sur un talus, on dirait un arbre qui se découpe sur le ciel. « Et Andrew Young ? Tu crois que c'est une blague ? Combien seraient encore en vie aujourd'hui si on l'avait écouté ? Combien de familles seraient encore entières ? Combien de jeunes auraient connu un glorieux avenir ? Et cette fille sans peur et sans reproche serait restée chez elle dans son village auprès de sa mère. »

141

SIESTE

La sieste. J'ai l'impression qu'on m'a arraché les paupières. Je frappe à la cloison. Je frappe encore, et encore. « Réveille-toi, bordel.

– Que puis-je pour toi ?

– *Fok jou mama se poes.*

– Eh ! Ce n'est pas mal. Mais tu dois faire traîner ça : *Pooooooes.*

– Elle avait une tache de naissance.

– Où ça ?

– Va te faire voir.

– Tu as donc si peu confiance en moi ?

– Elle m'a dit un jour : ne sois pas jaloux.

– De qui ?

– Elle ne me l'a pas dit.

– Ça alors, c'est romantique ! Sans doute est-il mort. Les héros ne le sont-ils pas tous ? » Il appelle Vilho. « Hé ! Le bigot !

– Oui ?

– On l'a trouvé notre martyr !

– Qui ça ?

– Le père de Tomo.

– Et qu'en est-il de sa mère ?

– Il est trop tôt pour le dire.

– Dieu les bénisse tous les deux ! s'exclame Vilho.

– Et Kaplansk aussi ? dit Pohamba.

– Pourquoi pas ? »

142

OBADIAH (trois heures du matin)

En 1897, la peste bovine faucha les trois quarts du bétail. À cette épidémie succéda la sécheresse. Puis la famine. Ceux qui avaient été baptisés cessèrent de croire en Dieu, mais ceux qui ne l'avaient pas été assaillirent les postes de mission. *Donnez-nous à manger. Donnez-nous la foi,* suppliaient-ils à genoux. Cette année-là, quand les missions elles-mêmes n'avaient plus rien ou presque, il était plus facile de distribuer de bonnes platées de foi que du porridge. Et les braves missionnaires de leur dire : voici le corps du Christ.

Le lendemain matin, ils comptaient les âmes sauvées en nombre de cadavres.

Pardonne-moi, amour. Tu crois que ça me fait plaisir de répéter ça, même quand je suis seul ? Mais un homme peut-il oblitérer tout ce qu'il a lu ? Peut-il refermer ses livres et continuer à vivre ? Ne réponds pas. Je sais que tu m'entends. Ne réponds pas.

143

ANTOINETTE

Un à un, les mots sont moins lourds de sens que bout à bout. Devant l'évier, elle tient à la main le seul vrai livre. De l'autre, elle retire les saletés qui gênent l'écoulement. Derrière la maison, le petit poursuit un chiot affamé. Pour l'instant, il ne se rend compte de rien. Ce soir, il se souviendra et se mettra à pleurer. Il repoussera mes bras.

Non que je ne comprenne pas. Sans doute sa Jérusalem était-elle bien loin d'ici, et devait-elle s'y rendre seule. Est-ce vraiment trop pour moi d'en élever encore un ? Mais pardonnez à la femme que je suis la pensée suivante : aurait-elle abandonné son enfant si celui-ci avait été une fille ?

144

LA FEMME DE PRINSLOO

Ils ont abattu Sampie Prinsloo. D'après les journaux, ils ont violé sa femme, mais lui ont laissé la vie sauve. *The Republikein*, le quotidien afrikaans a clamé qu'il s'agissait là d'une épidémie, que cela préfigurait la démocratie. À vrai dire, selon Pohamba, se faire assassiner est le lot des fermiers boers. Allumer une lampe en pleine nuit, c'était creuser sa tombe dans le veld. Disons que c'était le prix à payer pour ces terres bon marché. Chiens et clôtures électriques n'y pouvaient pas grand-chose. À l'hôtel Rossman de Karibib, les fermiers plaisantaient souvent sur ces dangereux rendez-vous avec le destin.

Où et comment nous procurerions-nous des légumes ? nous demandions-nous.

Une huitaine de jours après cette tragédie, le bakkie de Prinsloo s'arrêta devant le portail. Nous étions en classe. Nous n'entendîmes pas de klaxon, mais aucun véhicule ne pouvait s'approcher à moins de cinq cents mètres de Goas sans qu'on le remarque. Lorsque nous vîmes de quel bakkie il s'agissait, personne ne sut comment réagir. Au lieu de se précipiter, les garçons, curieux, s'en approchèrent avec prudence. Fichtrement astucieux, ces Blancs : un homme meurt, mais son fantôme jouit encore d'un moyen de locomotion.

C'était l'épouse de Prinsloo. Personne ne la connaissait. Pour nous, elle n'était autre que cette femme qui ne descendait jamais du bakkie, et qui nous regardait derrière le pare-brise. Désormais, elle n'avait plus le choix. Elle sortit du bakkie, posa par terre le cageot de carottes ratatinées et fit signe aux garçons de venir se servir. Elle n'allait pas leur lancer ses légumes. Nous jetâmes un coup d'œil à ce qu'elle avait apporté. Pas grand-chose. Quelques poivrons, une minuscule citrouille. Ces *bostostos* avaient eu leur dose de pesticide. Elle parlait un anglais hésitant. Nous ne lui présentâmes pas nos condoléances. Debout, elle était plus grande que nous l'imaginions et son visage était blême, comme si le soleil de l'Erongo avait lui-même renoncé à lui donner un peu de couleur. Elle ne semblait pas accablée par le chagrin. De quoi aurait-elle eu l'air si elle l'avait été ? Nous la regardâmes s'attarder derrière ses maigres récoltes. Nous lui donnâmes plus que ne valait tout ce qu'elle nous proposait.

Là-dessus, elle se pencha pour ramasser le cageot vide, le jeta à l'arrière, et nous adressa un signe de tête. Elle allait repartir quand Antoinette, qui avait acheté la malheureuse citrouille, toqua à la portière du conducteur. L'épouse de Prinsloo ne baissa pas la vitre. La femme d'un fermier boer n'avait pas l'habitude d'obéir à une indigène. Voilà donc Antoinette, chaussée de ses sandales en plastique de chez Pep Boy Shop, vêtue de sa robe bien propre et fraîchement amidonnée, la tête enturbannée, une citrouille dans un bras, Tomo dans l'autre. Et un visage fermé comme un poing, capable de faire voler la vitre en éclats. Elle exigeait tellement des autres. Remue-toi. Fais des efforts. Allons, courage ! Dépasse-toi !

Si elle avait été présente, Mavala aurait peut-être dit qu'il ne s'était rien passé. Que la femme de Prinsloo était une femme brisée en arrivant dans le bakkie et tout aussi brisée en repartant. Que tout ce qu'elle avait fait, c'était vendre ses derniers légumes. Qu'il ne s'était rien passé lorsque ces deux femmes s'étaient regardées. Rien du tout.

Mais elle n'était pas là. Elle nous avait déjà quittés. Ma perspective, mon souvenir seront donc différents.

Antoinette frappa à la vitre et regarda cette femme dans les yeux, et ce n'est pas de la force qu'elle lui instilla, mais quelque chose de plus modeste. Peut-être cherchait-elle à lui dire qu'elle prenait part à sa douleur. Oui, je sais ce qui vous est arrivé…

145

MAGNUS AXAHOES

Plus rien sur son pupitre. Le seul, hormis Mavala, à être parti et à ne pas être revenu. Je n'ai pas signalé sa disparition. Personne ne s'en est rendu compte, sauf les garçons, et moi, car je suis son professeur. Antoinette est débordée ces jours-ci avec Tomo et le grand nettoyage de fin de trimestre. Elle n'a pas fait l'appel depuis des semaines. Un jour, le père de Magnus vient à l'école et demande à voir son fils.

Pas de téléphone, alors je suis venu jusqu'ici pour le voir. Vous savez, sa mère est morte cette année et je m'inquiète pour lui.

Le directeur ne se lève pas. Le père de Magnus Axahoes, là devant lui dans son pull bleu, n'est pas quelqu'un pour qui il doit faire l'effort de se lever. « Les garçons fuguent souvent, dit le directeur. Je suis censé faire quoi ? Prévenir la police à chaque fois ? »

146

HISTOIRES DE SÉCHERESSE

Les plus âgés et les plus chétifs des bestiaux commencèrent à décliner et mourir à la mi-juin. Pas une goutte de pluie depuis ce seul et unique orage. Dikeledi sous la pluie, et depuis rien. Cela n'avait rien d'étonnant, disait-on. Comment aurait-on pu s'en étonner ? Et pourtant, c'était étrange de voir comme nous y étions résignés, les jours se levaient, les nuits tombaient et puis un après-midi, le craquement de l'herbe sous vos pas semblait plus léger, plus net qu'à l'habitude et, cette fois, vous saviez. Vous saviez que le pire n'était plus à venir, qu'il était déjà là. Chacun sait quand une sécheresse prend fin, mais quand commence-t-elle ? Les vaches passèrent du stade où elles mouraient de faim en silence à celui où elles mouraient tout court, et Theofilus devait aller chercher du fourrage à Karibib pour leur assurer un jour de survie. Il n'arrivait pas à les abreuver assez vite.

Voyeurs que nous étions, nous voulions observer leur souffrance. Voir leurs yeux s'exorbiter, leurs pupilles lentement se retourner. J'ai toujours pensé que les vaches avaient le regard triste. Je sais à présent que c'est juste une idée reçue. Que leur regard soit ou non empreint d'une sorte de tristesse n'est pas la question : elles mouraient les yeux ouverts.

La pitié pousse Theofilus à abattre celles qui ne tiennent plus sur leurs pattes. Elles n'ont plus que la peau et les os, mais il veut leur épargner l'offense d'être la proie des vautours qui déjà les encerclent, attendant patiemment d'assouvir leur cruauté. Comment sentent-ils la mort avant même qu'elle n'arrive ? Je me rends là-bas avec quelques garçons et nous regardons. De petits feux éclairent le veld. L'odeur de l'essence et de la fumée chatouillent nos narines. Les vaches se consument et redeviennent poussière.

147

LES QUARTIERS DES CÉLIBATAIRES

Réunion du matin dans huit minutes. Faute de gong, Vilho frappe sur une marmite pour nous confirmer l'information, car cela ne fait-il pas déjà plusieurs jours que nous ne sommes toujours pas levés quand le triangle retentit pour la troisième fois ? Pohamba se réveille en toussant, des quintes ponctuées d'insultes à l'encontre de l'univers qui a produit la mère de Vilho, de la fonderie qui a fabriqué cette fichue marmite, et de Dieu qui nous accorde de rêver, mais nous arrache à nos songes pour cette putain de réunion du matin. Il est rare que je me lève avant le premier appel du triangle. À genoux, dans la fraîcheur, à travers la moustiquaire déchirée de ma fenêtre, je regarde le bleu s'intensifier derrière la croupe des montagnes.

148

LA B-1 SUD

Elle était jolie, la bouche plutôt déplaisante, mais jolie. Grande, la tête ronde. Elle se trouvait à l'ouest de Karibib avec une valise. Elle n'agita pas le bras quand je passai en voiture. Elle attendait mieux. Elles attendent toujours mieux. Quoi qu'il en soit, je m'arrêtai, elle arriva à hauteur de la voiture. Je me penchai pour ouvrir la portière. Elle ne dit rien, elle ne monta pas. Je ne lui dis rien non plus. Qu'aurais-je pu lui dire ? Je me penchai pour refermer la portière. Tu montes ou tu ne montes pas ? C'est du pareil ou même pour moi. Elle posa sa main sur la portière, et je lui demandai du regard : tu montes ou pas ? La main sur la portière comme si c'était moi sur cette route qui suppliais qu'on me prenne en voiture. Tu vas où ? demanda-t-elle. Je lui montrai la route. Jusqu'où ? dit-elle. C'est un interrogatoire ? Upington, répondis-je. Ce soir. D'accord, dit-elle, la main toujours sur la portière. Elle hissa sa valise, s'attendant à ce que je l'aide, la posa sur le siège et grimpa. Du pouce, je lui indiquai qu'il y avait de la place à l'arrière ; à genoux sur le siège, elle prit la valise et la mit derrière. Puis elle s'assit, mains jointes, telle une religieuse. Ce n'était pas une religieuse. Elle regardait droit devant elle. Quand je suis au volant, je ne mets pas la radio, j'aime réfléchir. Trente kilomètres, quarante kilomètres, elle n'ouvrit pas la bouche. Nous franchîmes les collines, en direction du poste de contrôle avant Windhoek. Là, elle ne sortit pas sa carte d'identité et ils ne la lui réclamèrent pas. C'est comme ça à présent. Alors que moi, je dois montrer six fois la mienne au cours d'un trajet. L'autre jour, ils m'ont fichu deux cents rands d'amende pour mes pneus : un flic zélé a mesuré mes bandes de roulement et ne les a pas jugées aux normes. Nous traversons Windhoek : elle est tellement silencieuse que je me demande si elle respire. Peut-être se disait-elle que respirer, c'était me donner quelque chose. Je finis par m'y habituer. Je sens sa présence évanescente, en vain, j'essaye de l'entendre respirer. Je parcours les trois cents bornes jusqu'à Mariental où je m'arrête pour faire le plein. Je remonte : trente rands ont été déposés sur mon siège. Je les regarde, puis m'assieds dessus. Elle ne dit rien, mais je la vois respirer. Après Horncranz, je lui demande si elle a un nom, et les yeux toujours rivés droit devant elle, et sans remuer sa vilaine petite bouche, elle me répond qu'elle en a un. Après Gibeon, je lui dis : t'arrive-t-il de le dire aux gens ? Et ne voilà-t-il pas qu'elle tourne la tête et me regarde dans les yeux. Eh oui, c'est vrai que j'ai envie de la toucher, pas de la prendre dans mes bras, juste de la toucher. Je la regarde et elle le sait. Arrête-toi, dit-elle. Ici ? Un ruban goudronné au sud de Keetmans, à encore au moins deux cents kilomètres de la frontière. Le néant. Aucun village à moins de soixante ou soixante-dix kilomètres. Une heure avant la tombée de la nuit. Tu veux descendre ici ?

Ici.

Quatrième partie

ANTOINETTE

Le Russe aime se souvenir, mais il n'aime pas vivre.
Tchekhov, *La Steppe*

149

GOAS

12 décembre 2002

Kaplansk,

Pardonne-nous ce long silence. Nous ne t'avons pas oublié. Nous avons bien lu tes lettres, mais nous n'y avons pas répondu. Comment qualifier des lettres comme celles-ci ? Muettes, elles ne le sont pas. Un marmonnement ? Nous t'avons entendu, c'est ce que j'essaye de te dire. Ne crains rien. Nous pensons, en effet, qu'il est grand temps pour toi de quitter Cincinnati et de parcourir le monde. En as-tu vu assez lors de ta dernière aventure ? Pourquoi ne pas traverser le fleuve pour découvrir le Kentucky ?

À propos de cette peste que tu mentionnes, mon Antoinette, elle, dit simplement : qui sommes-nous pour contester Sa volonté ? Mais à côté de cela, elle fait tout ce qu'elle peut, emploie tout ce qui lui reste de force pour contrecarrer cette même volonté. Elle se rend souvent en ville à vélo avec le prêtre pour donner à manger aux malades. De mon côté, je lis les journaux, je me tords les mains de désespoir, et je pleure, mais ouvrirais-je pour autant une boîte de haricots et irais-je donner à manger aux malades ? Jamais. Quel genre d'homme cela fait-il de moi ?

Notre Tomo est un véritable cyclone, mais un gentil cyclone. Il écrit même de la poésie, mais j'avoue qu'elle n'est pas du genre à m'émouvoir. Le professeur Pohamba a décidé d'être un second père pour lui ;

comme tu peux t'en douter, le résultat n'est pas vraiment convaincant. Le petit ne semble plus se souvenir de sa mère, ce qui est normal, je suppose.

Tous t'envoient leurs amitiés.

Un des ces jours, attends-toi à recevoir un traité sur la pratique des lamentations. Je prépare une anthologie susceptible de t'intéresser.

Affectueusement,

O. Horaseb

150

CINCINNATI PUBLIC LIBRARY

Quand je suis à court de souvenirs à ressasser, je viens m'asseoir ici et je lis. Au hasard. Je ne finis aucune de mes lectures, je glane. J'aime bien cette bibliothèque. On y voit clair. L'ambiance y est assez silencieuse, à l'exception du type qui ronfle et renifle. Je parle de la Cincinnati Public Library du centre-ville, premier étage, à côté des journaux, la salle aux fauteuils rembourrés.

J'ai déniché une autre de ces histoires de longue marche. Dans une note de bas de page. On est en 1919, à l'aube d'une ère nouvelle. Des hommes sont engagés pour travailler dans les zones diamantifères de la côte. Il ne s'agit pas d'esclaves, mais de travailleurs sous contrat. Même si leur contrat stipule que leur liberté dépend d'un document que doit signer leur employeur. Ils travaillent seize heures par jour dans le sable et le vent. Un soir, l'un d'eux évalue à un jour et demi de marche la distance qui les sépare d'une ville minière appelée Rosh Pinah. Pas compliqué, on n'a qu'une chose à faire, suivre le lit de la rivière, à présent asséchée. Qui est partant ?

Tout le monde.

Mavala rirait de cette histoire, peut-être pas à gorge déployée mais, en tout cas, elle secouerait les épaules. Un rire silencieux, un frémissement. Il faudrait avoir les yeux rivés sur elle pour le saisir. Elle ne rirait pas des hommes en tant que tels, mais plutôt de ce qu'ils considèrent comme « facile »... Ils n'ont qu'une chose à faire...

Des héros, ils ne le furent point. Ils errèrent pendant huit jours. La ville de Rosh Pinah n'existait pas ou, en tout cas, elle ne se trouvait pas au bout de cette rivière asséchée. Ceux qui survécurent furent capturés de nouveau et réexpédiés, enchaînés, dans les mines de diamants.

Mon ronfleur se réveille doucement. Il se frotte le front du revers de la main, grimace à la lumière.

151

MAVALA

Antoinette pense à elle. Elle l'imagine dans une pièce pleine de monde, dans un lieu inconnu, mais familier. Elle imagine qu'elle veut parler et combien cela doit être difficile car ce ne sont ni les kilomètres, ni même les années qui créent la distance, mais le silence.

Antoinette, je veux que tu saches que je…

Antoinette, je veux simplement t'expliquer…

Pourquoi tous ces mots dans ma tête et pas un seul sur cette page ?

Il n'y a que le bruit derrière cette fenêtre, ces cris qui n'en finissent pas, toute cette musique. Faut-il vraiment te dire qu'ici, ce n'est pas un endroit pour un enfant, mon enfant ?

Ai-je encore le droit de l'appeler ainsi ?

Ce n'est pas à moi de le dire.

152

SUR LA DIGUE, À SWAKOPMUND

Ils regardent le soleil s'aplatir sur l'Atlantique. Bientôt cette lumière, si longtemps d'une splendide intensité, ne sera plus qu'une traînée de lueurs sur l'horizon. Les lames aux crêtes blanches viennent battre les rochers à leurs pieds. Au-dessus planent les terribles mouettes. Obadiah crache allègrement dans l'eau. Il disait qu'ils devaient montrer l'océan à Tomo, *son* océan. Dans des pardessus qui recouvrent leurs beaux habits, tous deux arpentent la digue de Swakopmund. Derrière eux, des touristes s'extasient tout bas sur le crépuscule.

« Avant de construire cette digue, dit Obadiah, les Allemands ont balancé des chevaux par-dessus bord.

– Pourquoi ?

– Pour qu'ils nagent parmi leurs biens.

– Leurs biens ?

– Les marchandises.

– Et les chevaux, ils s'en sont sortis ?

– Pas tous.

– Certains se sont noyés.

– Bien sûr. »

Elle regarde au nord, elle contemple la plage, Tomo. Une fois son château de sable bâti, il le piétine, puis il leur crie : « REGARDEZ-MOI LES GARS ! » L'appel d'un enfant à eux, sa *ouma* et son *oupa*, là-haut sur la jetée… Il se précipite dans l'eau, plonge dans les vagues. Elle retient son souffle jusqu'à ce que la tête de Tomo réapparaisse.

Obadiah lui donne un discret coup de coude, lui montre le soleil, la dernière lueur s'étire au ras de l'eau.

« Tu as froid ?

– Pas vraiment. »

Le vent fait claquer les pans de leur manteau, elle se blottit contre lui.

153

TOMBES

Son visage s'estompe. Je me souviens mieux de ses mains, plutôt grandes qui, un jour, prirent mes pieds en otage et les frottèrent pendant que je pestais contre elle. Elle avait les sourcils broussailleux. Je pense à ses lèvres desséchées, à sa voix qu'éraillait la soif. J'essayais de l'empêcher de boire pour qu'elle parle plus longtemps de cette voix-là. Croyez-moi, rien que sa voix pouvait ralentir l'après-midi.

154

DORTOIRS

Les garçons s'agitent sur leur lit. Certains soirs, les batailles d'oreillers peuvent durer des heures et même finir dans le sang, car la sueur des têtes qui s'y sont posées en a durci la mousse. Le couloir qui sépare les dortoirs reste éclairé toute la nuit. Antoinette entre par la porte du fond, suit le couloir, traverse les dortoirs. À mesure qu'elle avance, son ombre s'étire sur les lits. Le calme est immédiat. On n'entend juste leurs cœurs qui battent et les discrets gémissements des sommiers à ressorts, telles des souris moribondes. Tétanisés, ils attendent, prient que l'ombre s'éloigne.

D'autres soirs, elle rôde dehors, elle épie la mêlée par les petites fenêtres. Elle n'intervient pas, curieuse, semble-t-il, de voir à quoi ressemblerait le monde sans elle.

En souvenir d'Anna Nugolo, d'Anna Kanjimbi, et de Freddy Khairabeb.

NOTES

La Namibie

Colonie allemande en 1884 connue sous le nom *Deutsch-Südwest-afrika*. Après la défaite de l'Allemagne lors de la Première Guerre mondiale, elle se vit attribuer le nom de Sud-Ouest africain et fut alors confiée en mandat par la Société des Nations à l'Afrique du Sud. Ce mandat fut révoqué par l'Assemblée générale des Nations unies en 1966. Arguant que les Nations unies n'étaient pas habilitées à révoquer ce mandat, l'Afrique du Sud continua à gouverner le territoire comme s'il s'agissait d'une cinquième province. L'apartheid fut officiellement instauré en 1977. En 1988, après deux décennies de guerre entre la Swapo et l'Afrique du Sud, un cessez-le-feu à l'initiative de l'ONU mit un terme au conflit. La Namibie devint indépendante en 1989.

Swapo

Southwest Africa People's Organization : organisation du peuple du Sud-Ouest africain. Mouvement indépendantiste fondé en 1960 pour lutter contre la colonisation sud-africaine. Après avoir remporté les élections de 1989, la Swapo devint le parti politique majoritaire de la Namibie indépendante.

Plan

People's Liberation Army of Namibia : armée de libération du peuple de Namibie, branche militaire de la Swapo.

SADF

South Africa Defense Force : force militaire de l'Afrique du Sud qui s'opposa à la Swapo.

LE CONFLIT

Terme communément utilisé en Namibie pour décrire le conflit entre la Swapo et la SADF. La majeure partie de cette guerre se déroula le long des frontières densément peuplées qui séparent la Namibie de l'Angola. La Swapo avait ses bases en Angola. Il n'existe pas de statistiques fiables mais disons, qu'au bas mot, vingt-cinq mille personnes périrent au combat.

DTA

Democratic Turnhalle Alliance : Alliance démocratique de la Turnhalle, parti de l'opposition en Namibie indépendante. Avant l'indépendance, la DTA était associée au régime des Blancs au pouvoir.

CASSINGA

Le 4 mai 1978, des avions sud-africains bombardèrent une base de la Swapo au cœur même de l'Angola, tuant environ sept cents personnes, dont des centaines de réfugiés civils.

LA GUERRE CIVILE DE L'ANGOLA

Une guerre civile chaotique, à bases tribales, éclata en Angola après le retrait des troupes portugaises en 1975. Ces combats opposèrent le MPLA, Mouvement pour la libération de l'Angola, soutenu par Cuba et l'Union soviétique, et l'Unita, Union nationale pour l'indépendance totale de l'Angola, dirigée par Jonas Savimbi et soutenue par l'Afrique du Sud et les États-Unis. La Swapo s'aligna sur le MPLA et reçut également le soutien de l'Union soviétique ainsi que celui de la Chine. On notera que les guerres d'Angola et de Namibie ont toutes deux des allures de guerre froide par peuples interposés. La guerre en Angola se termina en 2002.

CDM

Consolidated Diamond Mines : exploitation diamantifère située le long de la côte du sud, filiale de la De Beers Corporation.

ZORBA

Whisky parfumé à la réglisse.

REMERCIEMENTS

Je tiens ici à exprimer ma reconnaissance à tous ceux qui m'ont donné et leur temps et leur immense soutien au long de toutes ces années : en Namibie, les familles Khairabeb, Guidaooab et Brandt, et aux États-Unis, Pat Strachan, Ellen Levine, Dantia MacDonald, Robert Preskill, David Krause, Melissa Kirsch et Rhoda Kaplan Pierce. Je remercie également l'American Academy of Arts and Letters et The American Academy in Rome pour leur aide généreuse.

Composition et mise en pages : FACOMPO, LISIEUX

Cet ouvrage a été achevé d'imprimer en mars 2008
dans les ateliers de Normandie Roto Impression s.a.s.
61250 Lonrai
N° d'impression : 081092
Dépôt légal : avril 2008

Imprimé en France